發條精靈戰記

天鏡的極北之星

Alderamin on the Sky

14

宇野朴人

Illustration 竜徹

角色原案 さんば挿

Kadokawa Fantastic Novels

Alderamin on the Sky
Uno Bokuto Presents

登場人物

卡托瓦納帝國

伊庫塔・索羅克……本作的主角，在非自願的情況下成為軍人的怠惰少年。

雅特麗希諾・伊格塞姆……已故。舊軍閥名家伊格塞姆家的女兒，在軍事政變尾聲，為保護伊庫塔不幸因狙擊身亡。

托爾威・雷米翁……舊軍閥名家雷米翁家的么兒。率領狙擊兵尋求新時代的戰爭方式。

馬修・泰德基利奇……體型微胖的平凡少年。對才華洋溢的同伴們心懷憧憬。

哈洛瑪・貝凱爾……女醫護兵。性情溫和，但擁有另一個人格派特倫希娜。

夏米優・奇朵拉・卡托沃瑪尼尼克……帝國第二十八代皇帝，以暴君面貌施行專制政治。

蘇雅・米特卡利夫……帝國陸軍中尉。伊庫塔的愛徒。對他懷抱激烈複雜的感情。

暹帕・薩扎路夫……帝國陸軍准將。親切又愛照顧人的男子。對「騎士團」全體而言是一位可靠的成人。

波爾蜜紐耶・尤爾古斯……舊軍閥名門尤爾古斯家的女兒。帝國海軍上尉。與馬修訂下婚約。

托里斯奈・伊桑馬……帝國宰相。企圖重現神話時代的皇室至上主義者。其瘋狂毫無消退跡象。

齊歐卡共和國

約翰・亞爾奇涅庫斯……被頌揚為「不眠的輝將」的齊歐卡名將，具備完全不需睡眠的特異體質。

米雅拉・銀……約翰的副官，擁有已滅亡的極東國家亞波尼克的血統。

塔茲尼亞特・哈朗……齊歐卡陸軍少校，約翰的盟友。身材高大得令人需要抬頭仰望。

阿納萊・卡恩……逃亡離開帝國的史上首位科學家，伊庫塔的老師。如今正傳授約翰知識。

阿力歐・卡克雷……齊歐卡共和國執政官。深不可測的謀略家。有偏愛重用特殊人才的傾向。

拉・賽亞・阿爾德拉民

亞庫嘉爾帕・薩・杜梅夏……拉・賽亞・阿爾德拉民神聖軍上將，個性豪爽的男子。

葉娜希・拉普提斯瑪……拉・賽亞・阿爾德拉民宗主，以教皇身分君臨教團頂點的女性。

那一天的陽光，感覺起來遠比平時柔和得多。

此處是聳立於帝都邦哈塔爾中央的皇宮。在與外界隔離的廣大建地中庭內，有兩株相隔約兩公尺的烏剛櫟。

那並非風格適宜種植在宮中的大樹。中庭裡更高大的樹木多得是，其中還包含國寶級的老樹。相比之下，那兩株樹齡年輕的樹實在太過遜色，而且是在短短數年前才栽種的。

「——啊，真叫人忘了時間。」

不過，帝國軍元帥伊庫塔・索羅克非常喜歡那兩棵樹。枝葉形成恰到好處的遮蔭，間隔正好適合張設吊床。這裡是他本人選擇與安排的，無可取代的休憩所。

「……唔，我不是不能理解你為何經常在開會時遲到。」

少女帶著微笑呢喃。與青年並肩躺在大吊床上的人，正是女皇夏米優・奇朵拉・卡托沃瑪尼尼克。平常總是在私室度過兩人相處時光的她，唯獨在天氣晴朗得不同尋常的今天，毫不猶豫地來到戶外透透氣。

「……你記得嗎？你是第一次教我這種躺法的人。」

「我當然記得了。因為當時我可是耍了壞心眼。其實我一直很擔心，不知妳什麼時候會找我抱怨。」

青年惡作劇似的笑了。在隨著微風搖晃的吊床上，夏米優微微依偎著身旁的伊庫塔。

「恕你無罪……因為雅特麗已經代我教訓過你了。」

「唔唔唔。嘴上說原諒我，但妳最近好像經常踢我……？」

「新犯下的罪行是另一回事吧。不管從前或現在都一樣，你一碰見年長女性馬上就會鼓起三寸不爛之舌搭訕對方。」

「禁止我搭訕，幾乎等於叫我不准呼吸啊。」

青年苦笑著聳聳肩。此時——沙沙踏過草地走來的腳步聲響起。少女赫然回神，從吊床上跳了起來。

「午安……呃，我真的沒打擾到你們嗎？」

翠眸青年開口第一句話便這麼說，臉上浮現客氣的微笑。夏米優瞪大雙眼。

「托爾威？你什麼時候來皇宮的……！」

「我才剛到。久疏問候，陛下。」

「訓練好像在昨天告一段落，是我找他過來的——有一個月沒直接碰面啦，托爾威。」

「嗯。不過因為有透過精靈通話，倒不覺得很久不見。訓練很辛苦，能夠頻繁地跟阿伊和小馬通話給我很大的鼓勵。」

托爾威露出開朗的笑容如此說道。這時候，又有其他人影從他背後走來。

「哎呀，被托爾威搶先一步了嗎？——久疏問候，陛下。」

微胖青年望著在場眾人說道。又有意外的訪客到來，夏米優慌忙跳下吊床。

「馬修，你也來了！」

「伊庫塔交代我配合在今天休假，所以我從南域快馬加鞭一口氣趕了回來。」

馬修按壓著因騎馬感到痠痛的腰部說道。在他身旁，哈洛則以托盤端著一組茶具笑吟吟地走了過來。

「好久不見，托爾威先生。你是不是瘦了一點？」

「好久不見，哈洛小姐。別擔心，我沒有變瘦。只是體格變得結實，體重反倒增加了。」

青年充滿自信的回答，同時輕拍自己的胸膛。哈洛仔細地檢查他全身上下。

「——嗯，沒錯。你的臉色比之前來得好，身體狀況看來也沒出問題……太好了。」

「喔，馬上開始工作啦。真不愧是帝國軍首位心理健康管理官。」

「呵呵呵，馬修先生你胖了一點喔？」

「嗚嗚……！這、這也無可奈何，海軍那伙人拿了一堆伴手禮叫我吃，難得收都收了，總不能放到壞掉……」

馬修撇撇嘴，苦惱地沉吟著。感受到他在海軍也受周遭眾人的喜愛，伊庫塔露出有點壞心眼的微笑。

「看來交流很順利，那再好也不過了——你和小波兒的感情還順利嗎？」

「是很順利……不，別只顧著追根究柢地問我的事情！那麼久沒見面，每個人應該都累積了不少話題可說吧！呃——對了，哈洛的傷勢怎麼樣了？」
「啊，要和我比腕力嗎？這樣馬上就知道答案囉？」
哈洛捲起袖子微笑著說。托爾威含笑看著兩人互動，又看向萬里無雲的晴空。
「今天天氣很好，要直接在這裡辦茶會嗎？阿伊。」
「我找你們來正有此意。雖然派人搬椅子過來也可以，這裡的草地本來就長得厚實。總之大家先在樹蔭下隨意找地方坐吧。」
伊庫塔跳下吊床催促道。騎士團眾人照他的話在腳邊的草地上坐了下來。視線比起站立時猛然靠近地面，哈洛突然產生一種不可思議的感慨，開口說道：
「啊啊——這種感覺真叫人懷念。」
其他四人也不約而同地懷抱著那種感覺。馬修心不在焉地回應道：
「……是啊。我們這些人一起席地而坐，讓我回想起當高等軍官候補生的時光。」
「呵呵呵。沙菲放出的風常被阿伊搶去吹了。」
「小白臉體溫低所以耐熱，這是我一貫的主張。」
「不科學也該有個限度吧……」
夏米優一臉傻眼的捏捏青年的手背。馬修不經意地將哈洛遞上來的茶送到嘴邊，隨即驚呼：
「……這杯冰茶真好喝。明明加了那麼多冰塊，味道一點也沒稀釋。」
「啊，你喝出來了？那是用茶水凍成的冰塊。」

「比平常的做法又多了一道步驟啊……嗯，又冰又可口。在身體發燙的時候來上一杯真愉快。」

哈洛泡的可口冰茶讓所有人得到片刻小憩。緊接著，馬修的目光投向樹木之間的吊床，不禁傻眼地嘆息。

「不過，你終於連在皇宮裡都建立了巢穴……怠惰的本性強烈到這種地步，都值得欽佩了。」

「哎呀~這才剛開始呢。我在考慮下一次能不能在那兩座尖塔之間張設吊床。」

伊庫塔這麼說著，不經意地指向同樣聳立在皇宮建地內的兩座塔。金髮少女皺起眉頭。

「尖塔……難道你指的是右劍之塔與左劍之塔？高度同為三十七公尺的那兩座塔？」

「真不愧是阿伊，連挑選午睡地點規模都不一樣。」

「想實現這一點，會受到領空相關法律限制。我預計在下一次議會上提出的修正案已經完成，得趁現在做好事前工作……」

「喂，誰來阻止他！這傢伙真的打算去做！」

當伊庫塔終於進入具體步驟的說明，馬修抓住他的肩膀搖晃，彷彿在說我可不會讓你做這種蠢事。那一幕看得其餘三人之間迸出笑聲。

「——真叫人忘了時間。」

忽然間——哈洛仰望天空呢喃。對話戛然而止，其他四人也同樣的仰望上空。成群的小鳥像在游泳般橫掠過他們的視野。

「就這樣什麼也沒發生就了結……事情可不會那麼容易。」

明知是無濟於事的願望，馬修依然說出口。托爾威如同回應他一般說道：

「在齊歐卡——說不定也有人像這樣仰望著天空，想著同樣的事。」

在厭戰熱潮於兩國高漲的形勢下，不希望戰爭爆發的人遠比期望看到戰爭的人來得多。思考著這個諷刺的事實，伊庫塔從鼻子裡哼了一聲喃喃說道：

「直到今天為止，我曾躺在各地的吊床上仰望過數不清的天空，可是我從不曾看過適合戰爭的天氣。」

青年以辛辣的口氣說完後表情突然變得沉穩，倏然瞇起眼眸。

「只是——反正是最後仰望的情景，那還是晴空比較好……因為我感覺這樣在永眠之後，可以作個好夢。」

這番話透出一股脆弱。他不同於平常的樣子令四人吃了一驚，馬修率先反駁。

「哼，窩在司令部裡不動的元帥大人說什麼呢？等身為總司令官的你陣亡時，我們所有人也都死了。」

他說出對他而言理所當然的事實。哈洛與托爾威也接著開口：

「對啊，伊庫塔先生。你本身不用多說，如果你不讓我們確實生存下來，那就傷腦筋了。」

「我們不會那麼輕易死去的，阿伊。」

翠眸的青年以前所未有的有力口吻承諾。看到同伴們變得比從前更加可靠，伊庫塔不知不覺間揚起嘴角——揮去那一絲軟弱。

「嗯，沒錯——哈洛，可以再給我一杯茶嗎？」
「好的！我馬上——」
就在哈洛伸手去拿茶壺準備立刻添上茶水的瞬間——伊庫塔的搭檔庫斯自腰包內發出收到訊息的通知，通話接著響起。
「——向元帥閣下報告。齊歐卡軍自國境東側展開進軍！重複一遍，齊歐卡軍自國境東側展開進軍——」
聽見那個報告——不可思議的是，五人之間連倒抽一口氣的反應都沒有。
「……」
伊庫塔環顧在場的同伴們。他望著大家幾乎都已喝光的茶杯，忽然微笑。
「……勉強湊出了時間，讓所有人一起喝杯茶。」
托爾威、馬修、哈洛、夏米優都微笑著點頭同意。比起難過這段安寧時光的結束，他們更打從心底感謝能和同伴共度無可取代的時光直到這一瞬間的幸福。
「好了，開始吧——戰爭的時間到了。」
黑髮青年這麼告訴他們，同時拄著拐杖站起身，將掛在吊床上的斗篷披在肩頭。他換回作為帝國軍元帥的服裝，邁步走向自己的崗位——心中暗藏覺悟的女皇，與實力不分上下、身經百戰的軍官們跟隨在後。
宛如寶石般的安穩宣告結束。於是，最後一戰揭開序幕。

第一章

Alderamin on the Sky

決戰開幕

針對全面對決，帝國、齊歐卡各有各的戰略構想。

在此一基礎上，事先指定交戰地點，彼此盡可能集結兵力交鋒的古典戰爭——所謂的會戰在這個場合並不成立。對一方有利的地點，對另外一方而言則屬不利，特別是雙方在現代戰爭中威力最大的兵器爆砲數量上有所差距，對於帝國來說，決戰地點不能選擇單純的平原。

勝率最高的戰法，是在帝國領土內依序迎擊攻入國內齊歐卡軍的「防衛戰」。以破壞國土作為交換，這麼做可以事先設想進軍路線，將意料中的戰場調整得對我軍有利。由於地點在自己國家，容易補給這一點也很重要。

另一方面，齊歐卡明知這一點依然有必要攻入帝國。他們沒有「迎擊來犯敵軍」這種作戰方針可用。因為時間拖得愈久，雙方以爆砲數量為中心的戰力差距就愈會縮小。如果帝國主動進攻，代表他們在軍備上已達到採用那個方針也有勝算的程度。坐視情況發展到那一步，只是本末倒置。

不過——即使依照這幅構圖，也絕不代表齊歐卡軍陷入不利。

一方是鞏固防禦在根據地等待的帝國軍。一方是明知這一點，仍然必須進攻的齊歐卡軍。

「——砲兵部隊，前進！」

不必大費唇舌說明理由，光看這一幕就夠了。

由許多馬匹牽引，一重又一重向前推進的鋼鐵砲列。光是縱隊最前列都有三十門大砲。至於後續的——如果不站在小山丘上眺望，甚至想算出大致數量都很困難。

齊歐卡軍為這一戰準備的爆砲總數，實際上為六千一百二十二門。牽引大砲所用的馬匹數量為其三倍，至於人力則多達五倍。光是隨著爆砲量產化新成立的砲兵部隊人數便有三萬人之多，從這個事實可以清楚地看出，齊歐卡認為這個兵科正是決定戰爭勝敗的關鍵。

「……我真的擔心起來了，這一戰會不會讓帝國化為焦土？」

在隊列後方高大厚重的砲列中央，一名走在指揮官身旁的軍官低語。

正因為從反覆進行直到不久前為止的訓練中得知爆砲的威力，他能夠想像這個砲兵師團將會實現多麼驚人的火力。接下來，他們將實行多半是在歷史上獨一無二的大破壞——想到這件事，他在感到火力可靠的同時心懷恐懼。

看出他的憂慮，一旁的長官從鼻子裡哼了一聲。

「只能期待帝國人明智了。但願他們在土地化為焦土前投降。」

「是的，我不帶諷刺真心這麼認為……希望他們也快點看到這副景象。到底有什麼東西能夠阻擋這支大軍的前進呢？我們具備的火力甚至能夠炸毀山坡。更何況是人工建造的要塞——」

「——你認為有多少？」

在高台上，女兵以低沉的聲音發問。並排匍匐在她身旁地面上的男性部下謹慎地回答：

「……可見範圍內為三千，根據部隊規模來推測，五千多半是可靠數字。」

如此推測大砲的總數，她吞了口口水。從這個數字可以看出齊歐卡認真的程度。他們究竟花費了多少預算來整頓軍備，已經無從想像。

「我們要鉅細靡遺地進行觀測……這將是嚴酷的一戰，在這個階段出錯就免談了。」

「是！」

「——超過五千嗎？原來如此。」

帝國軍中央軍事基地司令室。收到報告的伊庫塔・索羅克，抱著坦率的欽佩點點頭。

「真了不起——這裡讚美的不是白毛小白臉，而是阿力歐・卡克雷的政治能力。為了湊到這個數字，他到底在國民議會上爭取來了多少預算？」

青年語帶苦笑地呢喃——可以強行施政，是帝政相對於民主共和制的明顯優勢之一。可是對上那位執政官，就連這種常識好像都沒有意義。

「唉，我並不驚訝。我認為那個人應該會這麼做——幫我接通席巴上將。」

庫斯聞言立刻展開通訊，不到五秒便傳來回應。

「我是庫巴爾哈・席巴。聽說已發現數量多得不像話的大砲，不過會照預訂計畫進行吧？」

「是的，當然了。請在第一次防衛線做壕溝戰準備。」

「我明白了。真叫人興奮啊。」

他帶著笑意說完那句話後，結束通話。對「日輪雙璧」一如往常的勇武感到十分可靠，伊庫塔撐著辦公桌站起身。

「——那麼，我也就位吧。」

青年離開桌旁，站在司令室中心由他布置的二十餘組將棋盤中央。每個棋盤盤面與放在旁邊的棋子形狀大小都各不相同，與原本的將棋完全不一樣。那是為了因應戰況演變，用來準確想像即將展開的戰爭而準備的輔助道具。

「好了——這次先攻的人是你啊，約翰。」

帝國軍發出觀測報告的四小時後。持續進軍的齊歐卡軍帶頭集團，此時正要跨越國境線。

「——好了，差不多能看見第一座要塞了，馬捷亞。」

在戰列前方拿著望遠鏡眺望的指揮官說道。他年約五十幾歲，肩頭佩戴上校階級章。他是在這次決戰初期，負責齊歐卡陸軍前線指揮的賈特拉·迪凱克上校。

「斥候應該也很快就會歸返。」

作為副官輔助指揮的馬捷亞·艾姆登少校如此回答。他們的部隊與他們注視的敵軍要塞之間距離剩下不到兩公里。那座彷彿聲明向西方延續的平原「到此為止」的正八角形大型軍事設施，其實是從一百二十年前起持續阻擋齊歐卡侵略的「最初之壁」——歐魯瓦鐵壁要塞。

「想戰勝帝國，就用五成力量攻陷歐魯瓦。這句話從我年輕時就讀軍官學校開始，就聽到耳朵長繭了。」

「現在也沒什麼不同。不經由此處要從陸路侵略帝國，頂多只能走阿爾德拉神聖軍翻越大阿拉法特拉山脈的那條路線。」

「那邊也是輝將大人指揮的吧。這次無法使用實屬遺憾。」

「我也喜歡高山，夢想是總有一天翻越大阿拉法特拉山脈前往拉・賽亞・阿爾德拉民朝聖——雖然如此，我可不想推著爆砲登山呢。」

馬捷亞少校這番話讓賈特拉上校笑出聲來。就連信仰虔誠到人稱聖人的阿爾德拉教教徒，都會唸著「總有一天要去」，然後就這麼過完一輩子——因此翻越大阿拉法特拉山脈的朝聖之旅，不時被人用這種說法取笑。

「這次走這條路線比較好。雖然不知道要塞裡有多少士兵，他們全都是爆砲的靶子。」

「如果他們反過來以野戰出擊的話，怎麼處理？」

「那可是幫了大忙，省下攻陷要塞的功夫。」

賈特拉上校脫口而出充滿自信的發言。這時候，一名軍官快步走到他們身旁。

「——報告！斥候部隊已偵查完前方可見的要塞歸返！」

「嗯，配置的兵力有多少？」

賈特拉上校立刻詢問。然而，眼前的軍官卻遲疑地欲言又止。

「……數量是……零。」

一陣沉默籠罩現場。在一瞬間的困惑後，上校猛然皺起眉頭。

「……零？」

「意思是要塞絲毫沒有人影。就算接近，敵軍也並未迎擊，甚至連侵入內部都很容易。另外，周遭也沒有可潛伏大量伏兵的地形。」

他接下來的說明越發加深疑問，難以衡量狀況的賈特拉上校重新轉向副官。

「這是你的預測說中的案例嗎？」

「或許沒錯……可是敵軍完全不見人影，這實在……」

馬捷亞少校斟酌言詞謹慎的回應——他們也預想過敵人設下計策的情況。例如將要塞內的士兵當成誘餌，從背後襲擊等等。可是在那些案例中，並不存在配置於要塞的人員人數為零的模式。

「算了。假使他們真的放棄此地，那只須直接接收當作我方的據點。聯絡亞爾奇涅庫斯少將做確認。」

指揮官打起精神開始以精靈通訊。不到幾秒鐘後，對方傳來回應。

「——我是總司令官約翰·亞爾奇涅庫斯。現狀如何？上校。」

「是。在進軍路線上經過的第一座要塞空無一人，該如何行動，想請教閣下的判斷。」

「無人嗎？」

「是的，根據報告，連一個人影也不見。直接接收也無妨嗎？」

預期指揮官會馬上同意的賈特拉上校發問。然而，回答卻太過令人意外。

「不，砲擊。」

「——啊？」

「向要塞開火砲擊。徹底轟炸，有沒有敵兵不是問題。」

砲擊無人的要塞。花了幾秒鐘接受那個指令，他慌忙確認。

「這——這樣好嗎？少將閣下。往後想來很難碰到能夠在敵地確保據點的機會。」

「我已經下令了，上校。」

白髮將領沒有加上說明，淡淡地斷言。那股壓力讓賈特拉上校不知不覺間挺直背脊，在承諾之後結束通話。

「……進行砲擊準備。」

「朝無人的要塞開火嗎？」

「我也確認過這一點，但這是總司令官的判斷，沒有理由質疑。」

他斬釘截鐵回答的聲調已不再帶著迷惘。副官也點頭同意，向砲兵部隊發出指示。賈特拉上校獲選為前線指揮官的最大理由之一就在於這裡。不管在任何狀況下，他絕不會懷疑約翰·亞爾奇涅庫斯的判斷。

「開始注入揚氣，上校！」

「好，開始吧！」

收到命令的砲兵們當場展開行動，開始為鋼鐵砲列注入揚氣。賈特拉上校一邊想像在爆砲內逐漸累積的壓力，一邊環抱雙臂揚聲道：

「我還不清楚司令官的意圖，不過想成早早有試射機會的話也不壞。」

「是……」

無法完全接受的副官含糊地回答。然而——砲兵們在不久之後報告砲擊已準備完畢，上校朝他們下令：

「開始砲擊！」

砲彈隨著巨響發射出去，砲兵們的鼓膜被震得發麻，連腳邊的草叢都隨振動而搖晃。幾秒鐘後，飛向空中的砲彈同時擊中目標，只見屋頂和牆壁一口氣被貫穿，粉碎的石材化為巨大的碎片傾注在地面上。

「唔，威力不出所料。雖然這座要塞的規模頗大，照這樣子是不堪一擊——」

見證砲擊效果，指揮官滿意地沉吟。可是——他並未目睹下一波砲擊。在他們眼前，要塞的一切「一瞬間爆炸四散」。

「——啊？」

「——要——要塞炸開了！報告，砲擊中的敵方要塞炸開了！不是崩塌，而是炸開！僅僅受到一波砲擊……！」

部下錯愕的聲音透過精靈傳來。與他的慌亂相反，白髮將領的臉上沒有一絲驚訝之色。

「Yah——果然如此。」

約翰邊說邊俯望桌上攤開的地圖。不必等待報告，代表要塞的記號上已經打上象徵「不可運用」的X記號。

「不必驚慌，這是極為自然的結果。就算面對爆砲沒有意義——那個伊庫塔・索羅克可不會毫無意義地棄置位於要衝的要塞。」

他篤定地斷言——利用揚氣爆破解體。那是約翰本人從前在大阿拉法特拉梯形台地的攻防戰中也用過的技術。其革新之處在於依事先動手腳的一方而定，爆炸能夠一瞬間炸飛堅固的地形或建築物。位於路線上的無人要塞正適合當作誘餌，約翰看穿了那一點。

「如果企圖接收要塞粗心地派士兵進入，就會發生大慘案——這樣你明白了吧，上校。要絕對服從我的命令。凡是在現場遇見未知狀況，首先就聯絡我。比起自己的腦袋更要信賴我的判斷。了解嗎？」

「是、是……！」

聽到指揮官以顫抖的聲調表示服從，白髮將領結束通訊，在一旁待命的米雅拉開口：

「馬上就碰到了伊庫塔・索羅克的陷阱嗎……真是絲毫不可疏忽大意。」

「這種程度稱不上陷阱。放在那傢伙和我之間，只算是打聲招呼。」

約翰甚至面露微笑說道——這不值得驚訝。經過三次對決與在「神之試煉」的交流，他們已經十分清楚彼此的實力。

「接下來將是初戰——秀出彼此的布陣吧，索羅克。」

在陸軍開始就迎擊部署的同時，在帝都邦哈塔爾遙遠南方的港口，接獲齊歐卡軍侵略通知的帝國海軍開始行動。

「嘿咻……」「將下一桶搬過來！」「喂，全部都在這了！」

扛著大水桶的水兵往來於船艦與港口之間。為了長期航海，船上得儲存大量物資。拜水精靈的淨水功能所賜，在海上也不缺淡水，不過足以供大批船員食用的糧食數量相當龐大。若是還要存放武器與砲彈的軍艦，光是裝卸貨物經常需要半天以上。

「——閣下！您在哪裡，尤爾古斯上將閣下！」

在大戰前忙碌的海軍港口一角，一名青年滿臉為難地四處徘徊。他是擔任耶里涅芬・尤爾古斯副官的資訊軍官。明明累積了不少與出擊相關的事務想請示長官判斷，卻找不到關鍵的當事人。

「嗚嗚，他究竟到哪裡去了——嗚哇？」

當苦苦尋找的他掂起腳尖環顧港口，緊鄰背後的堤防傳來水花聲，有什麼東西爬上了岸。他驚訝地回過頭，居然發現自己正在尋找的尤爾古斯上將就在那裡。只是他渾身濕透僅穿一件內褲，而且一手還拿著大顆的牡蠣。

「呼——哎呀，才六分鐘就到達極限，一陣子沒潛水，體能都退化了。」

身上滴著海水的尤爾古斯上將喃喃說道。副官被他充滿光澤的肌膚，感受不出年齡的肉體美所震懾，勉強擠出聲音。

「上、上將閣下——」

「哎呀，是你。怎麼了？」

就在上將發現他的存在，看向他的瞬間，上將背後再度噴濺水花。

「噗哈——！怎麼樣，叔父！」

隨著那句話，同樣渾身濕透的女子爬上堤防。她是上將的姪女波爾蜜紐耶海尉——她一隻手果然也緊握著大顆牡蠣。

霎時間，兩人在眼前舉起牡蠣互相展示。兩者的尺寸都很可觀——不過仔細一看，尤爾古斯上將的牡蠣更大上一圈。

「人家贏了！妳還有得學。」

「嗚～！」

見叔父咧嘴一笑，波爾蜜不甘心的跺跺腳。好了～沒理會愣住的副官，尤爾古斯上將開口道：

「這是場不錯的熱身運動。船員們應該等急了，回妳自己的船去，波爾蜜。」

「是是是，這就照上將閣下的吩咐去辦。」

波爾蜜天不怕地不怕地說完後轉身離去。愣愣地目送她的背影，副官回過神來發問：

「可——可以請教兩位在做什麼嗎？」

「你問做什麼？只是比賽採牡蠣而已。一方面當作出港前激勵士氣，人家在陪姪女玩啊。」

尤爾古斯上將坦然地回答，目光投向海面。

「你也試試如何？唯獨這一次，可不是身上不帶海水味就能獲勝的戰爭。」

「……！」

那句話聽得副官瞪大眼睛。下一瞬間，他將精靈與隨身物品放在地上，猛踏地面縱身跳進海中。

一陣水花飛濺。

「噗哈——這、這樣可以了嗎！」

「——可以是可以……你意外地大膽呢。」

尤爾古斯上將露出半是驚訝半是覺得好笑的表情說道，向爬上堤防的副官遞出手帕。

「人家感受到你的幹勁了——報告吧。」

「是！」

波爾蜜在港口朝自己的船艦飛奔。當同伴們在船上尋找她的模樣躍入眼廉，她朝他們放聲大喊：

「各位，我回來了～！」

發現那聲呼喊，船員們的目光轉向波爾蜜，同袍波姆與尤琳並肩抱怨。

「什麼我回來了！妳動作真慢，艦長！」

「妳跑去哪裡混了！準備工作幾乎都完成了！」

「抱歉抱歉！我在那邊採牡蠣！」

波爾蜜回以不成藉口的藉口朝舷梯衝去，在登上前卻忽然停下腳步。因為一名熟悉的老人在那裡等著她。

「快點準備，領頭艦落後那可不像樣。」

「庫奇爺？」

昔日在她曾搭乘的「暴龍號」擔任艦長的老手，拉吉耶希‧庫奇海校。雖然他如今因胸腔疾病退出第一線，唯獨這一天趕到港口來為波爾蜜送行。

「儘管我也想一起去，卻無法如願了……」

「……庫奇爺……」

波爾蜜寂寞的皺起眉頭。不過，老人斷然搖搖頭。

「這是陪老頭子垂頭喪氣的時候嗎？——去吧，波爾蜜。現在是你們的時代。」

「……嗯！」

波爾蜜挺直背脊敬禮，衝過舷梯登上有船員們在等候的船艦。她巡視甲板一圈確認出發準備全數完成後，指示部下們起錨揚帆，自己則攀爬繩梯登上桅杆上的眺望台。

「嗯——天氣真好。」

她眺望晴朗無比的大海喃喃說道，往肺部深吸一口氣——開始唱歌。

「——太陽升起，海鷗鳴唱——」

船員們沒停下運作船艦的手，沉默地聆聽歌聲。他們沉浸在自古相傳的啟航之歌中，告別或許再也無法踏上的大地。

「——登上船，解開繩索吧。一划動船槳就別回頭——！」

不止他們的船，那道歌聲也乘著海風傳到旗艦上的尤爾古斯上將耳中。

「好歌喉——妳很清楚領頭艦的任務嘛，波爾蜜。」

他面露微笑低語。現在他搭乘的船艦——並非在尼蒙古港海戰時也用過的帝國海軍最大戰艦「黃龍號」。由於戰術因素，這次無法使用「黃龍號」。取而代之飄在海面上的，是船身尺寸小了兩號的三桅帆船戰艦「紅龍號」。這艘在這次決戰的旗艦，是男子當上海軍上將之前，主要在校級軍官時代的愛用艦。

尤爾古斯上將側耳聆聽姪女的歌聲，同時將小刀插進手中的大牡蠣殼中。他切斷貝柱打開貝殼正要吞下牡蠣時——忽而瞄到裡頭閃著白色的光輝，於是停下動作。

「哎呀，真是吉兆。」

他以指尖掂起那東西微微一笑——只見一顆尺寸連在珠寶市場上都不常見的大珍珠，在陽光下閃閃發光。

離開要塞殘骸前進數小時後，齊歐卡軍終於與正等著他們的敵方部隊對陣。

「……這是……」

以望遠鏡窺看的賈特拉上校臉上充滿困惑之色。這也無可厚非，眼前是前所未見的作戰形式——遍及廣範圍重重挖掘的壕溝，與配屬在壕溝中的大批帝國士兵。他們在架設好的鐵絲網另一頭警惕地舉著武器，完全擋住齊歐卡軍的去路。

「……雖然曾聽過少將閣下的預測，當實際出現在眼前，可真是異想天開的光景。少數人把守狹路的情況姑且不論，沒想到這種規模的部隊會全部納入壕溝中……」

「不過，這種做法很合理。既然要塞沒有意義可言，對於對方而言，在最低限度的野戰工事內等待我們比較不浪費力氣。」

馬捷亞少校冷靜地分析，他的長官也點頭同意那個意見。

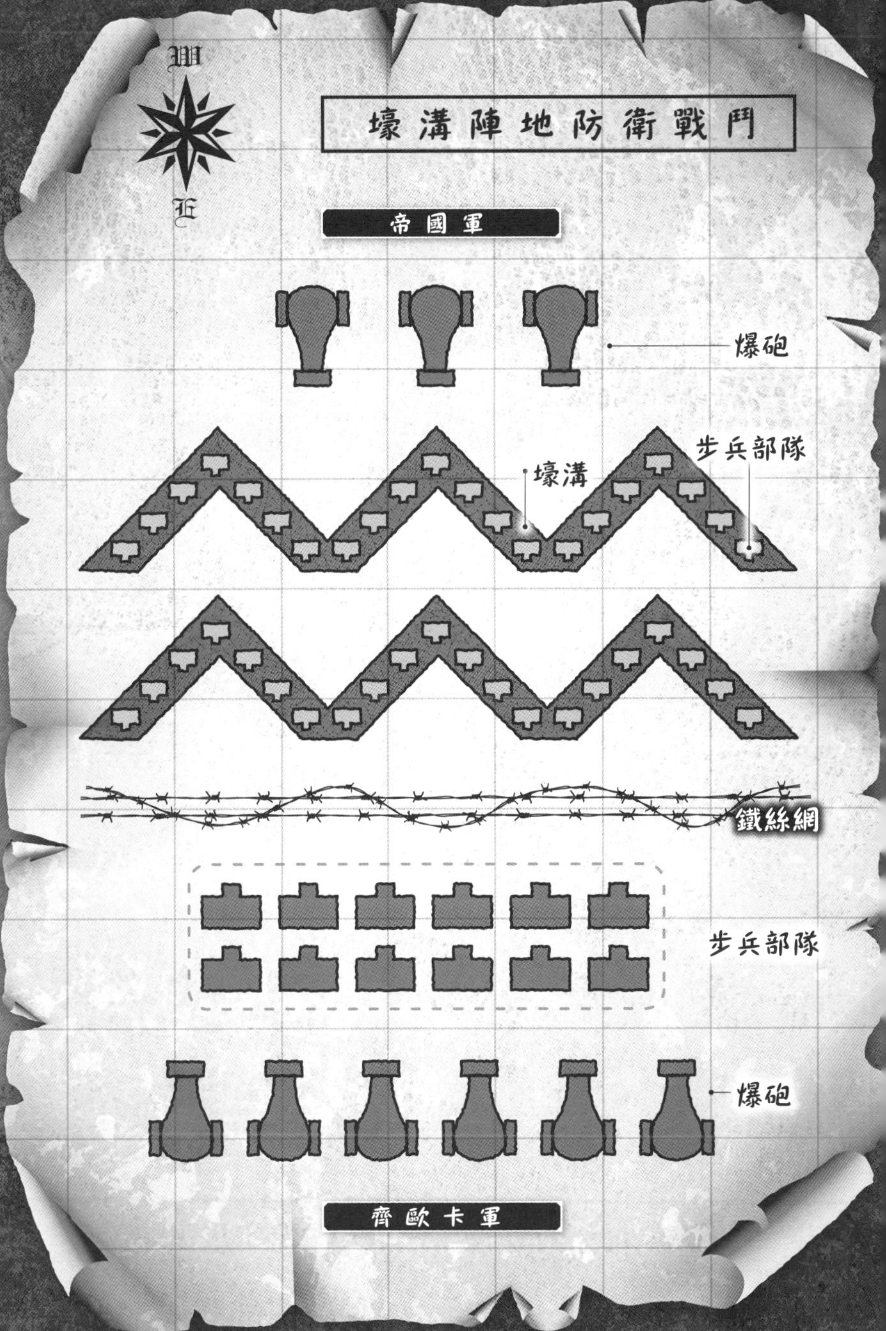

W
E
壕溝陣地防衛戰鬥
帝國軍
爆砲
步兵部隊
壕溝
鐵絲網
步兵部隊
爆砲
齊歐卡軍

「既然發現對方也有所準備，那麼——就必須確定他們準備到了什麼程度。」

他望向背後，那裡有著整齊排列的大砲群——在地形容許上限展示出爆砲部隊的雄壯英姿，甚至今他感到顫慄，於是他靜靜舉起一隻手。

「砲擊——開始！」

他做好充分準備下達命令。震耳欲聾的巨響繼而響徹四周。

無數的砲彈彷彿要遮天蔽日般傾注而下。那氣勢猶如空中飛行的鳥群般，隨著噴煙發射後，很快對準地上的獵物迅速下降。

「要來了～～！」

士兵們在壕溝底部低下頭。有些人止不住渾身顫抖，有些人專心地念誦阿爾德拉教的祈禱文，他們拚命地試圖揮去腦海中自己下一瞬間被炸得屍骨無存的想像畫面。

滋！沉重的中彈聲不絕於耳——一次齊射傾注而下的砲彈其實超過兩千發。在這陣毀滅的怒濤之下，若是一般的要塞，無論如何都避免不了遭受致命的破壞。然而——

「……嗚……！」「……嗚……啊……？」

在砲擊當中，帝國士兵一個接著一個開始察覺。經歷砲擊後，自己的身體依然四肢完好。土牆沒有崩塌，保護了他們。

「我……我還活著。」「我們沒死。」

「擋得住……！只要待在壕溝裡，就擋得住那種砲擊！」

切身感受到壕溝對於砲擊的防禦效果，鼓舞了他們的勇氣。如果俯瞰暴露在砲擊下的陣地情況，那的確展示了值得驚訝的結果。

首先，壕溝本身沒有任何一處被廣範圍的炸開。接近中彈地點的地方雖然有些崩塌，不過也是能夠修補的程度。最值得驚訝的是，配置於壕溝前方的鐵絲網幾乎沒有損傷地保留下來。甚至連應該近距離沐浴過爆風的部位，都沒被切斷。能輕而易舉擊垮石造堅固堡壘的砲擊，卻打不破不算粗的鐵絲。

同時，鐵絲的細度正是它在砲擊中堅持下來的最大理由。整片襲來的爆風破壞力，有一大半都穿越了只不過由細線構成的鐵絲網。要用砲擊擊潰鐵絲網，遠比打碎厚重城牆困難得多。

「下一波砲擊來了！低下頭——！」

能夠慶幸平安無事的時間很短暫，震動與巨響再度襲擊帝國士兵們。不過，壓低身軀忍受砲火的他們，表情與第一次砲擊時有所不同。

「……這樣能夠戰鬥……」「……沒錯，我們能夠戰鬥……！」

自己有能力挑戰齊歐卡軍壓倒性的砲列。在胸中萌芽的想法，使他們的戰意更加鞏固。

「——效果不彰？Ｓｙａｈ，果然如此嗎？」

另一方面，聽到現場指揮官通知砲擊結果的約翰，毫不驚訝地接受了情況。

「這是妥當的結果。壕溝與鐵絲網的組合，是現階段因應我方砲擊的最佳解答。要進行防衛戰，沒有比這更好的作戰計畫了。」

他淡淡地稱讚敵軍的準備。和前線將士們相反，他一次也不曾陶醉於爆砲的破壞力。

「阻擋暴風的壕溝與阻擋人的鐵絲網。互相截長補短構成的屏障，遠比外觀更加堅固。該如何打破這層防禦，是這次戰爭的第一個要點。」

「……嗚……」

「聽好了，絕對別將步兵派上前。如果他們衝進去，從那一瞬間起我軍就會被拖入泥淖。把自己人的身體並排推到鐵絲網上開出一條血路——你不想上演這種在歷史上留名的惡戰吧？」

約翰用危險的比喻告誡部下。由銳氣十足的名將指揮，數量龐大的新兵器——這些條件使部下們期待勢如破竹的迅速進擊，但他必須早早打破那樣的夢想。他必須在一開始就讓他們切身感受到，這一戰從開頭到結尾都走在鋼索上。

「別急於攻略，現階段測驗一下帶來的裝備就行了，距離重頭戲組裝好還有一段時間——帝國士兵們也只有這段空檔能作美夢而已。」

從約翰向前線部下說話的表情，米雅拉感覺到——在考慮到那一切因素的前提下，他有信心走完這條鋼索。

為攻略壕溝陣地，齊歐卡軍在斷續進行砲擊之餘，也以其他形式展開行動。

「推出裝甲車！」

不尋常的兵器出現在帝國士兵們面前。那是一種正面與側面鋪著鐵板，後方有用來推動的把手，內部設置空間可供人進入的木造台車。乍看之下類似於攻略堡壘的雲梯，造型卻比雲梯低矮得多。

「開始前進！」

台車對準壕溝一字排開，配合號令同時開始前進。帝國軍立刻開槍還擊，被子彈打中的鐵板猛烈地迸出火花。齊歐卡兵們苦澀地歪歪嘴角。

「可惡，好重……！」

為了保護士兵不受子彈攻擊，台車上鋪設了厚實的鐵板，要以人力推動有些過於沉重。走在修整過的平地上姑且不論，在傾斜與凹凸不平通通保持自然狀態的大地上前進實在很辛苦，不管再怎麼努力速度都很慢。

遠遠看出他們正在苦戰，賈特拉上校不悅地皺起眉頭。

「果然不能太期待裝甲車的作用嗎……」

「那個重量要以人力來推動太重了。雖然馬匹可以牽引，卻不適合推動……如果在動力方面發生重大革新，也許會有不同的展望？」

副官替長官的低語作補充。他們派出的鐵板台車——裝甲車這種兵器，意圖是剪斷敵陣架設的鐵絲網。目標為一邊承受槍擊，一邊讓步兵抵達壕溝前方，從前方裝甲的縫隙中伸出大型剪刀剪斷鐵絲網。可是——在現階段，其完成度就算說客套話也稱不上高。

「很、很好，還剩一半——嗚喔？」

推著台車走過一半距離的齊歐卡兵們，接二連三發出驚叫姿勢向前傾。他們連忙查看情況，只見台車前輪陷入地面——掉進由布料與泥土作偽裝的陷坑中。他們慌張地拉著把手後退。照這樣下去，整輛台車都會掉進坑洞。

「……看來敵方也預料到做了準備。這樣果然不行呢。」

「唔……撤回部隊。太深入追擊而損失兵力，只會一無所獲。」

賈特拉上校不帶多少遺憾地命令剪斷車部隊撤回。這場作戰從一開始主要的目的就是衡量裝甲車在實戰中的效用，若能兼具結果算是賺到了。光是能在初戰查出缺點就很好了，他必須這麼認為。

「看啊！敵方裝甲車退後了！」「很好！陷坑順利發揮作用了……！」

看到的敵軍後退，帝國士兵們發出喝采。在陣地前方的壕溝，一名槍兵猛然回頭朝背後的長官喊道：

「這招管用，米特卡利夫中尉！照這個情況，意外地——」

「不——敵人的冷靜反倒才可怕。」

與士兵們的興奮相反，蘇雅・米特卡利夫陸軍中尉窺看單手拿著的望遠鏡，冷冷地回答。她以從開戰起一直都很嚴肅的表情，如此繼續道：

「如果他們依賴爆砲的威力派步兵突擊，在那個階段就能造成重大的打擊。不過——無論是在步兵之前先派出裝甲車，或是發現陷坑後立刻撤回裝甲車，都是為了不讓士兵白白送命而做的判斷……這代表對方正確地掌握了壕溝陣地的威脅，明明是第一次目睹這種戰術啊。」

當她指出這一點，興奮之色從士兵們的臉上消失。蘇雅目不轉睛地盯著敵軍的狀況，一個高大的身影突然站到她背後。

「唔。光是開路的裝甲車後退，無法當作樂觀的條件啊。」

男子摸著下巴的鬍鬚這麼說。一看到他的臉龐，士兵們錯愕地站直不動。唯獨蘇雅頭也不回地撇撇嘴角。

「……席巴上將閣下。此處的總指揮官請別到那麼前面的壕溝來，你以為精靈通訊是為什麼而存在的？」

「哈哈哈哈！別這麼說，團長的愛徒。我是個老軍人，不近距離目睹嶄新的戰場就心有不安。」

席巴上將直率地將手放在蘇雅頭上說。她嘆了口氣。不知道是不是受到她與伊庫塔的師徒關係影響——最近這個人有著將她當成孫女對待的一面。而這並不會讓她不快，又叫人火大。

「那麼，至少頭壓低一點。如果有流彈飛來我也保護不了你喔。」

蘇雅這麼回答，揪揪對方的衣袖——當然，她也並非不理解席巴上將想近距離觀看戰鬥情景的心情。

數量前所未有的爆砲與規模前所未有的壕溝陣地。對於帝國軍與齊歐卡軍雙方而言，在這個戰場上首次目睹的東西實在太多。實戰直接兼作為實驗是必然的結果。一邊調整事前的預測與眼前的現實，一邊思考我軍在往後該如何戰鬥——兩軍可以說目前都還處在探索這部分的階段。

「唔，這次砲擊的間隔特別久啊。」

「也許是改變手法的徵兆——全員趴到防護板下！」

蘇雅在下一個發展來臨前搶先下令，部下們聽令後慌忙展開行動。他們拿起靠在壕溝壁旁的大板子，呈斜角固定在另一側的土壁之間，一個接一個鑽進板子底下。蘇雅本人也拉著席巴上將的手採取同樣的行動。

砲擊聲在不久後轟然響起。原以為與先前的砲擊沒有差異，然而描繪出拋物線的砲彈在抵達他們頭頂的瞬間發出第二次爆炸聲。無數的金屬碎片立刻如雨點般落在壕溝陣地上。金屬碎片刺中頭頂板子的聲響，聽得士兵們肩膀發抖。

「……散彈嗎？」

蘇雅也點頭同意席巴上將的低語。只要看到目前為止的情勢展開就知道，一般砲擊對壕溝內的士兵效果不彰。為了更有效地殺傷藏在豎坑內的敵軍，使用在半空中破裂子彈四散的砲彈——散彈是十分妥當的主意。

「可是，果然在技術方面遇到了阻礙吧。在從這裡所看到的範圍內，我認為順利在頭頂破裂的散彈數量為整體的不到三分之一。從防護板擋下碎片也看得出來，應該沒那麼可怕。」

砲擊一停止，蘇雅立刻身先士卒地從板子底下爬出來。席巴上將跟在她背後，咧嘴一笑——不只期待她未來的表現，蘇雅在這個階段已十分可靠。

「看來敵軍處於逐一確認新兵器效用的階段，接下來他們會拿出什麼呢——」

這一瞬間，腰包裡的精靈打斷蘇雅的話開口：

「——位於陣地後方的氣球觀測隊傳訊！根據自上空的觀測，已確認敵軍部隊後方有正在組裝中的巨大爆砲存在！依照目測推算，砲管尺寸為一般爆砲的十倍以上……！」

在一旁聽到的部下們臉上掠過一陣緊張。通話在沒多久後結束，臉色凝重的蘇雅筆直地轉向身旁的席巴上將。

「——重頭戲來了。席巴上將閣下，這次請您退至後方。」

「……我知道了。妳要平安無事，米特卡利夫中尉。」

這一次他只能認清立場。「日輪雙璧」之一滑進通往陣地後方的豎坑，打從心底期望負責最前線的他們平安無事。

在他們後方約一公里處。在上升至上空二百公尺高的觀測氣球上，帝國軍新編的氣球兵們臉龐抽搐。

「……你說那是爆砲？認真的？那個龐然大物是爆砲？」

看著望遠鏡的女兵不知第幾次喃喃地說。從幾個小時前開始，他們就在上空的特等席全面關注著方才報告過的「那東西」在地基上依序組裝起來的樣子。

「這是惡劣的玩笑吧。大小都相當於一間房子了。」

「我打從心底希望，那是個巨大的裝飾品。」

在一旁負責操作氣球的男性士兵語帶嘆息地回應。他的搭檔繼續道：

「……啊，真是的，他們開始調整角度了。住手啊，愈看愈像座砲台了。」

「還不確定喔。就算建起了地基，搞不好他們是打算在上頭豎起一面大白旗。」

女兵試圖對搭檔開的玩笑一笑置之，卻發現僵硬的嘴角連這個舉動都無法做到。她忍受著從腳底竄起的寒意，再度開啟精靈通訊。

「……沒想到從初戰開始就要仰賴這個了。」

在齊歐卡軍部隊後方，賈特拉上校恨恨地開口。他的副官斷然搖搖頭。

「以擁有的最大火力消滅敵人。這是沒有任何可恥之處的正確兵法。」

聽到馬捷亞少校告誡般地這麼說，他的長官也面帶苦澀地頷首。

「的確沒錯……正如少將閣下所言。看來對手沒有弱到保留餘力就能戰勝的程度。」

交談的兩人同時仰望眼前的東西。那近距離看上去只像座厚實鋼塔的物體，若不相應地拉遠視角，甚至難以認識到它是砲管。

全長八公尺餘，口徑達近兩公尺。雖然尺寸超乎通常規格，這個同樣是爆砲。其零件由多輛馬車分別載運，士兵們在此處花費了幾小時組裝。彼此之間隔著一大段距離的八門大砲，即將結束使用前的最終檢查。

「敵軍也派出了氣球，應該已經看見這個了。」

「這也無可奈何。這個一旦組裝起來，不解體就無法移動。而且——就算看到，也無法設法處理。」

「沒錯……頂多是多了一些時間向主神祈禱。」

他這麼想著消除了心中的一絲擔憂，重新以感嘆的目光仰望眼前的巨砲。

「第一次目睹這個的完成品時，我打從心底覺得——幸好自己不是生在帝國。」

「…………」

「最終檢查完畢！」

從巨砲底部奔來的士兵這麼通知。副官以眼神示意，賈特拉上校有力的點頭回應。

「開始注入揚氣——讓你們見識見識齊歐卡的力量。」

同一時間。來自上空觀測手們的報告透過地上的精靈之口傳遞。

「——敵軍巨砲，橫向角度調整完畢！預計即將發射！」

聽到那句話，蘇雅當場轉向搭檔。報告還在繼續。

「預測的中彈地點a1～a7、b1～b7為其中一處！估計初彈會出現很大的誤差！位於該區域的士兵，立刻轉移到相鄰的安全區域！」

收到必要資訊的蘇雅猛然展開行動。她向在同一個壕溝戰鬥的部下們洪亮地下令：

「全員開始轉移至Ｃ２！按照訓練排成雙縱隊！」

「遵、遵命」「哇哇哇哇哇……！」

受到長官催促的士兵們手忙腳亂地開始組成縱列，腳步因為太匆忙顯得凌亂，蘇雅以強硬的口吻斥責道：

「別慌張，通道很狹窄！絕對別破壞縱列，別堵住後續同伴的路！一旦堵塞就會一同倒下！」

她這麼吶喊，一巴掌狠拍在打亂隊列的一個人背上。當蘇雅發揮牧羊人般的手腕送部下們離開，擔任副官的女兵跑向了她。

「米特卡利夫中尉，妳也趕快——」

「不，我最後走就行了。」

蘇雅斬釘截鐵地說。她直接環抱雙臂，目不轉睛地注視著部下們勉強保持縱列隊形持續前進的模樣。

「只要我還在，絕不會讓這些傢伙陷入恐慌。在這次的戰爭中，我不打算容許任何一個人白白送命。」

「中尉……」

「沒事的。妳試著想想——光是進行仰角調整，那種龐然大物在操作上也並非一下子就能結束的。應該有足夠的時間讓在場所有人轉移位置。只要別受到焦慮影響，在通道途中堵住的話。」

在有限的時間中，該如何確實讓全體部隊轉移——考慮到這一點，身為指揮官的她留到最後，在蘇雅心中是個明確的選項。看出她眼中不可動搖的決心，擔任副官的女兵同樣做好覺悟並肩站在她身旁。

「……那麼，我也陪妳一起。」

「妳先走也沒關係。」

「不，我陪妳一起……恕我直言，在誤判撤退時機這件事上，中尉妳曾有過前科。」

那番話讓蘇雅心虛地皺起眉頭。副官指出的是，從前在雷米翁派掀起的軍事政變尾聲——她對上伊格塞姆派的部隊上演防衛戰之際犯過的錯誤。她因為太過固執己見錯判撤退的時機，結果險些喪命。再加上……當時拯救她的，是此刻在身旁的副官舉起的一面白旗。

「……既然妳提起這件事，我無法反駁。」

「那是當然的。如果妳不好好反省，我那次賣力拚搏也沒有價值了。」

副官挺起胸膛說。蘇雅從鼻子裡哼了一聲，垂下頭避開她的目光。

「……隨便妳。就算妳來不及逃走被炸飛，也不關我的事。」

「請放心，到時候我會深深怨恨妳的。」

副官微微一笑如此回答後，同樣轉而去告誡士兵們的行動。側眼眺望她的背影——謝謝，蘇雅在口中呢喃。

當士兵們報告巨砲已完成發射準備的瞬間，賈特拉上校迫不及待地拉高嗓門：

「——仰角調整完畢！隊長，請下指令！」

「好……發射！」

在命令傳開的同時，砲兵們展開行動，點燃填充在厚實鋼殼內的揚氣。周遭的士兵們為了保護鼓膜同時堵住耳朵，那一瞬間到了。

莫大質量的暴力，隨著宛如震央在正下方的地震般的激震迸發。搬運一顆需要一輛馬車的特大號砲彈——在半空中飛舞的情景本身便等同於惡夢。飛上高空的鐵塊來到拋物線頂端，很快地開始下降。凡是學過彈道學的人誰都知道這個原則。也就是——砲彈的破壞力與其重量及到達的高度成正比。

每一顆抵達地面的砲彈，都由於其壓倒性的質量陷入土中，經過短暫的時間差後爆炸——構成壕溝陣地的數噸泥土同時飛舞。不管再怎麼事先準備，也不可能承受得了。中彈地點無一例外地被炸出直徑超過十公尺的巨大坑洞。

「確認中彈！雖然人員損傷不明，已確認對於防禦陣地本身造成打擊！」

「很好～！」

指揮官握緊拳頭高呼痛快，壓倒敵軍的觸感令他顫慄。

「看到了嗎，這就是齊歐卡的力量！和你們從根本就不一樣，這是在健全共和制度支持下的國家的力量……！」

「——提出損害報告！這個區域的死傷人數呢？」

在巨砲砲彈著地之後，在壕溝陣地一角，負責此區的薩利哈史拉格喊道。

「重傷六名，輕傷二十七名！失蹤人數三名！多半被埋在土中……！」

「猜出地點，快把人挖出來！先前在他們周邊的同袍應該能做推測！」

他確認同袍的受害狀況，下達救援指示。在兄長身旁，雷米翁的次子也開口道：

「大哥——」

「嗯，我知道！」

不等弟弟說完就察覺他的意圖，薩利哈命令搭檔精靈開啟通訊同時拉高嗓門：

「──喂，妳沒事吧，米特卡利夫中尉！總不會擺出那種高高在上的態度，卻在這麼初期就死了吧！」

當他這麼詢問，一個不服輸的聲音立刻回應：

「……對，我沒事！很抱歉沒有符合你的期望！」

「笨蛋，妳死了麻煩事會變多！那邊的情況怎麼樣？」

「人員損傷輕微！由於相鄰區域半毀，接下來將配合救出失蹤者進行修復作業！」

「那就好！別專注於挖坑，錯過了預報！」

「這句話原封不動的還給你！先這樣！」

通訊隨著她生氣勃勃的聲音掛斷。薩利哈嘖了一聲。

「真是個嘴硬的傢伙！」

「我認為你們是彼此彼此，大哥。」

「你也變得多嘴了！」

薩利哈戳戳斯修拉肩頭後轉身離開，身材高大的弟弟立刻跟隨在後。

「──以上為損傷情況！雖然事先避難奏效，但有幾個地方似乎與預測地點有出入！」

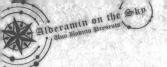

在帝國軍總司令部的伊庫塔，正聽取席巴上將關於巨砲造成的損傷報告。黑髮青年聽完所有報告後點了個頭。

「不，非常好。既然第一次砲擊的損傷是這種程度，從下一次起可以進一步壓低吧。」

考慮到初次砲擊的損傷在預測範疇之內，他繼續道：

「無論多麼仔細準備壕溝陣地，大口徑爆砲的破壞力在現階段都無法防禦。中彈地點被炸毀這一點只能放棄……不過在這個前提上，將人員損傷抑制到最低限度是可能的。」

那正是伊庫塔面對無法防禦的巨砲採取的對抗手段。作戰方案是派布署在氣球上的觀測兵監視砲身動向，從其角度預測中彈地點——讓士兵們事先避難。氣球、精靈通訊、擅長計算彈道的砲兵——這是由三個要素互相合作而得以實現的高次元機動防禦。

「提防下一波砲擊，同時就此繼續防衛戰。考慮到搬運砲彈需要的人手，就算是齊歐卡也無法隨意濫用那些巨砲。只要陣地未被突破，資源消耗更大的會是他們。」

伊庫塔說出防守方的有利之處，同時思考。對方應該也很清楚這一點。

「只是——既然已讓我方留下巨砲破壞力的印象，對方應該會虛張聲勢加以活用。別只顧著注意砲擊，也要提防步兵的入侵。不過不容許失誤的緊繃心理戰將持續下去……」

「好，包在我身上。我對於自己的粗神經很有自信，趁這個機會多少消耗一點剛剛好。」

席巴上將以堅定不移的語氣說道。儘管切身感受到將前線託付給「日輪雙璧」之一的可靠感，伊庫塔依然說出叮嚀的忠告：

「我很仰賴你。但是——該撤退的時候不要猶豫，這是以撤退為前提的一戰。」

「我明白。我發誓，不會讓人白白送命——無論是士兵們或我自己。」

再次確認兩人共享這個意志之後，他們同時結束通訊。

在巨砲攻擊經過一小時後，齊歐卡方的指揮官們開始對狀況感到疑惑。

「……他們沒有畏懼的跡象呢。」

「……是的，我也這麼覺得。」

副官透過一手所持的望遠鏡觀察敵陣情況，同意地點點頭。

「遭到破壞的陣地順利地進行修復中。不知是他們當場補足了傷兵的人力缺口，或者是受創程度沒有外表來得嚴重……？」

「在遭受那陣砲擊之後嗎？……到底怎麼做到的？」

「我不清楚。不過——少將閣下或許知道。」

馬捷亞少校邊說邊看向腰包。賈特拉上校沉吟起來，但不等他下判斷，總司令官已傳來通訊。

「——你說對方遭受巨砲砲擊之後，也沒有畏懼的跡象？」

在齊歐卡軍司令部，約翰確認著那個狀況。

「沒必要感到不可思議。在敵陣後方升起了數架氣球吧？——沒錯，就是那個。氣球上有觀測兵，從我方的砲身角度預測中彈地點。因為尺寸那麼龐大的爆砲，調整發射角度很花時間。如果經過充分訓練又有運用精靈通訊的合作體制，有可能做到事先讓士兵們避難。」

以組織結合的方式利用氣球與精靈通訊這些新元素——也是當然的舉動。對手可是伊庫塔·索羅克。首先，在這些方面竭盡所能做到最好之後，他們的戰鬥才終於準備就緒。

「就算如此，也讓他們對巨砲的威力留下了印象。因為士兵會離開砲管對準的地方，沒有理由不利用這一點。」

在約翰心中，初期的觀望結束了。他很篤定對方也有同樣的想法，在充分準備下發出命令。

「雙方都亮過牌了。Ｅｘｋｙａａｚｙ——好，進入攻略階段。」

在時機成熟之前如同長滿青苔的岩石般沉靜。然後，到了行動時刻勢如烈火。

面對固守在壕溝陣地的帝國軍，約翰率領的齊歐卡軍正確地執行了這個原則。八門巨砲的準心集中在敵方陣營右側，所有一般爆砲同時展開飽和攻擊——當雨點般的砲彈讓帝國士兵們低下頭時，步兵展開入侵。

「全速前進——！」「敵軍回應的射擊很遲緩！別停下腳步！」

齊歐卡兵們鼓起勇氣的吶喊聲雄壯地響起。自頭頂以曲射彈道掠過的砲擊，以及同時發動的步兵突擊——這是在帝國軍也探討過的步兵與爆砲的連手進擊。

步兵突擊本來的理想狀態是在事先以準備砲擊盡可能削弱敵方戰力後進行，然而，這一招對於小心謹慎地守在壕溝內的對手不管用。在發動效果有限的砲擊白白浪費砲彈之前，進攻方必須轉而行動。

「可惡，迎擊——！」「混帳東西，別抬頭！會被炸飛！」

帝國士兵當然也試圖迎擊，可是在無休無止傾注而下的砲彈空隙間迎擊，恐懼與焦慮讓他們難以瞄準。更棘手的是——齊歐卡軍步兵並未呈橫列散開，刻意保持縱列衝過來。這種隊形要求士兵具備高水準的技能，相對的擁有既往的戰列步兵無法相較的機動力，最重要是標的很小。這是隨著膛線風槍普及化，齊歐卡方面也在摸索新時代戰爭樣貌的證據。

「別焦急！——展開對抗砲擊！」

不過——來自正面上空的砲擊朝湧向壕溝的步兵部隊炸開。看到同袍在眼前被炸飛，讓齊歐卡兵們裹足不前。

「唔，對方也動用爆砲——」「別害怕！我們數量占優勢！」

軍官們呼籲放慢腳步的部下們，但這段期間砲彈依然毫不留情地落下。那波砲擊以反擊突擊的形式襲向他們，從壕溝陣地的另一頭越過帝國士兵們頭頂飛去。

「已確認敵軍部隊領頭集團中彈！」「很好——瞄準得好！就這樣繼續！」

眼見反擊成功的砲兵們大聲叫好。在數量上應該連齊歐卡方十分之一都不到的帝國軍爆砲，以準確的集火阻攔突擊。目睹這一幕，齊歐卡方的指揮官用力撇撇嘴角。

「他們的瞄準怎麼如此精確……！縱列突擊本來標的就小，更何況那是越過同袍頭頂的曲射啊！明明是這樣，為何能夠那麼精準的發砲……？」

「——只要判讀出對方會從哪裡用什麼方式攻擊，這並不困難。」

伊庫塔說道。在他眼前的將棋盤上，棋子集中放在左右兩側。

「用將棋盤逆向思考時，對方會如何攻略朝左右兩側展開的壕溝陣地？照一般想法，會選擇攻擊左端或右端吧——因為遭受的反擊只會從左右其中一方而來。再考慮到齊歐卡軍的技能水準，選擇排成縱列突擊以免士兵被還擊射擊打中是很自然的——當條件縮限到這個程度，我方就能預先將砲口對準事前預測的突擊軌道。」

青年斷言道。他相信那人必定會採取最佳策略。對於敵將的這份信賴，讓他堅定不移地決定了怎麼還手。

「為了誘導突擊的路線，我略為改造了地形的起伏。因為這裡是我方的陣地——爆砲的位置從一開始就安排好了，也十分清楚砲身以什麼角度對準會是何處中彈。你最好別認為能輕易抵達壕溝。」

將棋盤上的棋子一起推回對面，伊庫塔倏然瞇起眼睛。

「我很歡迎戰況陷入膠著。不過——你並非如此吧，約翰。」

「——在保持目標點不變的情況下，僅變更突擊路線。『別讓士兵走好走的路』。」

同一時間，白髮將領開口發出應對指示。米雅拉詢問理由。

「約翰，這到底是……？」

「妳看不出來嗎？對方事先推測出突擊的軌道，預先將砲口對準了那裡。他們也徹底預測到我方會從壕溝陣地兩端開始攻略。這代表著——從地形上看得出的最短路線最危險。」

咚咚咚，他以手指敲打桌面。米雅拉甚至無法想像，在他的腦海中有多少計略在運轉。

「話雖如此，照這樣下去戰鬥會有些束手束腳。『我們也來改造地形吧』——將巨砲瞄準的位置往前拉。」

聽到巨砲發射聲的瞬間，帝國軍方面位於壕溝陣地最前排的士兵們同時壓低身軀。然而——緊接著傳來的砲彈落地巨響，出乎意料地來自他們遙遠的前方。

「……？」「怎麼？沒瞄準好？」「巨砲的砲彈飛得差那麼遠……？」

士兵們戰戰兢兢地抬起頭，疑惑地皺起眉頭。其中有人坦率地面露安心之色，但那個神情在下一瞬間消失了。因為齊歐卡兵們朝向被砲彈炸出的數個巨大坑洞，同時邁步飛奔。

「不——不，不對。」「難道說，那些傢伙——」

齊歐卡兵們在敵軍開槍還擊中全速飛奔到坑洞旁，就此毫不猶豫地滑下坑底壓低身軀。於是來自前方的射擊再也無法射中他們。手持風槍的帝國士兵們全都瞪大雙眼。

「用砲擊炸出的坑洞當成臨時壕溝……？」

「不會吧！可以從那麼遠的距離外改變地形……！」

帝國兵們啞口無言。齊歐卡軍的巨砲只用來自幾公里外的一發砲擊，便做出了需要花費許多勞力與時間來挖掘的壕溝。他們面對了技術差距的不合理，眼前又有新的坑洞炸開。

「很好，跑到那邊去！」「躲進坑洞裡就安全一點了……！」

齊歐卡兵們紛紛抓準時機邁步飛奔到坑洞中。看到部隊全體都進入安全區域，排長率先拿起揹在背上的鐵鍬。

「拿起鐵鍬——開始挖掘！」

不等他下令，齊歐卡兵們便陸續將手中的鐵鍬刺入土中。

「……對方也開始挖壕溝了嗎？」

蘇雅趁著砲擊的空檔自壕溝觀察敵軍動向。

「先以巨砲打出幾個大坑洞，由士兵進入坑中挖掘擴大範圍……很好的辦法。那麼做可以抑制士兵傷亡同時提升作業效率。」

她這麼分析，一手無意識地撫摸腰際的短矛……用到這把武器的時候，幾乎等於這個陣地陷落的時候。不過，蘇雅同時知道，這一戰不可能沒有預想過那一刻就收場。

「大家要有所覺悟——我們與敵軍的距離縮短了。戰況會愈來愈嚴酷。」

當前線的戰鬥變得越發激烈，後方的人來人往也成正比地越發繁忙。動員萬人大軍的戰爭需要莫大的物資，搬運物資的人手也達到龐大的數量。就像水鳥在水面下划水一般，少了這件事戰爭本身無法成立——那便是補給。

「很好！——還有其他貨物嗎？」

在其中一處作為輸送物資至前線中繼站的村落裡。一位深褐膚色的嬌小女子站在同胞們前方，指揮輸送作業。她是席納克族族長娜娜克·韃爾。

「嗯，全都在這裡了！」

「很好，那就送過去吧！零星有傷患過來了，我們也要聚精會神準備好！」

得到她的同意，裝滿貨物的馬車奔馳而去。當席納克族族人們目送馬車離開，如遠雷般的沉重低音忽然傳入耳中。他們不安地皺起眉頭。

「……爆砲的聲響能傳到這裡來嗎？真的沒問題嗎？」

「既然由那個伊庫塔負責指揮，當然沒問題了。」

只有娜娜克一個人以感受不到絲毫不安的語氣承諾。族長堅定不移的態度給予周遭眾人很大的激勵，然而此時一名男子慌張地跑過來。他是娜娜克的舊識，梅萊傑。

「——頭目！不好意思，請妳過來一趟！年輕人之間起了衝突！」

「我馬上過去！」

娜娜克立刻回應邁開步伐，在梅萊傑帶路下來到村中的集會所。在屋子內，兩名年輕人糾纏在一起幾乎要打起來。看到他們亢奮的狀態，席納克族的女中豪傑深吸一口氣大喊道：

「到此為止！雙方都不准動！」

遭到制止的兩名年輕人動作戛然而止。娜娜克快步拉近距離，瞪著他們的臉龐。

「在東方的前線已經和齊歐卡開打了。你們說說看，在這種時候是為了什麼事情起衝突？」

她首先質問起衝突的理由。聽到問話，剛才扭打在一起的其中一人開口：

「頭目！這傢伙口出狂言！他竟然說我們應該立刻倒戈齊歐卡……！」

在娜娜克背後，聚集在房子入口處的眾人臉上錯愕地掠過動搖之色。唯獨她不為所動，臉上甚至浮現無畏的笑容。

「聽起來相當有趣嘛——此話當真？」

她注視著起衝突的另一名年輕人這麼問。那沉靜的魄力讓男子感到遲疑，但隨即豁出去大喊：

「沒錯，不管要我說多少次都行！別在這種地方幫忙搬運貨物，我們應該趕快向齊歐卡軍投降！如果考慮到席納克族的未來！」

「你這傢伙……還在胡說！」「給我閉上那張嘴——」

「等等！」

娜娜克語氣凌厲的制止同胞們用武力壓制男子，直視著對方。

「讓他說——你剛才提到席納克族的未來對吧。那是什麼意思？」

看到族長主動開口催促他發言，男子將這當成一個良機，如決堤般滔滔不絕地說道：

「事情不是很清楚嗎，在帝國我們不會過得幸福！被當成外人面上無光，辛苦耕種的田地也因為這次的戰爭都糟蹋了！去齊歐卡不是好的多嗎！我可是知道！那裡打從一開始就是多種族匯聚成的國家，對外來者也不冷漠！我說得沒錯吧，頭目？」

當男子以迫切的口吻反問，娜娜克微皺眉頭。

「我的確聽說過這樣的事……不過，你也忘記了吧？我們曾一度遭到齊歐卡背叛。回想起我們被阿爾德拉教神聖軍趕出山上的事，就不可能想跟他們再次聯手。」

「那麼，頭目要我們就這樣繼續在帝國受苦嗎？受到帝國人的輕視，被嘲笑我們是山裡來的野人……！」

「沒這回事……即使現在有很多不滿，我們的生活必定會逐漸改善。為此我們正在累積努力。

雖然我不知道你是遭到誰不愉快的對待，我不會讓大家一直受人輕蔑。」

娜娜克直視著對方的眼睛訴說。與她目光相對良久，男子轉開眼睛小聲地說：

「……我無法相信妳。」

「為什麼？」

「我不服頭目妳所說的累積……自從下山以後，頭目妳一直在學習帝國的文化與政治。像這樣拉攏帝都的傢伙……現在已經算是半個帝國人了。」

出乎意料的反擊讓娜娜克屏住呼吸。在一旁待命的梅萊傑忍不住走上前。

「你……！你連她是為了誰這麼做都不清楚嗎！你以為頭目是抱著什麼心情努力到今天——」

那番話到此中斷。娜娜克本人伸出右手，制止梅萊傑發言。她大大地吐出一口氣讓心情回復平靜，接著再度開口：

「的確沒錯……沒辦法再像待在山上時一樣了！」

於是，她開始訴說經歷苦澀的落敗來到此地後形成的萬千感慨。

「我們以前從平地被趕到山上。現在又被趕出山上，像這樣寄居在帝國的一角。而你說在這裡也住得不舒心……接下來要前往齊歐卡嗎？」

「…………」

「我已經受夠了……我不知道齊歐卡是什麼樣的地方。不過，唯獨有一件事我十分清楚——哪裡也沒有理想之地。找遍世界各地，也沒有一個地方會不需任何代價就接納我們，讓我們幸福度日。

如果想接近那個目標，唯一的方法是自己建立屬於自己的地方。」

娜娜克有力的告訴眾人，因為她不希望席納克族變成流浪民族，持續四處飄流尋找不存在的安息之地。

「無論你承不承認，這裡都是帝國人的土地。要在這裡生活，如果無視帝國的習俗活得下去嗎？沒辦法，因此我學習了那些習俗。回顧以蠻力揮舞廓爾喀刀落敗的過往，學習政治、商業、法律作為席納克族的新武器。」

「……嗚……」

「——為了在這裡生活，我逐漸改變，席納克族也逐漸改變。就算如此……依然有不變的事物，舞蹈與祭祀、歌謠故事、對精靈的信仰……我們的靈魂總是在其中。」

娜娜克拍拍胸膛，咧嘴浮現笑容。

「還有另一點——你還有大家多半都在害怕，不過這個國家的女皇不會輕易捨棄我們。」

「……咦……？」

「由於種種因素交疊，那位女皇厭惡我，儘管如此——她在給席納克族的待遇上從不曾摻雜私情。依那個女人的地位，隨時都可以取我項上人頭。她至今也有過好幾次那樣的機會，但我還是活著。怎麼樣，你不覺得很有意思嗎？」

「…………」

「將帝國人一概而論，就會錯過其中隱藏的有趣傢伙。你應該也受過漢娜與米爾特古的照顧，你也討厭他們嗎？他們曾經輕視你、嘲笑你嗎？」

男子被這麼一問，不禁詞窮。即使與帝國人之間的摩擦根深柢固，泰德基利奇夫妻的存在在他們心中是明確的例外。他們與族人一起流汗下田耕作，在豐收季一起大快朵頤以收成的稻米烹煮的佳餚。在席納克族當中，沒有一個人會把那對夫妻當成「帝國人」和其他人一概而論。

「如今正值大戰期間，我們負責在後方支援士兵們。如果沒有相稱的信賴，不會將我們安排在此處，若是輕率的踐踏那份信賴，再怎麼說也太可惜了。」

娜娜克說著拍拍對方的肩膀，掉頭以開朗的語氣向聚集在集會所前的同胞們宣言：

「好了，明白的話大家就回到作業上。運輸、看護與炊事，接下來我們的工作會愈來愈多！而我們的功勞愈大，戰後在這個帝國的容身之處將越發鞏固。為了席納克族的未來，現在正是打造基礎的時刻！」

聽到這番話，眾人回過神來陸續回到崗位上。剛才起衝突的年輕人也跟隨在後。半晌之後，剛才與娜娜克對立的男子邁開步伐。與她擦肩而過時，他喃喃地說了聲：「……抱歉，頭目。」同樣離開了集會所。

「……正面說服了他啊，頭目妳真厲害。」

梅萊傑一臉佩服地說。娜娜克從鼻子裡哼了一聲。

「這是當然的，我也考慮過很多……像從前一樣只會在戰場上拉高嗓門，可當不了現在的席納克族首領。」

就在她回答的下一瞬間，搭檔風精靈希夏在她的腰包裡開口。娜娜克立刻回應來自相識對象的精靈通訊。

「——我是娜娜克・韃爾。有何貴幹？女皇。」

「——因為有點在意，我聯絡妳是為了確認情況。」

第一句應答語氣就有稜有角，是與這個人接觸時常有的事。夏米優不為所動地說出用意，在停頓一會之後，得到對方疑惑的回應。

「由妳直接打來？真是多管閒事。妳想知道關於我們的什麼事？」

「單刀直入的說，我想知道席納克族人的反應……從要你們暫時放棄開拓的土地算起，由於戰略影響，你們被迫接受許多強人所難的要求。我當然清楚自己受人怨恨，但這是否導致民怨爆發了？」

當女皇憂慮地詢問，帶著說不出的壞心眼語調的回答傳入她耳中。

「妳理解力不錯嘛。就在剛剛，部族裡的年輕人因為這件事情起了爭執。」

「……！果然如此嗎？」

「大家當然心懷不滿……話說，妳這是操不必要的心。我們沒有笨到會為了這種理由放棄任務或是倒戈的程度。」

娜娜克乾脆的斷言道。夏米優感到自己的憂慮撲了個空，不過對方略為放緩語氣往下說。

「但是，剛才有句話實在傷到了我……看到我逐步學習帝國文化，一名年輕人說我『像半個帝國人一樣』。」

「……！」

她所說的內容讓夏米優無聲地呆立不動。娜娜克感受到的心痛，透過精靈摻雜沉重的苦笑傳來。

「我為了席納克族的未來著想所做的事，在某些人眼中看來是背叛——率領部族真難啊。雖然和妳說這些也無濟於事。」

女皇猛然握緊拳頭……至今經常與她不和的對象首度展現纖細的一面，她無法置之不理。在娜娜克的心情藏進平常的好強背後之前，夏米優深入一步開口：

「……不，我明白，娜娜克．韃爾。」

「啊？」

「我說我明白。而且自從登基為帝之後，我也曾無數次品嘗過……相同的憂慮。」

一陣沉默籠罩下來。感受到在精靈的另一頭的她正在聆聽，夏米優繼續道：

「正確的統治未必會受人民支持，錯誤的施政未必會有人糾正。什麼是正確的，什麼是錯誤的——要在真正的意義上明白這一點，說不定得等到數百年後。我了解這便是政治的常理，可是……我始終無法適應。」

女王的聲音中流露出從至今的日子中累積下來的懊惱。相隔良久之後，一句話悄然回應。

「……這樣嗎？這是與妳相同的苦惱嗎？」

娜娜克彷彿有了非常意外的發現般喃喃地說——然後突然發出笑聲。

「這一定是一時迷惘——現在我第一次想和妳喝兩杯。」

「我也有同感……等我以後可以喝酒，到時候我會陪妳喝個痛快。」

「嗯？女皇喝酒究竟需要誰的同意？」

娜娜克愣愣地問。夏米優猶豫一下之後，難為情地回答：

「……索羅克不准我喝，說現在這年紀喝酒不利於身體的成長。妳不覺得這個說法沒什麼道理嗎？他明明從比我更小的時候開始，就喝得很凶了。」

她一說出有些孩子氣的不滿，對方就發出連透過精靈都感覺得到的強烈壓力。

「……居然在這時候秀恩愛，妳膽量也很大嘛。」

「咦？秀——秀恩愛？」

「沒有自覺就更叫人火大了——夠了，回到妳自己的工作上！這邊不需要擔心！」

娜娜克這麼說完後，單方面地結束通話。夏米優茫然的呆立不動，突然感受到背後的氣息轉過身。

「……！瓦琪耶？妳從什麼時候開始在哪裡——」

只見瓦琪耶一臉竊笑的摀住嘴角站在後面。

「從一開始就在了——唉～我吃醋了～除了我以外，妳還有別的可以吵嘴的朋友啊。」

白衣少女鬧彆扭似的這麼說，故意噘起嘴巴。夏米優霎時間想回應什麼，但在開口前察覺不管講什麼都只會被對方逗弄，將湧到喉頭的話語硬吞回去。

「…………回到工作上吧。」

「是是是～！」

另一方面，在帝國領東南方海上。分別自軍港出發的兩支艦隊，在同一時間認識到雙方的整體面貌。

「……上將，那是……」

在規模幾乎與僚艦相同的旗艦「紅龍號」前方甲板上，探頭看著望遠鏡的副官戰戰兢兢地開口。站在他身旁的耶里涅芬・尤爾古斯海軍上將直視敵人，叉開雙腿有力地頷首。

「沒錯——就是這次要打架的對手。」

尤爾古斯上將如此說道，組成有條不紊的縱列散開的齊歐卡海軍艦隊映入他眼中。比從前在尼蒙古港海上所見時多出五倍的船艦並排於海洋上。那是幾乎總動員第一到第四艦隊組成的海上大軍。不過——比起掩埋水平線的軍艦總數，還有更讓帝國海軍的水兵們為之戰慄的事物。

「……軍艦數量幾乎不相上下。只是……」

「只是？」

當尤爾古斯上將催促他往下說，副官遲疑起來。就像害怕說出那件事，就再也無法逃避眼前的現實一般。不過——在漫長的沉默後，他終於說出口：

「……敵軍的艦隊，全都是爆砲艦。」

在與他們相對的齊歐卡艦隊東邊，三桅帆船爆砲艦「白翼丸」的前方甲板上。

「——雖然是我個人的感想，這與其說很可靠，不如說讓人有些難為情。」

在軍服外披著招牌標誌羽毛外套的海軍少將——「白翼太母」艾露露法伊・泰涅齊謝拉，神情複雜地站在那裡。

「——因為是這樣沒錯吧。上次我們以爆砲艦的優勢為武器戰鬥，仍然力有未逮地落敗。考慮到那個結果，我們在這次的雪恥戰中準備了什麼呢？」

她說著環顧周遭。當目光從前方的帝國海軍上轉開，進入視野的事物不管看哪裡都一樣。船身側面設有鋼鐵砲塔的軍艦群，彷彿要覆蓋海面般漂浮著。

「——那就是數量遠遠超過上次的爆砲。十門不夠就用一百門，一百門不夠就用一千門。想法一根筋又孩子氣，不管怎麼說都沒有巧思可言。你不這麼認為嗎？」

她像抱怨般吐露不滿。葛雷奇臉上浮現苦笑回應：

「妳的心情很容易理解——不過，世上也有連小孩子都看得出來的壓倒性優勢存在。不管再怎麼戰鬥，除了勝利之外都不可能出現其他結果。備齊這樣的戰力，在戰略上是一種理想吧。」

艾露露法伊也心不甘情不願地頷首，同意相貌凶惡的副官所說的話——的確，勝算高是再好也不過了。因為以優勢進行戰鬥，部下們就相對的不必喪命。

「換個說法，這是無論誰來擔任將領都會勝利的戰爭——若非如此就傷腦筋了。畢竟這次的艦隊司令官並非太母大人。」

葛雷奇這麼說道，目光望向位於他們搭乘的「白翼丸」西側的齊歐卡海軍旗艦。遠遠望著在甲板上顯得很小的總指揮官，艾露露法伊輕聲嘆息。

「第一艦隊司令官嗎……雖然事到如今我無意說三道四，就算憑藉阿力歐的政治力，唯有這個人選無法更改呢。」

「他應該很想將妳塞進同一個職位上，然而在尼蒙古港海上吃了敗仗與兩年的俘虜生活畢竟有影響。光是第四艦隊沒解散就算很好了，唯獨這一點只有接受一途。」

葛雷奇認命地說道。此時——他從太母的側臉看出超越不滿的某種情緒，對此發問：

「……妳感到不安嗎？妳認為即使有這麼多爆砲艦，依然有可能失敗嗎？」

「說到必勝的信心，上一次我們也曾有過……如果以杞人憂天告終當然很好。但哪怕是萬分之一的可能性，當這個優勢被翻轉時該怎麼辦？——我們與他們有交戰經驗，我認為對此預作準備是我們的工作。」

「……說得沒錯，我不想輸給同一個對手兩次。」

太母的話語讓葛雷奇重新繃緊神經。此時，銅鑼聲傳入他們耳中。

「漸漸地開始了。如果正常進行的話，將是我方壓倒性獲勝——我們有出場機會嗎？」

「沒有的話只是躺在床上生悶氣罷了。到時候你先到床上等我。」

艾露露法伊揮揮手這麼回答，將那個動作當成開戰的信號，葛雷奇轉頭向背後的部下們呼喊：

「打起精神——開始了！」

陸戰持續上演懸而未決的激烈攻防。隨著齊歐卡方開始挖掘壕溝，雙方的距離不斷拉近。

「後面的，補填彈藥的速度太慢了！想讓敵軍攻進來嗎！」

「是、是～！」

蘇雅看到空蕩蕩的彈藥箱怒吼，一名士兵慌忙奔向隔壁壕溝確認。這時，一隻手從蘇雅旁邊伸過來，將新的彈藥箱放在她眼前。

「分給妳，拿去用。」

「——薩利哈史拉格少校？還有斯修拉夫上尉，你們怎麼來了？」

「我所在的區域被巨砲炸毀了，借用點空間。」

薩利哈與身材壯碩的弟弟一起前來，手持風槍占據了蘇雅身旁的位置。他們就此並肩作戰，同時交談。

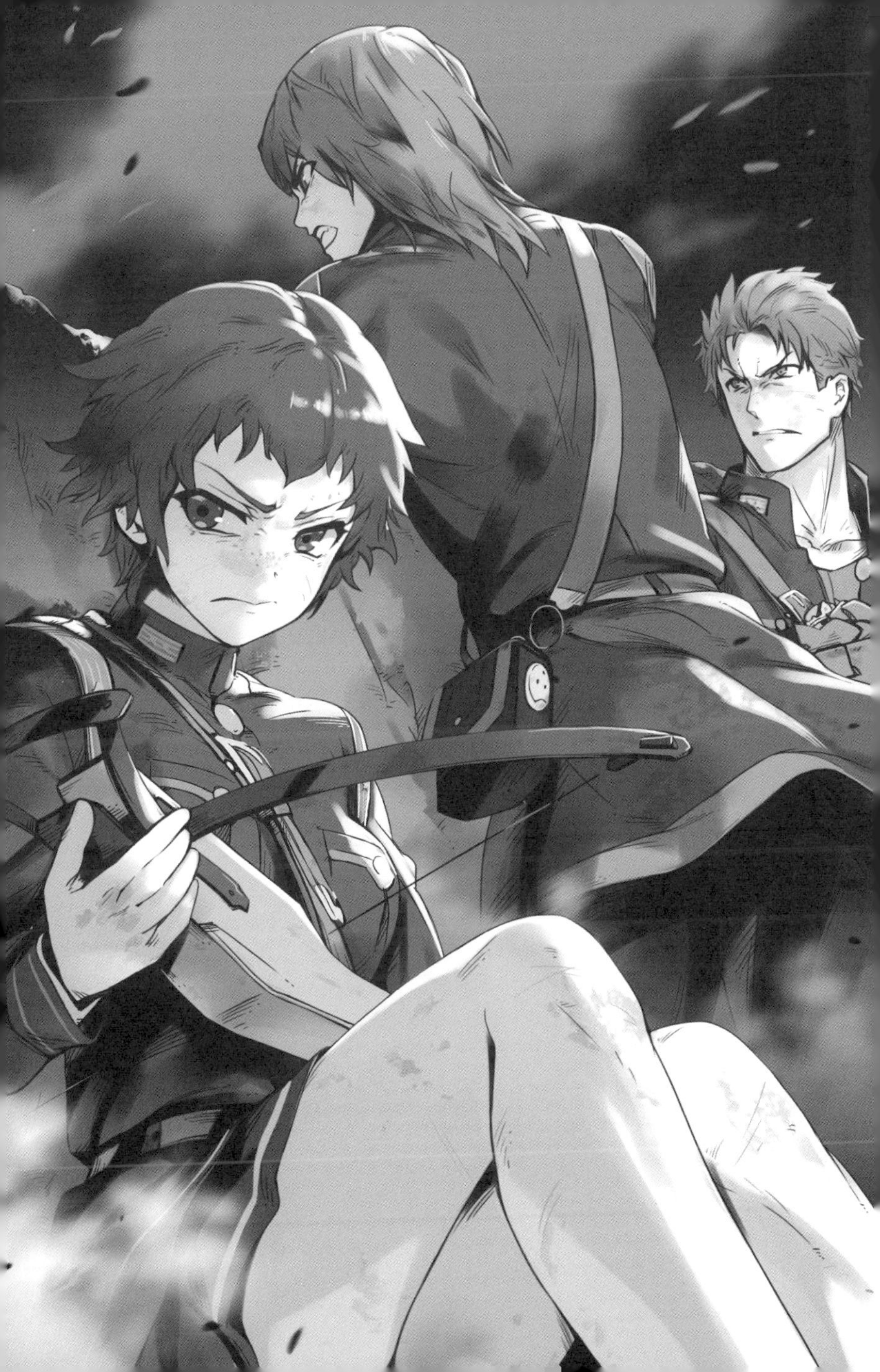

「補給會延遲也無可奈何。陣地被砲擊炸成好幾段了。雖然不會立刻出狀況——在這裡的防衛實在到了撤退的時候。」

「……還能打下去吧。考慮到今後的情況，我們必須在此盡可能讓對方浪費砲彈。」

「妳當然還打得下去——哎呀！」

抓準迎擊停止的瞬間，齊歐卡兵們奔出壕溝。薩利哈等人沒有放過他們再度展開射擊，擊倒帶頭衝刺的敵兵，頑強地阻擋他們入侵自軍壕溝。餵精靈吃下新的子彈，薩利哈又往下說：

「——戰鬥距離變得如此接近，只要犯一個錯誤，戰線就會一口氣瓦解。危險的戰鬥不該長久持續，妳對此也有印象不是嗎？」

聽他這麼說，蘇雅用力咬著嘴唇。過往的失敗鮮明的復甦，她神情嚴厲地點點頭。

「……的確沒錯。」

「我建議開始撤退，大哥。」

意會到兄長的意思，斯修拉正要開啟通訊。然而——他們所有人的搭檔搶先一步同時開始通話。

「——我是伊庫塔．索羅克。最前線的各位，差不多快到極限了嗎？」

年輕的元帥彷彿親眼所見一般說道，不帶一絲遺憾地接著下達命令：

「自現在時刻起開始撤退，按照步驟行動。時機上還有餘裕，撤退時別焦急，別讓對方察覺。」

薩利哈與斯修拉、蘇雅三人互相看看點了點頭。伊庫塔繼續說道：

「千萬別受傷——畢竟，戰爭才在最初期而已。」

自戰鬥開始後第五次的黃昏。馬捷亞少校注視敵陣，感受到微妙的異樣感。

「……？…………？」

「看你猛瞪著敵陣，是怎麼了？」

當賈特拉上校疑惑地問，副官遲疑地回答：

「……也許是我多心，總覺得敵方的反擊減弱了。」

「嗯？持續暴露在大量的砲擊之下，這很正常吧。」

「不，不是這樣的……該說是若隱若現的敵兵數量本身大幅減少了嗎……」

從部下這番話感受到無法忽視的在意之處，賈特拉上校立刻與總司令官通訊。在他報告狀況的瞬間，立刻收到命令。

「——開始突擊，馬上執行！」

「咦……？」

「派兵進入壕溝陣地。敵軍已開始撤退，不會再有激烈的射擊還擊！」

感到困惑的賈特拉上校執行了約翰篤定的命令。正踏實地挖掘壕溝的士兵們對於突然的指示大吃一驚，但當他們做好覺悟衝入敵陣，卻看見那裡已是人去樓空。

「沒……沒有敵人？」「他們已經撤退了嗎！」

「怎麼可能！有天空兵在監視啊！就算在黃昏，如果有大批士兵離開壕溝，從空中應該會看見……！」

對方是用怎樣的魔術讓萬人大軍消失的？在他們發現那個手法之前，還需要一段時間——

「……嗚嗚……還、還沒走出去嗎？」

「快到了。別焦急，要是跌倒了後面的人會堵住。」

同一時間。正在逃離前線途中的帝國兵們，在黑暗狹窄的空間中排成一字縱列前進。

「——在壕溝之後是地道嗎？真是的，叫人鬱悶得受不了。」

薩利哈在黑暗中抱怨。走在前面的蘇雅冷言冷語地回應：

「如果你喜歡在視野開闊的地方被打成蜂窩，請往那邊走。」

「哈！開什麼玩笑。只要能倖存下來，不管要模仿鼴鼠或是別的我都幹。」

他們一邊交談一邊前進，從前方感覺到有風吹來，在不久後脫離漫長的地道回到天空之下。薩利哈拍去全身的塵土，望著在洞口周圍待命的部下們。

「——出來了嗎？我們部隊是最後離開這個地道的對吧？」

「沒錯，大哥。」

跟隨在後走出地道的斯修拉大大地頷首。看到他的身影，蘇雅偷偷地發出安心的嘆息。其實她非常擔心，萬一他高大的身軀在地道半途中卡住的話該怎麼辦。

「很好，堵住洞口。快點完工就撤退了。」

確認全體部隊成員都出來之後，薩利哈命令部下們封鎖地道。在挪開支撐的木材，又從上方以鐵鍬推垮之後，洞窟開始崩塌。由於要重新挖通地道還不如從地面繞路來得快，這樣就不必擔心敵軍從同一條地道追上來。

「騎兵跨越壕溝需要時間，只要別被步兵追上就逃得掉了。」

「我們雙方部隊士兵的體力都沒問題嗎？」

「多虧了妳在訓練時強迫他們以超誇張的步調行軍——跑囉？」

三人互相頷首，率領部下們在黑夜中邁步飛奔。齊歐卡兵抵達此處時，他們已離開很久了。

「——不適合緊迫的追擊。說來理所當然，不過這是爆砲的缺點。」

在帝國軍中央軍事基地司令室，向部隊下完撤退命令的伊庫塔，在一段時間後收到撤退成功的報告。

「既然我方明顯是保有餘力的撤退，你不會選擇只用步兵追擊這種風險很高的手段吧？就算你斷然實行，到時候只需要迎擊就行了。」

背對敵人撤退的瞬間，即使放在所有軍事行動中也蘊含高度的風險。面對約翰·亞爾奇涅庫斯率領的齊歐卡軍如何成功撤退，是伊庫塔．索羅克軍略的巧妙之處。事先挖掘地道，在難以看清士兵動靜的黃昏，每個部隊依序從後列壕溝開始偷偷的進行撤退行動——只要少了一個條件，事情就不會進行的如此順利吧。

「不同於堡壘，壕溝陣地這種東西就算占領了也沒什麼好高興的。外觀看起來很不起眼，沒有可以轉用的用途，在爆砲與騎兵通行時又會造成阻礙……反過來說，我方也不怎麼可惜。因為那本來就是以陷落為前提建造的要衝。」

和使用高度建築技術建成的城塞不同，建造壕溝陣地需要特殊技術的場面並不多。只要軍人與來自一般居民的人手合力，就充分有機會為這場決戰準備許多大規模的壕溝陣地。正因為徹底切斷了過往對於堡壘的依賴，這個果斷的作戰方針才會成立。

「更加深入吧，約翰——這個沼澤的底還很深。」

「——有種被誘入深沼的感覺啊。」

一方面，約翰也準確地看出對方的意圖。他俯望放在桌上的地圖，從鼻子裡哼了一聲。

「前面還有好幾個一樣的要衝嗎……每次迫使我方浪費砲彈，他們則在兵力出現重大損傷前拋棄壕溝撤退。如此反覆操作，令我們精疲力盡……這是帝國軍在這場戰爭中的基本戰略。」

一旁的米雅拉也神情急迫地點點頭。初戰以這種結果結束，姑且不論約翰，對她而言出乎意料……雖然突破壕溝陣地，棋子朝向勝利邁進了一步，但帝國軍的兵力沒有多大損失。沒有任何理由能夠推測往後的戰況會變得輕鬆。可是——即使如此，「不眠的輝將」眼神也毫不動搖。

「不過，你明白吧，索羅克。接下來的路線絕非只有一條——要讓那個戰略成立，你必須毀掉我方所有的迂迴路線。」

約翰低沉地說……考慮到彼此的能力，到目前為止的發展有一半是心知肚明的初期戰。複雜度漸漸增加的後續戰爭，對於他和伊庫塔而言才是戰爭的重頭戲。

「輪到你們出場了——出擊吧，哈朗。」

「——嗯。了解，頭頭。」

塔茲尼亞特．哈朗透過精靈收到盟友的指示，在他壯碩的身軀旁，嬌小體型形成對比的米塔．肯席士官長探出頭。

「總算要行動了。我們怎麼做？木頭人。」

「首先派出先遣隊，掌握敵軍防衛據點的位置。將情報對照地圖探討迂迴繞路的可能性，在那之後才是部隊正式行動。」

哈朗邊說邊展開地圖。他非常清楚約翰需要他做到的工作。用盡一切手段繞到帝國軍後方包夾，作為約翰的「眼」與「手」，哈朗必須正確無誤的實現他的軍略。

「就算是沒有路的地方也非得通過不可——拜託了，亡靈們。」

他將地圖交給米塔士官長轉向背後，在橫亙的夜色之中，身穿黑衣的人影一字排開。

「——第一次防衛線遭到突破。敵軍來了，薩扎路夫准將閣下！」

距離已完成使命的壕溝陣地西方數十公里處，齊歐卡軍的預測進軍路線上。在依例以封鎖道路的形式設置的野戰基地帳篷內，收到報告的梅爾薩揚聲喊道。薩扎路夫聽到之後以指尖搔搔後腦杓。

「雖然期望他們不來，敵人可沒天真到能在玄關外請他們打道回府的程度……全員就迎擊準備！」

軍官們接到他的命令奔出帳篷，士兵們又依軍官們的指示滑進壕溝。迎擊的基本方針在此處也一樣，從前線撤退的部隊會合，同時以全面活用壕溝的持久戰來達成消耗齊歐卡軍的目的。

「最少也想支撐五天……不，六天。其他地方應該不會比這裡先遭到突破……嗯？」

當薩扎路夫喃喃自語預測往後戰況時，在腰包裡的搭檔突然通知元帥來訊。他立刻回應：

「是，我是暹帕．薩扎路夫。目前部隊正全體出動準備迎擊中，請問是否有什麼緊急指示——」

「沒什麼。吶，最近你和梅爾薩中校處得怎麼樣？」

一本正經地回話的薩扎路夫差點摔倒。他勉強保持平衡，兩手抱住搭檔精靈喊道：

「你這人……！在這種狀況下還說這些？考慮一下時機吧！」

「不不，談這種話題不挑時機的。所以呢，我作為科學家給你一個有益的忠告。你知道嗎——如果抽太多菸，接吻時會惹人厭喔。」

「真是令人感激的忠告啊！我才剛在你建議下換過細菸品牌耶！」

薩扎路夫順勢回嘴——但此時他突然察覺對方的玩笑與平常不同的氛圍，於是恢復嚴肅的表情發問：

「……怎麼。難不成你還很在意之前的事？」

一陣沉默籠罩，讓薩扎路夫明白他說中了。

「……真傷腦筋。你在這時候發揮了優秀的洞察力啊。」

「這點事情我當然會發現，你以為我們來往多久了。所以話說在前頭——我一點也不介意。反倒是我才想道歉，抱歉，讓你開這個口。」

心情從元帥與准將回到從前的關係上，薩扎路夫表達歉意。

「真是沒辦法……雖然想在你們面前扮演年長者，但你超越我當上元帥，之前我又白活一把年紀說出任性的話害你為難。為何我總是這麼不像樣呢？」

在話說出口的瞬間，薩扎路夫從透過精靈傳來的氣息察覺伊庫塔正在微笑。

「我一次也不曾覺得你很遜，薩扎路夫上尉。」

「……所以說，就是這樣的一面啊。」

薩扎路夫忍不住面露苦笑——殘留在心中一角的小小芥蒂因此完全消失。伊庫塔停頓一下，說出最後的激勵：

「迎擊就交給你了。請別逞強。」

「好，包在我身上。」

薩扎路夫堅定不移的承諾後結束通話。在一旁聽到對話的梅爾薩，此時臉上微微浮現笑意。

「——元帥閣下意外的纖細呢。」

「不……他從以前開始就是這樣。那傢伙在顧慮別人的心情時特別敏感。」

我不夠可靠也得負一部分責任，薩扎路夫自我反省地想。從他的模樣看出他與年輕元帥的強韌羈絆，梅爾薩悄然低語：

「……讓我有點嫉妒。」

「咦？」

「沒什麼——進行迎擊準備吧！」

梅爾薩重新打起精神注視陣地。薩扎路夫一一斟酌她提出的問題點，為與齊歐卡軍即將到來的對決做準備。

突破壕溝陣地的齊歐卡軍，按照哈朗的提案等到黎明後派出輕騎兵部隊擔任斥候。然而，這邁向攻略第一步的行動果然也波折連連。

「——！確認前方有敵軍騎兵！照這樣下去會衝撞上的！」

齊歐卡的騎兵們奔馳在左右兩側皆為陡坡的道路上，帶頭的其中一人發現前方攔路的騎兵影子發出警告。隊長猛然沉下臉色。

「敵軍游擊部隊……？就算如此，停下腳步只會單方面遇襲！戰勝他們！全員拔刀！」

做好覺悟的士兵們分別拿起武器。他們也是受過高水準訓練的齊歐卡騎兵，有自信在同兵科的正面對決上不會輕易落居下風——他們以馬刺刺馬逐漸加速，與敵軍集團的距離轉眼間拉近——

「——嗚——？」

在雙方劇烈衝突的幾秒鐘前，同時奔下左右陡坡的敵兵身影落入眼簾。

「什——」「懸、懸崖上有伏兵——！」

吶喊聲立刻響起，但消息傳遍時已經與正面的敵軍集團展開了戰鬥。雙方部隊以不相上下的高速互相衝撞，此時加入的意外奇襲打亂了隊伍，由於猛衝的貫通力減緩，齊歐卡騎兵們接二連三被馬蹄驅散。

「——疾！」

在戰場中疾馳的炎髮騎影，迫使齊歐卡士兵們更加絕望。軍刀在錯身而過之際一閃劃過頸項，在馬上仍具壓倒性威力的精湛劍術，毫不留情地帶給他們死亡。

「嗚、喔——」「嘎啊啊啊啊！」

他們在第一擊遭受重創時失去了作為部隊的統馭，帝國的騎兵們毫不猶豫地追擊呆立不動的敵軍集團，解決剩下所有人不需要多少時間。

「敵方先遣部隊，殲滅——收回傷患，立刻整隊。」

索爾維納雷斯·伊格塞姆的聲音重重地響起。騎兵們回應命令重整隊形，一名女子在其中小聲叫好。

「……好、好耶！還活著！我活下來了～！」

「妳確實地解決了一個人。」「奈伊中尉果然適合前線。」

兩旁的同袍笑著點點頭。炎髮將領的視線狠狠地落在他們身上。

「停止閒聊，為下次遇敵作準備——只要對方偵察沒帶回情報，就能相對拖延敵軍的入侵。爭取到的時間對我方的迎擊有利。」

騎兵們聽到那番話後再度開始前進。騎在炎髮將領後方的妮雅姆·奈伊中尉此時戰戰兢兢地發問：

「請、請問～隊長……這個行動還會重複幾次？會重複嗎？」

「去問敵軍。」

他簡潔粗魯地回答。妮雅姆一手握著韁繩，另一手按住內眼角。

「……好想哭。」

「打起精神，奈伊中尉！」「要是死了咱們一起到天國玩吧！」

「囉嗦，笨蛋！誰要死啊～！」

她不服輸地以咒罵反擊玩笑。游擊部隊在黎明的空氣中奔馳，朝下一場戰鬥而去。

同一時間。在乍看之下與戰爭無緣的地方也展開了戰鬥。

「……嗚……！」

在穿過陰暗樹林的影子們眼前，一顆子彈打中樹皮表面彈飛。他們連忙撲進灌木叢躲藏起來，為自己置身的狀況咂嘴。

「沒想到連這樣的森林裡都配置了士兵……對方看出了我們的想法？」

「隊長，我們撤退吧。還有其他迂迴路線可走。」

亡靈們互相點點頭轉過身。然而——在他們轉而撤退的瞬間，帶頭的一個人一腳陷入地面。

「——嗚咕？」

「怎麼了！」

影子們奔向蹲下的同伴身旁，看見陷入地面的那隻腳被帶倒鉤的尖刺刺中，就連影子也不禁發出痛苦的呻吟。

「咕、咕嗚……！」

「這是……一種陷阱？」

「……怎麼可能。對方究竟是根據什麼邏輯來判讀我們的動向？」

亡靈戰慄的低語。在原本為了繞行至敵方背後潛入的森林中，被人更進一步預先判讀出自己動向的恐懼感，讓他們屏息在黑暗中尋找敵人的氣息。

「——嗚！」

當一名敵兵前來救援中了陷阱停下腳步的同伴，射擊準確地命中了他的腿部。托爾威位在面朝森林懸崖上，已從那個位置解決了超過十名敵人。

「亡靈專挑人不會選擇的道路來走……而我們獵人會阻攔他們的去路。」

他悄然呢喃——當然，潛伏在黑暗中的人不止他一個。在樹木粗壯的樹枝上或是地面的灌木叢中，他們狙擊兵分散於廣範圍相輔相成地布陣於此。

「鋪設在昏暗森林中的陷阱。躲藏起來以狙擊交火……這是迂迴又陰險，遠比以前更討厭的戰場。雅特麗小姐，情況變得和妳說的一樣了。」

青年的嘴角浮現自嘲，但一瞬間就消失無蹤。

「我將戰爭的最先端引導至此。正因為如此，這個昏暗的地方便是托爾威．雷米翁的世界。放心吧，阿伊。我再也——不會輸給任何人。」

將堅定不移的決心放在胸中深處。青年盯上新的獵物，手指扣下板機。

在防守更北側路線的帝國軍陣地。經過白天激烈的攻防，日落時刻終於即將到來。

「……到了日落的時候嗎？天色變暗了。」

「敵軍就在眼前，不要放鬆警戒。看來這會是漫長的一夜……」

士兵們在壕溝裡小聲的交談。他們一整天都暴露在強烈的緊張感下，此時背後傳來同袍的呼喚。

「喂，換班時間到了。你們到後面去休息。」

「咦——？」「要換班了？雖然這值得慶幸……」

本來以為還會繼續被迫幹活的士兵們一臉意外。看到他們的樣子，同袍搖搖頭。

「你們現在大概因為緊張和興奮而沒發現，但身體確實很疲倦了。這時候逞強倒下的話很傷腦筋的。因為之後還需要你們發揮戰力——」

來自遠處戰場的砲擊聲，如遠雷般斷斷續續地落入耳中。許多躺在帳篷裡的士兵都被砲聲吸引，雖然滿身疲勞卻無法入睡。

「……砲聲都傳到這裡來了。」「……這樣子睡得著嗎……？」

士兵們難受的反覆翻身。儘管間距寬敞的床鋪算是相當舒適，仍然無法入睡的痛苦叫人焦慮。

不過——數名醫護兵很快來到皺眉的士兵們枕畔巡視。

「來，這是配給的耳塞。因為體積很小，小心別弄丟了。」

他們發給無法入睡的士兵每人一組用邊角木料削製而成的耳塞。沒想到會受到這樣的照顧，士兵們全都瞪大雙眼。

「準、準備真充足。」

「明明難得休息，被噪音干擾得睡不著就沒有意義了吧。因跌打損傷疼痛的人也別忍耐，請舉起手。讓你們好好安眠，精神抖擻的醒來後送你們回戰場——是我們的工作。」

醫護兵咧嘴笑著說道。照顧完無法入睡的同袍之後，他們靜靜地走出帳篷，看到在不遠處野炊的士兵便走了過去。

「炊事組，宵夜的準備在進行了嗎？要好好做喔，吃了難吃的東西可不會有力氣。」

「包在我們身上。我可是煮軍中伙食煮了十年的老手，有用具這麼齊全的環境，我能做出與基地餐廳一樣的菜色給他們吃。」

伙夫兵拿著長木杓攪拌大鍋，這麼宣言。受到鍋中飄出的香味吸引，飢腸轆轆的士兵們成群地走了過來。

同一時間。在距離伊庫塔鎮守的司令部不算遠的中央軍事基地房間裡，在各地管理野營的醫護兵們陸續針對現狀提出報告。

「——好，照這個情況沒問題。要頻繁輪替人員，讓所有士兵都別忍受超過一定限度。」

哈洛正透過精靈傳來的對話逐一仔細確認現場情況。士兵們有沒有好好休息？有沒有好好進食？精神狀態是否不穩定？若在報告中感覺到危險的徵兆，便當場給予應對指示。這是她在這場決戰中的任務。

「因為帳篷內悶熱難以入睡，務必要以風精靈換氣。只要讓風精靈排在帳篷入口與出口吹風，空氣就會確實流通。向士兵們說明，這麼做比起獨自外出吹風乘涼更加舒適。還有，對於傷口疼痛的人——」

哈洛坐在桌前專心的聯絡。這時——一名金髮少女站在她背後的房間門口處。

「……哈洛，後方的狀況如何？」

「是的，陛下。事先的訓練奏效了，人力運用正按照指示在運作。我想這可以視為續戰能力的提升。」

結束通話的哈洛重新轉向女皇說道。夏米優也點點頭。

「伊庫塔教條嗎？……比起爆砲與氣球的增加，這可以說正是帝國軍最大的革新。」

與齊歐卡決戰前，黑髮青年將在他指揮下的帝國軍的立場明確地加以言語化。那俗稱伊庫塔教條的規範，從根本重新審視了軍隊的人力運用。

例如，比起防衛據點更優先重視部隊的生還。例如，不在疲勞達到一定程度時繼續運用兵力。

那是徹底否定抛棄式的消耗人才，為了以最高效率持續性運用帝國軍隊這個組織作戰而設計的方法論。繼承、擴張了巴達．桑克雷在自己的軍團實踐過的理念，再加上伊庫塔獨自的發展與改編統整合而成。

「……真厲害。正確的偷懶與正確的幹活是同一件事。伊庫塔先生一直談論的想法，終於普及到軍隊整體了。充分的進食與充分的休息。只要保障這兩件事，就能不消耗士兵身心持續作戰。愈是進入長期戰，那個影響便愈大吧。」

「唔——確實沒錯。」

夏米優毫不吝惜地表達贊同。此時，桌上的精靈發出新通訊。在干擾哈洛工作之前，女皇主動掉頭。

「我要回帝都了，必須準備接納被齊歐卡軍驅逐過來的難民……後面的事情拜託你們。」

夏米優說完後離開了。哈洛敬禮目送她的背影之後，再度與現場展開通話。

「……好了。敵軍的行進路線分歧，戰場的數量一口氣增加了。」

另一方面，帝國軍司令部。黑髮青年站在各處放著代表敵我兩軍棋子的地圖前，動腦思考。

「目前無論何處的狀況都不危急。因為風險當然是在撤退時才高，到時候就保持通訊發出指示……問題果然在於時機嗎？要讓防衛線自然地同步後退很費力啊。」

他從鼻子裡哼了一聲低語──如同從最初那一戰所能看出的，他絲毫沒想過用一場戰鬥擊破齊歐卡軍。鞏固防禦盡可能消耗敵軍，在接近防衛極限時讓部隊撤退到下一個陣地。反覆進行這個步驟，等待對手放棄。相對於齊歐卡軍的勝利條件是進攻至帝都，帝國軍的勝利條件是不讓他們得逞，保衛國家到底。

說起來容易，實行起來卻絕不簡單。只要敵軍突破了多條路線中的其中一條，就會從該處繞到守衛其他路線的部隊後方……最重要的是，只要撤退的指揮犯了一點錯誤，轉移至下個陣地時就會被追擊受到重創。所有路線的戰線後退時間也必須常保一致，即使靠伊庫塔的指揮能力與精靈通訊技術，這依然是冒險的走鋼索。

當他就此在腦海中思考數步之後的發展時，庫斯通知他有來自耶里涅芬・尤爾古斯海軍上將的通訊。伊庫塔中斷思緒，立刻回應：

「喂，我是伊庫塔・索羅克。海戰的狀況如何？」

伊庫塔開口第一句話就詢問。另一頭的喧囂聲立刻摻雜在通訊中。他一瞬間便明白，那邊正在海戰途中。

經過幾秒鐘的沉默，和聲音主人一點也不像的沉重話語透過精靈回應道：

「──我們敗了，抱歉。」

「——前方甲板中彈！負傷者八名！」「還沒收回傷兵嗎！醫護兵～！」

「上桅帆破損！速度下降！」「快點替換！一旦停下來就完了！」

水兵們的吶喊聲在艦上不停地交錯。急於進行展帆作業者的焦慮、傷兵痛苦的呻吟、相隔很長的距離飄在海上的齊歐卡爆砲艦——這一切化為混沌，形成戰場的空氣。

「……上將閣下……」

自開戰以來，擔任副官的資訊軍官臉色隨著時間的流逝發白。尤爾古斯上將眉頭也前所未有地浮現深深的皺紋。愈眺望此刻仍與敵軍持續上演的海戰，苦澀的感情就愈不斷堆積在他眉心。

「……幫我接通元帥。」

海盜軍的頭目從腰包裡抱起搭檔精靈如此說道。回應他的要求，通訊很快接通了。

「喂，我是伊庫塔．索羅克。海戰的狀況如何？」

「——我們敗了，抱歉。」

他開口第一句話便簡短的告知狀況。對方倒抽一口氣的反應透過精靈傳來，光是這句話便傳達了他大半的意圖。不過，身為海軍負責人，為了盡一己的責任，上將繼續道：

「——有十二艘被擊沉、二十七艘無法航行、五十二艘受損。這艘旗艦也受創了，艦隊半毀。」

一連串數字毫不留情又無比正確的傳達損害狀態。傳達他們目前處在什麼狀況，傳達被壓倒性數量的爆砲痛擊的帝國海軍，在這一戰中遭受多麼嚴重的重創。

「……敵方艦隊的狀況呢？」

「無船艦被擊沉。有數艘甲板及船帆受損。損傷與我方相比輕得像被蚊子叮了一口……無計可施了。我方連接近他們都辦不到，差距已超出靠優越駕船技術能設法解決的程度。我們應付不了全艦爆砲艦啊。」

尤爾古斯上將說到此處一度停頓，將在胸中肆虐的所有感情通通吞下後再度開口。

「雖然丟臉，在這片海域不可能繼續戰鬥了。人家建議帶領殘存船艦暫時撤退。總之就是夾著尾巴開溜──你怎麼看，元帥閣下。」

那已經是問句型式的確認。他沒有等太久就得到答覆。

「我接受這項建議。請即刻開始撤退，尤爾古斯海軍上將。」

「了解。」

徵得必要的許可之後，尤爾古斯上將立刻結束通訊。在一臉悲痛呆立不動的副官面前，他低聲自言自語：

「……繼伊格塞姆之後，這也是時代的潮流？」

他緊緊握拳握到骨骼嘎吱作響。隨著新技術湧入，戰爭逐漸變得面目全非。他想著在難以抵抗的激流中翻騰的自己。

「開什麼玩笑──人家怎麼會屈服於那種玩意？」

「——果然是杞人憂天啊。」

在持續發動砲擊戰的齊歐卡艦隊一角，「白翼丸」艦上。目睹帝國海軍半毀的情況，海兵隊長葛雷奇以不帶感動的語氣說道：

「要說當然這也是當然的結果……與陸地上不同，在海面上無法藏在壕溝裡躲過砲擊。更何況是兩支艦隊互搏，砲門總數的差距直接等於實力差距。勝負從開始前便決定了。」

這是個無比單純明快，無從懷疑的勝因。聽到那番話，站在他面前的艾露露法伊悄聲呢喃：

「——真不痛快。」

「太母大人……」

「這的確是齊歐卡技術力的勝利吧，也可以說是這支艦隊的勝利。不過——我們絲毫未能洗刷上次的恥辱，這樣的勝利沒有任何值得驕傲之處。」

「白翼太母」說出毫無作偽的心境……在戰鬥開始之後，齊歐卡艦隊始終只保持距離進行砲擊戰，沒有時間較量身為水手的本領。這正是連小孩子也明白的事實，擁有較多優秀兵器的那一方會勝出——這個結果僅是如此。

艾露露法伊心懷不滿的陷入沉默。而在她背後監視敵軍艦隊動向的葛雷奇，最早看出其行動的變化。

「對方開始撤退了——看來他們無意投降。我們投入追擊吧，太母大人。」

葛雷奇刻意淡淡地這麼說，從背後將雙手輕放在太母肩膀上。長相凶惡的海兵隊長表達的關懷，讓艾露露法伊深深嘆息之後頷首。

「……真心煩。看來在尼蒙古港海上的那一敗，往後也會一直橫亙在我胸中深處了。」

她如此說道，朝部下們發出追擊指示。她往頭頂撇了一眼，只見愛鳥米札伊停在艦橋上動也不動，彷彿理解主人不需要牠來幹活。

「在結束後一看，太簡單了——趨勢已定。這場戰爭是帝國輸了。」

「……」

「……伊庫塔先生……」

沉重的沉默籠罩空氣。來到司令部準備報告各部隊運用狀況的哈洛，看見指揮帝國全軍的青年自從接獲海上噩耗之後，便陷入沉默的身影。

「……我沒事。只是，這消息別通知陸上的士兵們。」

「那是當然。不過……」

哈洛不禁詞窮——海戰的敗北，當然不會是單獨結束的獨立事件。在海上落敗等於制海權落入敵軍手中，制海權落入敵軍手中等於他們能夠自海上輸送援軍。在這個光是迎擊自東邊進攻的陸軍就被迫在極限中爭勝負的狀況下，如果大軍又從南邊登陸將會如何？——別提勝算，就連兩邊正面作戰能否成立都很可疑。

在注視自己的哈洛面前，應該比任何人都更理解此一因果關係的青年面露苦笑搖搖頭——彷彿在說他從一開始就很清楚，這不會是場輕鬆的戰爭。

「……哈洛，妳差不多也前往前線吧。我希望由妳去切身感覺，靠通訊無法完全衡量的士兵心理動向。」

「如果這是你的命令……不過，我有點擔心你。」

「不要緊。妳的擁抱還在發揮作用呢。」

青年這麼說著咧嘴朝她笑了笑，下一瞬間彷彿突然想起來似的補充道：

「可是，對了——最後可以幫我泡杯茶嗎？」

「——好的！我來泡一整壺特別可口的茶！」

哈洛努力用開朗的語氣回應，直接奔出司令部。保持雙手放在腰後的姿勢，伊庫塔心想——他雙手的顫抖有沒有瞞過她呢？

「……發抖沒關係，但千萬別慌張啊。」

他喃喃地說服自己，花費數分鐘讓顫抖的雙手平息下來，忽然望向桌上的懷錶發現一件事——自從上次醒來之後，他已連續指揮超過四十小時了。

「……不行、不行，忽略這個不可能獲勝。」

伊庫塔帶著自戒之意說出口，同時按響手邊的叫人鈴呼喚梅格少校。不到三十秒後，熟悉的副官趕到。

「是——元帥召喚我嗎！」

「嗯，接下來我要小睡兩小時。這段期間的通訊由你們三人應對，基本方針按教條處理，只有緊急情況才來叫我。」

「我明白了，請慢慢休息。」

青年留下指示走向隔壁的休息室，梅格少校敬禮目送他離開。換了房間之後，伊庫塔倒下來趴在附近的床鋪上。

「真是張好床——吶，約翰。正是在這種時刻，才得珍惜我擁有而你沒有的事物啊。」

他喃喃說著閉上眼睛，不到十秒鐘便開始發出入睡的吐息。

第二章

Alderamin on the Sky

侵略本土

日常和非日常總是比鄰而居，人們在戰爭期間依然繼續生活。目前離前線還很遙遠的帝都邦哈塔爾也一樣，與戰況的危急相反，市場裡熱鬧地充斥著尋找食材及日用品的人群。

「……讓我看看小麥。」

一名上了年紀的男子站在店鋪前說道，不等老闆同意就將手伸進裝在大籮筐內的小麥中。老闆一瞬間露出疑惑之色，不過在看到對方的身影後立刻換了表情。

「哎呀，巴哈塔先生。怎麼了，像您這樣的人物怎會來市場買小麥？」

「我來確認市價。在這種時候，流通因為戰爭需求被打亂是常態，不過……」

名喚巴哈塔的男子一邊回答，一邊熱切地檢查掌心的麥子。他檢查完最初拿的那一把，這次又從籮筐底部找出新麥子。如果做出這種舉動，一般而言會被趕出商店——但是在帝都的商人中，沒有人敢怠慢這位人稱「市場賢父」的富商。

「……沒摻雜混合物賣這個價格嗎？算是妥當。我還以為價格會飆得更高。」

「陛下似乎嚴格取締了事先囤積物資的行為。」

「我知道，我也受到請求來協助此事……原以為是杯水車薪，看來不能小看。這次戰爭，至少在準備方面做得十分仔細。」

巴哈塔這麼說道，提升了他對於女皇執政的評價。老闆苦笑著堆起小麥袋。

「在這次決戰，我們和齊歐卡的因緣也終於看見終點了。大家都很期待。」

「……真悠哉。你沒想過當我們戰敗時會怎麼樣嗎？」

「戰敗？帝國軍嗎？哈哈——怎麼會，不可能發生那麼荒謬的事。」

老闆半是反射性地脫口而出樂觀的看法。檢查完麥子後，巴哈塔留下一句「打擾了」便轉身離去。他走在市場的喧囂中，從鼻子裡哼了一聲。

「到了這個節骨眼還事不關己嗎？……可以想見陛下的辛勞。雖然我也沒資格說這些。」

男子低聲說道。與在場許多人不同，他對戰況並不樂觀——近一百多年來，齊歐卡明顯持續在儲備國力。在挑戰決戰這個選擇背後，有他們對於獲勝貨真價實的自信。

派去探查前線狀況的手下們幾天內就會歸來。視報告內容而定，要變得忙碌了——當巴哈塔這麼想著往前走，一個眼熟的消瘦身影忽然進入視野。

「——那是……」

那名男子露出望向成群家畜般的表情，注視著——在午後市場來來往往的人群。

「呵呵呵——無論何時前來這裡，都令人不快。」

托里斯奈流露出侮蔑的情緒說道。甚至連呼吸俗世的空氣他都覺得可憎。

「不管看向何處，都是愚鈍、愚鈍、愚鈍的人群。連一個具備正常智能的人都沒有。不過——

這也無可奈何。因為他們是應當接受指引的一群愚人。」

沒錯，男子瞧不起他們。對於這個國家大多數的民眾，他從一開始就不抱任何期待。他對於皇帝絕對的信任，翻轉過來便是對民眾徹底的失望。

「明明是如此，到了這個節骨眼卻成立什麼國民議會——陛下，您對這些人有什麼期待？這些只要灑出餌食就會湊過來，和飢餓的貓狗毫無不同的民眾。」

托里斯奈詢問不在場的君主，輕聲嘆息。

「意思是這也是一種君主慈愛的形式嗎？……吶，阿爾夏庫爾特陛下——」

「——收養這種畸形兒，你想做什麼？」

一男一女一以絲毫不帶感情的眼神俯望自己。那是他最初的記憶。

「別這樣說。這傢伙不是單純的畸形兒——是血統特別優秀的畸形兒。只要把他平安養大並灌輸他話術，要用來與皇室攀上關係，再也沒有比他更好的道具了。」

男子說著舉起酒瓶咕嘟灌酒。暴露在令人不快的酒臭味中，嬰兒不明所以的哭啼起來。在女子皺眉的同時，男子用手摀住嬰兒的嘴巴。

「名字以後再想。吶——拜託了，畸形兒，帶我們爬上這個國家的高處。我們可是救了你本來該被處決的小命，帶來這點回報是當然的吧？」

他幼小的心靈領悟。對於這個人而言，不管走到哪裡，自己都只不過是個物品。

當他懂事後，「教育」立刻展開。男子找他到房間去，扔來一件形狀怪異的緊身內衣。

「用這個藏起你胸部的凹陷。別在人前露出難堪的模樣。」

他依言穿上緊身內衣。儘管胸口的壓迫感讓他極度不快，說出這種事也只會挨打。他早已認清在這個環境的規則。

「學習歷史與算數是當然的。另外還有吟詩與音樂以及占卜嗎？我不知道陛下偏好哪一種，但武器種類多些再好也不過了。」

男子一點也不是有生產力的人，但很擅長巴結地位高貴者的手段。因為他們夫妻一直都是像這樣生活的。

「你不會連腦袋都是廢的吧？若是這樣，再沒有比這更無聊的事了。」

男子粗魯地抓住坐在桌旁的他的頭顱。他有種直覺——如果在接下來的「教育」中做出不符期待的結果，整張臉肯定會被抓著往桌面砸。

他正如字面含意般，賭上性命專注於有生以來初次挑戰的算數。雖然男子的教導方式很粗率，由於有足以彌補的思考能力，他回應了對方的期待。男子咧嘴一笑。

「哈，囂張的小鬼，記性不錯嘛？或者你只是拚命在記而已？……算了，今天我會讓你吃飯。」

從此以後，每天都在重複這個過程。為了進食、為了不挨揍、為了生存，他不斷完成對方交代的課題。只要稍微犯錯就會挨打，不許吃飯也是常有的事。不過他活了下來。與御醫「年壽不永」的診斷相反，他具備不尋常的強韌生命力。

「什麼，你想嘗試繪畫？——哈哈，你是傻子嗎？難道你以為我是你父親還是誰嗎？」

在變得能穩定完成課題的時期，他趁男子心情好的時候試著說出自己的興趣——結果被打得在床上躺了三天。這件事完全粉碎了他對男子的一絲期待，以及他原本以為只要持續回應要求，對方或許就會愛自己的幻想。

男子不時帶他出門去看皇宮，他在那裡總是說同一番話：

「看，你真正的雙親在那裡，但他們絕不會認你這個兒子。身為畸形兒的你，存在本身對皇室而言就是種罪惡。」

男子說出他的身世，說出那無可奈何與生俱來的命運。向仍在形成的自我中餵毒，告訴他自己打從一開始就不該出生。

「不過，有一個唯一的可能性。那就是以文官的身分潛入皇宮工作。只要皇族中意你，或許會想將你留在身邊。比起現在的陛下，下一位皇位繼承者——你的兄長年齡相近，比較有希望。」

聽到這些話的他凝視皇宮。那些正確出生的皇族們居住的聖地。與自己置身的環境相比，那個地方看來宛如另一個世界般美麗。

他撕心裂肺的想著──好想回到那個地方，「回到真正的親人身旁」。

「在晉見前的步驟由我來安排，你可得拚命推銷自己，如果他毫不理睬你──當天晚上我應該會喝得特別醉。」

他面無表情的理解道。這並非什麼比喻，一旦失敗，自己只能活到當天為止。

在他滿十六歲那一年的某一天，那個決定命運的機會到來。

「──有張新面孔啊，你是誰？」

男子事先疏通敲定了他就任官職一事，他自出生以來首度踏入皇宮，被其他文官帶著首度與皇子會面，皇子神情極為不悅地看向他。

「伊桑馬家的兒子？那個混蛋家族拿下了文官職位？哈，又是浪費俸祿的舉動。」

聽到他的來歷，皇子唾棄般地說完後轉開目光。雖然形式上突然遭到侮辱，他沒產生什麼反感。因為他對於混蛋家族那個部分很有同感。

「算了，反正我很清楚你們的企圖。你們想討好吸我的血吧？一群對皇室毫無忠誠心的俗人。」

皇子環顧文官們，臉上浮現故意誇大的惡意笑容──猛然揮動一隻手，砸中旁邊擺設的大陶壺。文官們來不及愣住，陶器已然砸碎，碎片散落一地。

「哎呀——打碎了。雖然不太清楚由來，聽說這是軍閥時代初期的珍品。糟糕，父皇如果得知此事，不知道會怎麼說。」

皇子低聲發笑，故意這樣說。他重新轉向沒有插嘴的慌張文官們說道：

「正如你們所見，我現在立即需要幫助——你們誰肯為我頂罪，說是自己打破的？」

一陣凍結般的沉默籠罩現場。在臉色蒼白地排成一列的臣子們面前，皇子忍不住放聲大笑。

「呼哈哈哈——看來不管哪個傢伙都只有估算古董價值的眼光很準確！千萬不能揹上會輕易傾家蕩產的大損失啊！真老實！」

皇子就像在說這種反應正如他所料。此時——他從文官隊伍中走上前一步。

「是我打破的，殿下。」

聽到那句話的瞬間，皇子倏然收起笑聲，將目光投向他。

「——再說一遍。」

「是我打破的。非常抱歉，我上任的時日尚淺，不夠謹慎。」

他毫不遲疑地道歉。皇子嘖了一聲，探出身子。

「你——腦袋笨得連算盤也不會打就來任職？你可知道這個陶壺到底值多少——」

「請別動！」

在皇子踏出第一步的瞬間，他揚聲制止道。在反射性停下腳步的對方面前，他懇求地往下說：

「請您別動，殿下。碎片會刺破鞋底，傷到您的腳。我馬上清理，請忍耐一會。」

他說著跪下來開始收拾散亂的碎片。然而——皇子的腳重重踏在他眼前。

「……我拒絕。為何我非得聽你的話呆站著不動。」

「……您無論如何都想現在走動嗎？」

他抬起頭注視對方的眼眸，分不清是憤怒還是困惑的情緒在皇子眼中搖曳。

「沒錯，我想走。我不允許這個國家有我想要卻不能行走的地方，不該有那種事存在——既然整個帝國終有一天註定由我繼承，我說得沒錯吧？」

皇子像在衡量他的價值般說道。他毫不猶豫地點頭同意那句話。

「正如您所言。那麼——以此暫代，還請您原諒。」

他更加壓低身軀，趴在散落陶壺碎片的地板上。皇子疑惑地皺起眉頭。

「……這是什麼意思？」

「由於地上散落著大塊碎片，只是鋪衣服蓋住還有危險。我來當路——請您由其他文官攙扶走在上面。」

被他惡狠狠地一瞪，文官們慌忙奔向皇子兩側。皇子面無表情地俯望在他面前準備好的「路」。

「……你瘋了嗎？」

「在您需要的時候，我會為了您化為地面。在身為官僚之前，這是身為臣民當然的舉措。」

他的回應毫無陰霾。不久之後——皇子的腳緩緩地落在他背上。

「……真難走。好崎嶇的地面，泥地都比這個要好上幾分。」

「是，非常抱歉。」

鋪在身體底下的碎片刺破衣服扎進肉裡。即使如此，他沒有發出一聲痛苦的叫喊，一直扮演皇子的「路」直到皇子走完為止。

「夠了——站起來。」

皇子從他背上走下來催促道。文官服四處滲血的他站起身，皇子迎面直率地問：

「你叫什麼名字？」

「我名叫托里斯奈．伊桑馬，阿爾夏庫爾特殿下。」

他渴盼地報上姓名。皇子從鼻子裡哼了一聲轉過身。

「……如果我高興，會再找你當地面的，托里斯奈。」

「光榮之至。」

聽到皇子呼喚的瞬間，溫暖的心情在胸中擴散。他極其自然的決定，自己要效命於這位大人。

「你們快點把這個收拾乾淨——對了，不必努力撿起碎片黏起來。反正那只是我一時興起燒製的贗品。」

皇子一臉無趣的留下這句話後離去。無視於愕然的文官們，他一直回想著皇子呼喚自己名字的聲音。

「——試圖巴結我的傢伙很多，這也罷了。不過，那些傢伙似乎以為我只有下半身而已。」

自從陶壺一事之後，皇子不時會找他說話——在上任經過兩年之際，皇子已將他當作聊天對象留在身邊。

「他們送來的總是女人、女人、女人。而且還加上什麼西域第一美女、古代公主再世之類不必要的頭銜——我當然也不討厭外表美麗的女孩。可是這樣沒完沒了的送過來真叫人火大。我是種馬還是什麼來著？」

處在皇族的立場，難以對旁人表明或旁人難以想像的不滿堆積如山。他一手承包了聆聽者的角色，皇子也接受了這一點。大概是因為無論他有沒有什麼企圖，皇子對此並不感到不快吧。

「最近我動手去做覺得有趣的事，是文學與美術。我特別喜歡一百多年前宮廷藝術家的作品。也許在技巧上比現代作品來得遜色——但我覺得他們以遠比現在更為純粹的形式表露了對於皇室的崇敬，你不覺得嗎？」

除了抱怨以外，像這樣談起興趣話題時，皇子會變得很多話。他不時親自創作，那些作品連在外行人眼中看來水準也頗高——不過他在面對描繪皇室歷史的作品時，談論的言語間會蘊含特別的熱情。

「原本，卡托瓦納皇室是神祕的血統。這個血脈暗藏了超越人類，引領人類的力量……然而，血脈隨著時間流逝漸漸埋沒。我無論如何都必須找回血脈，為帝國帶來永遠的繁榮。」

皇子站在依年代順序展示的多幅繪畫前，訴說自己的夙願。每一次他都受到強烈的衝動驅策。

我也留流著那種血——如果能這樣告訴眼前的對象該有多好？可是，他愈想愈感到忌諱。排列在眼前的畫作描繪著過去的皇帝們。在那些完整崇高的容貌前，身為繼承同樣血統之人，他認為自己的身體實在太過扭曲了。

「總是聽不懂敬意意義的貴族們拍馬屁，這顆心也會偏向庸俗低劣——你也想引導我墮落嗎？托里斯奈。」

皇子像這樣試探般的拋出問題也是老樣子。他搖搖頭追溯畫作的年代，仰望描繪最古老盛世的一幅畫說出口：

「不——我希望您像這幅畫一般。」

一揮手便掃蕩千軍萬馬的皇帝魯西亞羅。對於人稱永靈樹血統開端的武帝英姿，以及他說希望自己如同這般的話語，皇子臉上浮現笑容。

「初代皇帝嗎？——說得真簡單。」

「我發現了。我國與齊歐卡的戰爭會拖延的根本原因，在於對軍方的過度依賴。」

在相處得更久之後，皇子開始向他表明對為政的見解。那些話很可能被視為批判皇帝的發言，即使以皇子的立場來說也很危險，他贏得了足夠的信任，讓皇子覺得但說無妨。

「我國保有強大的軍隊是一件好事。不過，因此以戰爭掩飾執政的失策就值得商榷了。政治為政治、軍事為軍事——兩者本質上是不同的，唯有皇帝才允許跨越兩者。貴族們的私人利益不該有介入的餘地。」

皇子滔滔不絕地暢談，放在他眼前的奢侈宮廷料理每一道都放到乾掉了。他一直很喜歡那忘了飲食不斷訴說的身影、那遲早將成為皇帝者的熱情。

「你能理解嗎，托里斯奈？簡而言之，便是返回原點。由皇帝毫無疏漏地掌控政治與軍事，領導國家與人民，這樣的國家制度正是原本的帝國的驕傲。凡夫俗子當然不可能達成——不過，我做得到。既然身為皇族就必須做到。我等是永靈樹血統的繼承者。這一點不可能動搖。」

皇子對自己的要求總是很高。皇子深信不疑，自己的宿命是成為與遙遠昔日的明君們並列受到讚譽的存在。他也不認為那是夢想。因為從一起站在那幅畫前開始，他也作著同樣的夢。

「我不能抱怨父皇的統治。但是——在我登基之後，就是我的治世。我不會讓任何人干涉，這段生涯一切都將從那裡開始。」

「正如您所言。」

「沒錯……不過，我的兄弟姊妹們並不如此希望。一群叫人頭疼的人啊。如果在加冕前被暗殺，那可無法忍受。」

皇子發出嘆息，低頭直盯著手中的茶杯，然後咧嘴一笑將茶杯遞給他。

「要幫我試毒看看嗎？托里斯奈。今天茶水的顏色特別深，碰到這種情況得更加提高戒備——因為毒藥往往都很苦。」

「——我很樂意。」

他毫不遲疑地接過茶杯，送到口邊喝下——很快的，如沸騰般襲來的灼熱強烈地灼燒他的胃臟。

「……嗚……！」

「召御醫！」

皇子察覺異變厲聲喊道。當侍從們趕到時，他已幾乎喪失意識。

「——沒想到第一次就中招了。托里斯奈，你運氣很差吧？」

兩天後。一方面多虧御醫們的奮力救治，勉強熬過生死關頭的他在床上恢復意識，皇子一臉無言地坐在床邊。

「……殿下的玉體……」

「如你所見，沒有問題。不過……」

皇子垂下目光。此時他也發現——自己並未穿著掩蓋體型的緊身內衣。御醫為了治療除去了他的衣物。

「……你的體格相當奇特啊。御醫很驚訝呢，還說像你這樣能平安長大到這個年紀是種奇蹟。」

「……讓您見笑了……」

他苦澀的撇撇嘴角。之前明明謹慎地斟酌著表明的時機，卻以這種形式被皇子目睹了。然而

——無視於他的心情，皇子靜靜的往下說：

「我接下來所說的話是一番戲言，千萬別當真。」

「……？」

「打從以前起就有一個奇妙的傳聞。說除了目前列入皇族的皇子、皇女之外，曾有另一個繼承陛下血統誕生的孩子。那孩子的身體有與生俱來的缺陷，因此無法被承認為皇族。原本孩子將被暗中處決，但有某個貴族認為這麼做太過殘酷，偽造孩子的出生背景當成自己的兒子收養……」

他倒抽一口氣——皇子怎麼調查到的？不，試著想想，這也許理所當然。將生而為皇帝之子的孩子變成「不存在」時，很難完全瞞過同樣在皇宮裡的人吧。以口耳相傳的流言形式傳入皇子耳中也不足為奇。

「當然，我不相信傳聞。因為永靈樹的血統不可能生出有缺陷的孩子……不過，也有很多人說此事屬實。托里斯奈，你有什麼看法？」

皇子淡淡的發問，從他的表情看不出內心的想法。該怎麼掩飾最好？該說出什麼才能贏得信任？——這些盤算迅速從他心中消失。他回想起與皇子交談過的言語、共度的時光、共享的夙願。答案已經確定。

「真是愚昧至極的戲言——卡托瓦納皇室神聖而完全。那個血統的後裔，不可能生出有某些缺陷的孩子。」

他這麼回答。為了往後也與皇子共有同樣的感情，他否定了自己的出生……胸中深處的痛楚，比起至今遭受任何打罵時更加劇烈。皇子一定也察覺了這份痛楚。

「沒錯，正是如此——我問了個無聊的問題，原諒我。」

皇子以極度溫柔的語氣說道，伸出指尖輕輕碰觸他的臉頰。

「快點痊癒吧。少了你很不方便——都不能安心打碎陶壺了。」

「……是……」

他用還殘留麻痺感的身體費力地頷首。在接下來直到康復為止的兩週中——皇子每天必定會來他的房間探病一回。

「——你已被提拔為殿下的直屬家臣了嗎！哈哈，正如我所料！」

就任文官經過三年時，被召回伊桑馬家的他向男子報告現狀，內容讓男子心情前所未有地愉快。

「聽著，別讓殿下感到無聊。相反的，碰到麻煩事要率先代他承擔。如果殿下變得什麼事都託付給你，我們就成功了。」

對方愈往下說，他的心靈愈感到極度乾涸……他與皇子至今累積的關係，對這名男子而言只代表新的生財之道。

「總算有眉目了，我可得抓準時機介紹女兒啊——哈哈哈哈哈！」

高聲大笑的男子並未察覺。他注視自己的眼神，與看著路旁的小石子毫無分別。

隨著與被視為下任皇帝的皇子加深關係，他的立場也從一介文官逐漸轉變。我要晉見父皇，你也隨行——當皇子這麼命令時，就連他也不禁偷偷感到滿心雀躍。

「阿爾夏庫爾特，看到你這麼健康真好。聽說你最近帶著一個有些古怪的男子？」

第二十六代皇帝在寶座上向兒子攀談。雖然年事已高，他與皇子的感情很好。皇子立刻回答：

「是，父皇。就是這位托里斯奈·伊桑馬。」

皇子指向跪在身旁的他，皇帝以充滿興趣的眼神轉向他。

「抬起頭來——你代替吾兒喝下毒藥的忠義之心可嘉。身體已經康復了嗎？」

「——是——」

唯獨這一刻，他光是在回答時不讓聲音發抖就耗盡了全力——父親就在那裡。與他血緣相連的真正父親。然而，他無法將那股感動說出口。他拚命發揮自制力，不允許自己做出跨越君臣之隔的舉動。

「我可得獎賞你才行，你有什麼願望嗎，嗯？」

不知道他的心境，皇帝親切的詢問。願望這個詞彙在他胸中沉重的響起。然後他心想——在這一瞬間，自己期望著什麼？被允許期望到什麼程度？

「——」

「……？怎麼了，托里斯奈。父皇在問你話。」

皇子催促沉默不語的他回答。此時，願望在他心中也終於成型。

「……請……」

「嗯？」

「……請賜給我一幅畫……描繪陛下與麗亞莎側妃，還有阿爾夏庫爾特殿下……三位貴人的肖像畫。」

聽到他戰戰兢兢說出口的內容，皇帝意外的歪歪頭。

「只要命令宮廷畫家繪製，你就能如願。不過……真的只要這個就行了嗎？」

皇帝出言確認。這時候他確信——此人一無所知。若非關於自己出生的傳聞沒傳入他耳中，就是當成閒話一笑置之了。痛楚與安心同時襲上胸中，他努力地不流露出來，同時回答：

「那麼——恕我惶恐，還有一個請求。如蒙允許，我想將這幅畫展示在自己的住所。」

那正是他所期望的至高無上的奢侈。皇帝臉上轉眼間浮現佩服之色。

「原來如此——了不起的忠義之心。你有個好親信，阿爾夏庫爾特。」

「那是當然，父皇。」

皇子自豪的說道，皇帝聽到後發出笑聲。或許——這個瞬間正是他人生中最幸福的時刻。

繪畫在三個月後完成，送到他的住所。站在掛在寢室西邊牆上的畫作前，皇子從鼻子裡哼了一聲。

「——水準不怎麼樣。由我來畫會遠比這個更好。」

「不……我很滿足。只要醒來後第一眼看見這幅畫就夠了。」

他說出真實無偽的心境，仰頭直盯著繪畫……他想像在畫著父母與兄長的這幅畫作中，自己也與他們並肩的模樣。即使是在現實中決不允許發生的景象，只要有這幅畫在，從今以後他也能夠盡情的想像。

隨著年齡的增長，皇帝的健康狀況確實地逐步惡化。在他上任官職超過十年時，病情終於來到決定性的階段。

「——情況如何，殿下。」

他輕聲詢問與臥病在床的皇帝會面後走出禁中的皇子。皇子乾脆地搖搖頭。

「甚至連交談都有問題……自從臥病在床後業已兩個月，照那樣子來看，父皇不會好轉了。」

那預期的話是那麼殘酷，讓他猛然咬住下唇。然而——當他沉浸於悲嘆之中，皇子雙手抓著他的肩膀搖晃。

「現在可沒有時間悲傷，托里斯奈。如果父皇駕崩，從那一瞬間起我的時代就會展開。我需要你來做到的工作，將會是以前無法相比的。」

「……由我來做到的、工作？」

「不只是一介臣子而已。只要在我身邊持續效力，往後等著你的位置是帝國宰相——與軍方元帥並列的皇帝左右手。你有擔起這個職務的覺悟嗎？」

展望自己即將到來的治世，皇子問最親近的臣子是否有所覺悟。沉默一會之後，他悄聲呢喃：

「……現在可以給我一點時間嗎？」

皇子驚訝的瞪大雙眼。近距離注視著他的臉龐，皇子進一步詢問：

「我還以為你會當場同意，你在猶豫什麼？你對我有什麼不滿嗎？」

他立刻搖搖頭。他毫不猶豫，也不可能懷抱不滿。

「一切都是我本身的問題……請您稍待一會。我先去整頓個人事務。」

他一臉決然地告訴皇子，領悟該來的時刻來臨了。

幾天後的夜晚。他請假前往伊桑馬家的宅邸。

「喔喔，托里斯奈。一陣子不見了，你最近都沒來露臉啊？」

僕人帶他前往起居室，漲紅著臉的男女正在那裡喝酒。這是他早已看膩的場面。在他有記憶的範圍內，這兩個人保持清醒的時間還比較少。

「不過你放心，殿下的賞賜都有確實送達。這瓶酒也是。哈哈，就算一項項拿去賣還剩很多呢。你這畸形兒可真是飛黃騰達啊，喂？」

他說著舉起葡萄酒酒瓶。無視於默默將酒杯送到口邊的女子，男子想起什麼似的從長椅上站起身來。

「你來得正好，我覺得差不多到了將女兒介紹給殿下的時期了。我想他對喜好很挑剔──不過這沒什麼，總之只要懷孕了就不成問題。我想抓準殿下喝醉鬆懈的時機，下次酒宴是什麼時候？你應該能替我女兒安排座位吧？」

男子野心的最後階段十分平凡無奇。透過他這條人脈讓皇子看中自己的女兒，順利的話在皇子登基為帝後爭取皇后的地位。如果一切順利，更加龐大的財富將會流入與皇室搭上關係的伊桑馬家。

在徹底理解男子企圖的前提上──他輕輕搖頭。

「……你不用再掛心這些事了。」

「……啊？這是什麼意思──」

男子狐疑地逼近他。此時──男子背後傳來酒杯落地的沉重聲響。

「……嗚、嘎……！」

女子按著脖子痛苦掙扎。男子錯愕地想衝過去，卻雙腿打結直接趴倒在地。他拚命掙扎想爬起來，同時赫然回神喊道：

「你、你……難道，這瓶酒……！」

「這是南域酒廠釀造的珍品，特色在於濃郁的香氣與強烈的澀味，非常適合加料——不過當作通往冥府的橋樑也不壞吧。」

他露出人類看著瀕死蟲子的眼神，低頭望著兩人淡淡地說：

「啊，我並不怨恨兩位。如果你們沒收養我，我早已死去，這一點確實沒錯。我也有心回報這份恩情。所以明明下毒的機會很多，我至今卻一直將得到的賞賜送給你們。」

「……嗚……」

「不過，情況改變了——你們明白吧？不勝惶恐地有幸成為陛下左右手的人，衣服上不該黏著害蟲。」

個人的私怨只不過是小事。作為遲早將侍奉於寶座旁的人，他想趁現在除去身上的汙穢——他的行動原則言盡於此。簡單的說，眼前的男女對他而言只等於黏在外套上的蝨子或跳蚤。

「我會守護侍奉皇室——兩位請安心踏上前往冥府的旅途。」

他以堅定不移的語氣斷然說道，向漸漸死去的兩人恭敬的行了一禮。連口吐詛咒的時間都沒有，毒藥侵食內臟，男女痛苦掙扎著落入死亡的黑暗中。

「……整頓個人事務是指這麼回事嗎？你可真是大膽。」

事後。耳聞伊桑馬家發生的「意外」，皇子迅速趕到現場與他碰面。然而——面對看來已察覺一切的對方，他故作不知地說道：

「我這個當兒子的實在心痛萬分，沒想到父母會雙雙中了貝類毒素。」

皇子抵達時，遺體已運出房間，僕人們也異口同聲地作證「好像是晚餐吃的貝類有問題」。包括事先的疏通在內，這件事完全被安排成一場「意外」。面對他的手腕，皇子咧嘴一笑。

「你要裝傻到底嗎？——不，這樣很好。沒那麼頑強是擔當不起宰相一職的。」

皇子說著看向他，用有力的語氣宣言：

「我與你的時代就快到了——好好做事，托里斯奈。」

他跪了下來。作為在君主身旁效命之人，他已不再有任何雜質存在。

在那起「意外」的一個月後，第二十六代皇帝駕崩。皇位繼承迅速的進行，繼承順位最高的皇子——阿爾夏庫爾特·奇朵拉·卡托沃瑪尼尼克成為君臨卡托瓦納帝國的第二十七代皇帝。

「這是我——不，朕初次率領的大軍嗎？呵呵，相當壯觀不是嗎？」

登上至尊寶座的皇帝最初的嘗試，是奪回被齊歐卡奪走的東域領土。而且並非單純派軍隊前往，他主動率領大軍御駕親征。皇帝從內心堅定發誓，要成為在政治與軍事兩方面都很優秀的君主。

「別落後，托里斯奈。雖說是文官，你在這裡也是朕大軍的一份子，不許露出難看的醜態。」

「是，非常抱歉。」

他在親征部隊中央與皇帝並轡而行，但他才剛開始學習怎麼騎馬。當他握住韁繩努力保持不落後之際，一名軍官從後方前來。

「冒昧向您報告，陛下。我方已接近齊歐卡軍的占領地區。」

「嗯？唔，朕知道。」

「是。那麼，請退至戰列後方。如果敵軍發現陛下的蹤影，您將面臨危險。」

軍官呼籲皇帝在交戰之前到安全地區避難。一聽到那句話，皇帝猛然吊起眼角。

「胡說什麼！此處不是已有你們守衛之處嗎！」

「正是如此，不過絕不容發生萬一。光是新皇陛下親自率軍親征，便讓士兵們士氣大振。請您安心在後方關注戰況。」

「關注戰況？你究竟在說什麼？朕是你們的指揮官吧！在朕的指揮下照朕的意思戰鬥！為此朕會留在能看清你們動向的地點！這有什麼不合理之處嗎！」

「可是陛下，依御駕親征的慣例──」

由於事情涉及君主安危，軍官方面也不能輕易讓步。面對堅持自己直接指揮不肯退讓的皇帝，軍官露出一臉為難的表情。

「……請稍待片刻，我去與長官商量。」

「那就把你的長官叫來這裡！時間浪費在無聊的問答上太可惜了！」

他按照命令行動，取而代之前來的是一位散發身經百戰氣質的炎髮獨臂軍官。

「晉見御前，陛下——雖然部下和我說了很多，總之您是想親自指揮前線對嗎？」

與到目前為止接觸過的軍人不同，他說話直言不諱，讓皇帝感到頗為困惑。不過被對方的氣勢壓倒也無濟於事，皇帝意識到作為君主的威嚴，說出自己的意思。

「唔、唔，沒錯。朕上戰場並非是為了當徒具虛名的主將，而是為了指揮你們為帝國帶來勝利才在這裡。」

「那就那麼辦。不過前線就是個賭場，這次由我約倫札夫·伊格塞姆擔任副官隨侍在側，可以嗎？」

「唔……好、好吧，賜與你輔佐朕初陣的榮譽。」

「那可真光榮啊。」

軍官咧嘴一笑。於是皇帝如願的負責指揮前線——在兩小時後迎向第一次交戰。

「——右翼散開！在拖拖拉拉什麼！再磨蹭下去會被包圍擊潰！」

遭遇戰在未查明雙方兵力的情況下展開。軍官的呼喊傳遍四周，戰列在眼前目不暇給的轉換隊形。他搞不清是怎麼回事，只能留意著要在緊急時刻以身相代保護君主，而身旁的皇帝則完全被戰況壓倒了。

「嗚、嗚——」

「照這樣下去不行，我建議繞至敵軍後方包夾！陛下，怎麼做？」

軍官在發出命令前做確認。然而，在皇帝思考試圖判斷建議的對錯時，戰況又轉變到下一階段。

不管對方說什麼，皇帝都只能點頭。

「啊——就、就那樣做。」

「遵命～！你們給我上！拚上性命一塊衝過去～！」

「「「「「嗚喔喔喔喔喔喔喔喔！」」」」」

擊退敵方部隊之後，在躺著許多於戰鬥中負傷傷兵的陣地角落，皇帝一語不發地保持沉默。然而——在連他都找不出話來攀談之際，那名炎髮獨臂軍官再度來訪。

「……………」「……陛下。」

「打擾一下——陛下，初陣辛苦了。您比想像中更努力啊，沒有半途中摔下馬叫我鬆了口氣。」

無視於他錯愕地瞪大雙眼，軍官並非全屬挖苦的坦率地佩服道。不過——這番話不可能安慰到皇帝。主動要求指揮前線卻什麼也做不到，他甚至無法接受那個事實。

「方才那一戰死了七十來人。本來預料陣亡人數會再少一點，是我力有未逮，非常抱歉。」

「…………！」

這次的發言是明確的諷刺。因為換成你來指揮，本來不必死的士兵喪生了。面對那個事實，皇帝無言以對。

「戰場變化多端，陛下，紙上談兵完全不通用的情況很常見。在談什麼軍略以前，不先鍛鍊出在那種地方戰鬥所須的心智與肉體就毫無辦法。方便的話，還請記住吧。」

大概是判斷說完了該說的話，炎髮獨臂的軍官鞠躬後準備離去。他看不下去地開口想叫住那個背影。

「……約倫札夫，你對待陛下——」

「——算了！」

可是皇帝的聲音制止了他。他驚訝地轉身，看到君主無力的搖搖頭。

「——夠了，托里斯奈。什麼也別說。別再讓朕……更加顏面無光。」

這一戰在造成不少犧牲之餘也奪回在齊歐卡占領下的東域，作為阿爾夏庫爾特初陣的御駕親征算是以成功告終。不過，這位皇帝從此以後連一次也不曾親自踏上戰場。

「……御駕親征是為了讓世間對朕的治世留下印象，不過有些弄錯優先順序了。比起戰爭，朕現在應該處理的是行政上的各種問題。」

「是，那正是陛下的本分。」

他毫不猶豫地點頭，知道當務之急是恢復皇帝受傷的自尊心。皇帝應該也無意識地領悟到這一點，立刻提出挽回名譽的提案。

「聽著，托里斯奈，朕腦海中一直有一個計畫，那便是在西域古歐納河上游建造蓄水湖。建成以後，就能解除每年因河川漲水造成的損害。怎麼樣，是個劃時代的構想吧？」

一名侍從在皇帝眼神示意下取來寫著計畫梗概的文件。仔細閱讀過內容之後，他不得不再三苦思要說出口的話：

「……陛下大膽的構想實在令人佩服萬分。可是恕臣冒昧……以登基後著手的第一項業務而言，規模會不會略嫌太大？計畫需要的人手、日期、預算，全都為數不少。先從規模較小的地方開始也——」

拳頭砸在寶座上的聲響打斷了他的話。皇帝臉色漲紅的吶喊：

「你是說朕又失敗了？」

「——」

他無話可答地呆立不動。可是，他身旁的一名臣子走上前。

「不不，陛下，這是個絕佳的計畫！大膽的構想與綿密的設計，正適合稱之為王者的計畫！」

自先帝那一代起擔任帝國宰相至今的男子，大聲讚美他試圖告誡的計畫。看到他招致皇帝的不悅，那人打算趁機推銷自己。

「就——就是說吧、就是說吧！姑且不論軍略，執政是朕的領域。這個計畫不可能有漏洞！」

「沒錯、沒錯，正是如此。請將所有事務交給我來負責，從召集人手到籌措預算通通交給我。畢竟我和那種程度的文官經驗可不一樣。」

受到宰相強力的支持，他來不及阻止計畫便正式敲定了。只要皇帝這麼期望，在立場上只不過是一介文官的他不可能阻止。不管結果多麼清晰可見——

「……要在這裡建造蓄水湖？」

果不其然，事先勘查蓄水湖的建設預定地點時，暴露了這個計畫包含許多不合理之處。面對難以削掘的堅固岩床與不足的落腳處，現場人員們只能茫然的呆立不動。

「陛下是認真的嗎？不如說……他親自看過此地嗎？」

「該、該從哪裡著手呢……」

「只能腳踏實地的挖掘了……可是照這種地形，連挖掘也難以操作。」

既然連預估必要的作業都做不到，認定計畫「實際上不可能實行」是妥當的判斷。不過這既然是皇帝親自設計的「完美」計畫，直接這麼傳達負責人將會人頭落地。在煩惱許久之後，他們提出一個妥協方案。

「……好，將這個狀態繪製成圖送到陛下手上，並加上一句『難以預測工期需要多久』。雖然不能直接提議終止計畫，這麼寫的話，陛下也會察覺這邊的情況吧……」

他們已盡力而為。只能以盡量用不傷及君主名譽的形式，催促皇帝本人發覺。然而——與他們的期待相反，那份報告在送到皇帝手中前被截下了。

「『難以預測工期需要多久』？……說什麼蠢話，在現場務工的傢伙就是這樣不懂得變通，叫人頭疼。」

宰相看完自現場送來的書信後撕掉信紙。於事情的正確與錯誤無關，信上的內容對這名男子而言並不利。

「什麼工期，拖得久不是才方便嗎？因為扣下預算的機會也跟著增加——」

這封信不可能送到。這名宰相絕不可能放棄這中飽私囊的絕佳良機。

「——蓄水湖的計畫究竟如何了！已經超出當初的工期一年以上了！」

不管攔截多少報告，由於計畫本身不合理，工程也無從進展。惱怒的皇帝不出所料的抱怨，但是宰相一點也不慌張。

「實在抱歉。由於監工突發急病與天候不良等等預料之外的因素接連發生……無法照原樣實現陛下完美的計畫，我感到非常遺憾。」

當他這麼說，皇帝不禁詞窮……對這名君主而言，承認計畫本身不合理是他最難以忍受的事。但他隱約察覺到了。就某種意義來說，他若是個徹頭徹尾的昏庸皇帝或許比較幸福。

「不過請您放心。在臣等盡心盡力之下，工程終於看到終點了。再過三個月——不，兩個月後，完工報告應該便會送達。懇請陛再發揮耐心，還請寬恕……」

「……唔……再兩個月，這話不作假吧？」

「那是當然！」

宰相面帶笑容承諾。嘴巴上這麼說著，男子知道還可以再延期幾個月，因為皇帝無法面對工程沒有進展的真正原因。

結果，比預定進度大幅延誤的蓄水湖好歹算是「完成」了。可是，皇帝連一次也不曾去視察成果。他應該早已領悟到，那只是個稱之為湖都嫌可笑的蓄水池。

阿爾夏庫爾特自登基後接連失敗，唯獨在一件事情上很順利。那便是皇帝將血統延續到下一代的職責，準備繼承人。

「陛下！第一皇子誕生！」

在長子誕生的那一天。雙手抱起皇后生下的孩子，皇帝露出前所未有的燦爛笑容。

「喔喔，好活潑的孩子。乖，名字朕想好了。你叫萊暹奴，一部分取自第八代賢君卡爾奴暹奴之名。出色地成長為朕的繼承人吧——」

不知道怎麼抱脖子還沒長硬的嬰兒而感到困惑的皇帝這麼說。然而——乍看之下毫無陰霾的喜事，在房間角落待命的文官們卻竊竊私語危險的台詞：

「……你聽說了嗎？後宮已經有另外三名妃子懷孕了。」

「……唔，步調有些太快了。照這樣下去，十年後難以預計將有幾名皇子、皇女出生。比起陛下那時候，繼承者之爭將難以避免變得更加激烈吧……」

他聽到話中的不妥之處瞪過去，文官們立刻閉口。可是——在他心中也存在著同樣難以拂拭的憂慮。

不同於皇子時代的想像，皇帝負擔的政務既不耀眼也不容易。在為了一個課題頭疼的期間，又有好幾個解決不了的問題湧來。

「……小麥不停漲價，齊歐卡在先前的戰役中破壞了太多田地，造成了影響。到底該如何是好……」

這些問題當中，經濟相關的問題特別讓阿爾夏庫爾特苦惱。這個領域本來就需要謹慎的判斷，再加上這名皇帝對於金錢流向缺乏根本的理解。結果，這方面主要是由他來彌補。

「陛下。採取徹底的措施需要時間，但現在必須先填飽民眾的肚子。用國庫資金購買小麥低價出售吧，並且要求商人們自重。」

「可是，這麼做將與許多人的利害相衝突。貴族們也會怨聲載道。」

「那些噪音臣會設法處理。雖然得用些強硬的手段……陛下，請做決斷。」

在徵求許可的臣子面前，皇帝深深嘆息著靠在寶座椅背上。

「……是啊，交給你全權處理，朕已經不知該如何是好了……」

「……臣惶恐。臣的力量即為陛下的力量，請您安心等待好消息。」

他強而有力的說出口，心中一角卻想道——如果順利地傳回好消息，同樣會傷到皇帝的心吧。

儘管經過幾番波折，皇帝對他的重用依然堅定不移。這麼一來，必然會招致周遭貴族們的嫉妒與不悅。

「托里斯奈那傢伙權勢愈來愈大了。沒辦法解決他嗎？」

「我有同感，但你最好別小看那傢伙。人人都在傳，伊桑馬家的慘案是那傢伙設計的。關於他的身世，也有那個傳聞……從陛下對他的信任來看，說不定意外屬實。」

「開什麼玩笑，我可不承認。那傢伙絲毫沒認清貴族的規則，連分享利益都不懂的傢伙怎能讓他留在宮中。」

往後，他必須一邊支持皇帝，一邊在與欲令他失勢者的政治鬥爭中勝出。那是與用武力衝突的戰爭形式不同，嚴酷又陰險的戰爭。

「哈哈哈哈，這麼想要懷上朕的種嗎！好，妳也到朕的房間來！朕把王者之血分給妳！」

另一方面，相繼失敗的次數愈多，皇帝越發遠離執政公務。皇帝廣納寵妃沉浸在後宮中，夜夜舉辦宴會濫交的模樣，讓他也不得不提出忠告：

「……恕臣直言，陛下，已出生的皇嗣與懷胎中的皇嗣加起來，繼承人的數量已經足夠。關於房事還是略為收斂——」

話還沒說完，一個餐盤就飛了過來，砸得他額頭流血。皇帝帶著酒臭味大喊：

「你僭越了，托里斯奈！你從何時開始連朕的房事都能插嘴干涉了！」

諫言在酒精阻礙下未能傳達。他將話吞回腹中不敢再提，僅深深低頭道歉：

「……失禮了，請您寬恕。」

皇帝在酒宴途中聽不進任何忠告，可是等到第二天酒醒了以後，總會陷入深深的自我厭惡。

「托里斯奈，昨天很抱歉。朕又喝太多了……」

在除了彼此之外別無他人的禁中起居室內，皇帝抱著沉重的腦袋以無力的聲調賠罪。他微笑地搖搖頭。

「沒什麼好在意的，一切的錯全都在臣。」

「別這樣，別說這種話甩開朕。」

皇帝依賴地抓住他的衣袖，畏懼讓那隻手止不住地顫抖著。

「在當皇子時朕從未預料到，皇帝——至尊的寶座竟然如此孤獨。」

「陛下……」

「別拋棄朕。求你別拋棄朕，托里斯奈。朕很害怕，害怕就此繼續當皇帝……」

皇帝的心夾在背負的重責與沒辦法達成責任的自己之間發出哀鳴。面對那無力的身影，他說不出任何話。

衰敗沒有盡頭。唯一可稱作順利的誕育繼承人一事，從第七人誕生開始也明顯的蒙上陰霾。

「……又出生了？」

即使收到出生報告，皇帝臉上也不再浮現喜色。他一臉厭煩的嘆息，不感興趣地說：

「……朕要休息了，名字由你們隨意想吧。」

「請留步，陛下。皇嗣的名字姑且不提，今天還有許多晉見請求——」

「由你們去見，如何應對也全權交給你們負責……反正，這麼做一切都會更順利吧。」

他咬緊牙關。他領悟到，自己的君主如今甚至漸漸喪失了最後的自尊心。

在苦思該如何向君主攀談的某一天，他在皇宮的某個房間裡發現皇帝像從前一樣拿起畫筆，他便走了過去。

「陛下，您在畫畫嗎？好久沒看您動筆了。」

「保持安靜，托里斯奈。朕會分心。」

那句話讓他立刻閉上嘴巴，佇立在房間角落。皇帝面對畫布的背影看來與仍是皇子時沒有不同，這讓他很開心。

「……嗚！咕！……」

可是，其本人並非如此。酒癮犯了的顫抖，讓皇帝握住畫筆的右臂無法隨心所欲的挪動。皇帝畫出與腦海中的想法一點也不相似的線條，因而無法忍受地吶喊：

「可惡——連畫筆都瞧不起朕嗎！」

皇帝將畫筆扔在地板上，大動肝火地踢倒畫材。看著皇帝盛氣凌人地離去的背影，他明知沒有意義仍然呼喚：

「陛下——」

「夠了，將那些垃圾丟掉！——侍從，拿酒來！端酒給朕！快點！」

聽到怒吼的侍從慌忙奔去拿酒瓶。除了酒精帶來的朦朧與寵妃們的臂彎中以外，皇帝已經無處可逃。

又經過幾年。得知第十四個孩子出生時，在皇帝心中有什麼斷了線。

「——又出生了嗎？朕的孩子究竟打算折磨朕到什麼地步才甘心！」

那已非好消息，而是噩耗。雖然一切都是自己種的因，皇帝卻沒辦法自制，也沒有足夠的度量接納諫言。無視於全都保持沉默的臣子們，皇帝咬著大拇指指甲喃喃說道：

「……朕不要了。」

「咦？」

他一瞬間無法理解君主說了什麼。不過，那句話緊接著再次重複。

「朕不要了，勒死扔掉！」

皇帝的聲音刺耳得近似於尖叫。他裝作沒有聽見，拚命尋找勸解對方情緒的言語。

「——陛下，請您冷靜。」

「朕是認真的！拿去勒死扔掉！別再增加朕苦惱的來源了！」

第三度重複的話語，讓臣子們臉色蒼白。必須有人勸誡——可是，勸誡現在半狂亂的皇帝相當於自殺。大概是頭腦受酒精影響導致焦慮症與妄想加速惡化，近幾年來皇帝腰際配劍，觸及逆鱗被斬於劍下的侍從與臣子們用兩手都算不完。

「……礙難從命。」

人人都閉口不語，唯有他一個人擠出聲音告訴皇帝。兩眼充血的皇帝狠狠地瞪視他。

「……你說什麼，托里斯奈？」

「臣說，礙難從命……臣無法對繼承尊貴皇室血脈的皇嗣下手。即便是陛下的命令，唯獨此事礙難從命。」

一聽到反駁的瞬間，皇帝的身體像裝了彈簧般從寶座上跳起來走向他。出鞘的劍鋒抵在頸邊，感受到那冰冷的觸感，他一瞬間靈機一動說道：

「——託付給齊歐卡如何？」

握住劍柄的手頓住了。皇帝滿臉厲色的反問：

「……你說什麼？」

「臣是提議，伴隨休戰協定，將皇女殿下託付給齊歐卡如何呢？這麼一來她就能不涉入繼承者之爭，也不會增加陛下的辛勞。」

這是他所能準備的最大妥協方案。在令人窒息的沉默後，皇帝無力地垂下手臂。

「……是啊，這樣很好。細節就交給你去辦，總之別讓嬰兒進入朕的視野內。否則朕很可能動手勒死她……」

用顫抖的手收劍回鞘，皇帝頹然癱坐於寶座。看到這一幕，臣子們之間同時發出安心的嘆息。

「……真是千鈞一髮，皇女殿下……」

就在那件事發生後。站在被親生父親宣布要勒死扔掉她的嬰兒沉睡的床鋪前，他面露微笑。

「妳的際遇與我很相似，不過，妳四肢健全，沒有一點障礙。沒錯，妳無庸置疑是屬於皇族的一份子。」

他以蘊含羨慕的眼神如此說道，鄭重地抱起嬰兒。他用熱切的聲調呼喚那擁有他永遠失去的一切的嬰兒。

「請就此健康的長大。但願……妳能展露出正當的皇帝資質，重返這個國家。」

在為了孩子一事大動肝火後沒多久，皇帝甚至對於坐在寶座上都感到厭倦。他在皇宮內四處奔跑尋找君主，在令人懷念的地點發現找到了那個背影。

「啊——您在這裡嗎？陛下。臣放心了。您連一名侍從也沒帶，還以為您去了哪裡呢。」

皇帝在展示宮廷藝術家畫作的那個房間內，坐在偏左手側的椅子上茫然地仰望著一幅畫。他走向皇帝的背後攀談道：

「您在賞畫嗎？初代皇帝魯西亞之戰……這是陛下您特別喜愛的作品。」

他回憶從前的對話如此說道。皇帝悄然開口：

「……朕曾想變成這樣。」

那聲音訴說著已然結束的夢想。在他眼前，皇帝眼角浮現淚光。

「沒錯，曾想變成這樣。在戰場上寸步不讓地掃蕩敵人，在寶座上以優秀的指揮執政。朕曾對於自己擁有這樣的才能深信不疑……」

「…………」

「……可是，朕錯了。將戰爭交給將領，政務則丟給你們……這樣只不過是隨處可見的昏君罷了。皇室的血統與隱藏在血統中的神祕，最終並未在朕身上復甦……」

淚珠落在皇帝膝頭緊握的雙拳上。他以強硬的語氣插嘴介入皇帝的自虐。

「沒這回事，陛下。您從今以後——」

「別要求朕，托里斯奈。」

皇帝不等他說完便打斷了他。他的君主擠出聲音告訴如凍結般呆立不動的他。

「……拜託你，再也別對朕有任何要求，太難受了。被自己不管如何掙扎都無法達成的理想束縛，這讓朕痛苦不堪……！」

他也領悟，皇帝已達到極限，君主的人生不會自此處上昇了。阿爾夏庫爾特・奇朵拉・卡托沃瑪尼尼克不會作為皇帝開花結果了。

「……若是下次……」

比任何人都更因為篤定這一點而絕望的男子開口。從聲調可以聽出，他覺得背叛皇室血統的自己有多沒出息。

「或許下一代可以實現？可以展示皇室血統的優越？」

他悲痛地扭曲眼角。在對自己徹底失望的前提上，唯獨從前的願望不曾改變——以正確的形式讓神祕的血統復甦。如今知道自己無法實現此事，男子試圖將這希望託付在繼承相同血統的某個人身上。

「——那是您的期望嗎？阿爾夏庫爾特陛下。」

他以顫抖的語氣詢問。就像輸給重量垂下一般，皇帝緩緩地點頭。

「以正確的形式讓永靈樹的血統復甦。那是比一切——森羅萬象的一切更加優先之事，托里斯奈。即使朕作為昏君結束生涯，唯有這一點不變。絕不能改變……」

「……遵命。」

他沉重的頷首，手伸入懷中——打從許久以前起，他就預感情況將演變成這樣。正因為如此，他也做了準備，同時盼望那一刻不要到來。

他從懷中拿出一包藥粉，與放在旁邊的水壺一起遞給皇帝。

「這是鎮定情緒的藥。今天請喝下這個休息吧，陛下。」

「……嗯……」

皇帝毫不懷疑地接過藥粉放入口中，與清水一起服下。他在心中告別——那包藥將緩緩溶解責怪折磨男子的一切吧，連同思考事物的理智一併溶解。

「請您安心，陛下——我一定會實現您的夙願。」

他已不再迷惘。他決定持續獨行，直到正當的皇帝君臨的那一日為止。

他首先想到的是——必須進行「挑選」。必須看清在眾多皇族中誰最適合走向至尊寶座。不像自己一樣天生畸形，不像兄長一樣未能成功——為了讓真實的皇帝終有一天坐上寶座。

「——只差一步了，阿爾夏庫爾特陛下。我們的願望即將實現。在您的皇女夏米優陛下的治世下，卡托瓦納帝國會邁向永遠的繁榮。」

渴盼的那一天到來了。在市場一角，托里斯奈·伊桑馬陶醉地自言自語。

「伊庫塔·桑克雷——你也要為了能成為盛世的基礎而自豪。企圖將夏米優陛下貶為凡人的罪行，就用你以性命交換的護國功績來償還吧。

無論如何，這場戰爭對你而言是最後的工作——在性命尚存時奮力而為吧。」

「——元帥閣下！」

部下緊繃的呼喚，喚醒伊庫塔沉入深眠底層的意識。他張開眼睛，視野內的梅格少校不甘心地垂下頭。

「……非常抱歉。雖然想讓您睡到預定時刻……」

「不要緊，我睡得很好——約翰那傢伙開始打鬧了？」

伊庫塔從床上起身說道，走出休息室重返司令部。他看見擺在地圖上的旗子位置有所變化，梅格少校此時補充說明：

「有三處防衛據點戰況漸漸落入下風。特別是薩扎路夫准將守衛的地方，敵軍攻勢激烈……」

「馬上接通現場——庫斯！」

「——我是薩扎路夫！如同一小時前報告的，情況相當吃力！」

他第一句話便傳達了戰況的嚴峻。在槍聲與砲擊敲響的合奏中，薩扎路夫拉高嗓門以免聲音被蓋過。

「敵軍也漸漸下了功夫……！費力將爆砲運到高處，從那裡直接射擊瞄準我方陣地！瞄準的精準度和壓力都與先前不同！」

「……高處被對方占走了嗎？依那邊的地形，突出的懸崖會化為障壁，彈道應該無法通到陣地才是……」

「一開始是這樣沒錯，但他們利用揚氣進行爆破工程——我提過之前在大阿拉法特拉吃過這種虧吧？這次他們靠短短數天的作業，用那個方法炸毀了懸崖。看來對方遠比以前更熟悉怎麼運用揚氣了……！」

「……請坦白告訴我，還能堅持多久？」

「……頂多三天。更久的話……雖然能夠支撐，但不知會死多少士兵。」

薩扎路夫一臉苦澀地說道。就像接受那是沒有延長餘地的數字般，伊庫塔的回答毫不遲疑。

「我明白了。那麼——請在兩天後開始撤退行動。我會安排其他路線上的友軍配合你們的步調撤離。」

「……真的可以嗎？」

「是的。因為照這情況來看，第三天喪命的名單很可能包含你本人——」

伊庫塔發出指示後結束通訊，立刻轉移到下一步行動。

「庫斯，接下來幫我接通薩利哈大哥。」

收到指示的庫斯當場照辦，通話在數秒鐘後接頭。

「我是索羅克，聽得見嗎？」

「……我是薩利哈史拉格！戰況比預期中來得吃力！」

薩利哈和斯修拉一起在壕溝底部壓低身軀，一邊躲避傾注而下的散彈一邊回應。

「薩扎路夫准將負責的區域差不多到極限了，一旦防禦遭到突破，敵兵將繞到你們後方，所以請在三十二小時後開始撤退。」

「沒關係嗎？那不是遠比預定時間早得多！」

「我的作戰方針是比起預定計畫更重視保護士兵，薩利哈大哥也四肢健全地歸來。啊，還有蘇雅就拜託你了。」

「啊啊？喂——」

做完必要的聯絡，通訊隨即切斷。薩利哈嘖了一聲，告訴身旁的弟弟。

「……三十二小時後開始撤退。叫他們做好準備以免太顯眼。」

「了解，大哥。」

迅速聯絡完畢後，伊庫塔轉而與下一個對象通話。

「——幫我接索爾維納雷斯榮譽元帥。」

腰包裡的精靈發出通訊通知。正在長時間休息，相隔許久坐了下來的炎髮將領立刻答覆：

「——我是索爾維納雷斯。游擊任務很順利，有什麼事？」

「薩扎路夫准將的部隊在兩天後會從崗位開始撤退。我預測敵軍將會追擊，請以你們的部隊在背後保護他們。」

「領命。」

索爾維納雷斯收到命令結束通訊，直接起身告訴周遭的騎兵們。

「轉移至友軍的撤退路線。跟我來。」

「咦，等等？飯才吃到一半……！啊～真是的！」

妮雅姆將剩下的食物塞進嘴裡站起來，其他騎兵也走向各自的馬匹。

「別落後。今天的就寢預定時間為六小時後。如果不保持速度，這個數字只會增加。」

炎髮將領淡淡說完後上馬。妮雅姆迅速跟在後面同時大喊：

「不用你說我也知道！看著吧，今天我一定要呼呼大睡！」

「打鼾小聲點啊。」

「彼此彼此！」

她迅速反擊同袍的玩笑，再度握住轠繩。

「……戰線大幅後退了。」

梅格少校面露憂慮之色說道。就像在放鬆睡著時僵硬的肌肉，伊庫塔朝上用力伸展雙臂。

「唉，我會設法調整的。我想避免對後半戰造成不良的影響。」

他說著俯瞰地圖，雙眼看出齊歐卡軍預測行進路線上一處有特色的地形。

「下一個重要關頭是──河川吧。」

＊

「──這裡是第三師團。我們突破了敵軍防禦陣地，開始進軍。」

又經過兩天後。在帝國領土行進的齊歐卡軍司令部收到聯絡。

「步調不錯。對於撤退敵軍的追擊呢？」

「已派出騎兵與步兵追擊，這次應該能追上。」

「那就好。不過，你要小心，有不少出去偵察的先遣隊被除掉了，敵方似乎有很強大的騎兵游擊部隊。」

「是……屬下謹記在心。」

白髮將領告誡部下。通訊結束之後，考慮到這幾天順利的進軍狀況，站在他身旁的米雅拉開口：

「你的狀態漸漸變好了，約翰。」

「我從一開始便狀態絕佳，米雅拉。只是──看來這次我們在運用揚氣的工作技術上超出了對方的預期。能靠爆破削除突出的地形實屬僥倖。在敵國領土上作戰，這方面只能仰賴運氣。」

他俯望地圖如此說明，鉅細靡遺地想像著後續發展。

「取得這種程度的優勢可不能掉以輕心。因為有時會受到幸運眷顧有時則相反，那便是戰爭。」

「您說得是。」

「沒什麼好焦急的……只要打贏海戰的艦隊登陸，戰況趨勢將一口氣倒向我方。」

約翰彷彿要讓自己冷靜下來般這麼說，望向桌上的搭檔。

「問問海上的狀況吧——路那，幫我接『白翼太母』。」

「——我是艾露露法伊·泰涅齊謝拉。這邊從前幾天起便持續在追逐敗退的敵軍。」

太母回應通訊，同時從「白翼丸」的甲板上注視著前方的敵軍艦隊。他們位於齊歐卡艦隊的帶頭部分，但和敵方艦隊最後方的船艦仍有數海里的距離。

「遲遲沒逮住他們的尾巴。一方面因為在帝國海域，雖然不甘心，在純粹的航行上是對方占了上風。如果由包含我在內的數艘船艦強行追趕，雖然也並非不能追上……」

如果接受一定的風險，就有望早早做個了斷。艾露露法伊的提案，在停頓幾秒鐘後得到答覆：

「……不，就此配合艦隊的步調追下去吧。我相信妳的技術，但正因為如此，希望妳別在目前的狀況下進行無謂的冒險。我希望妳全力投入在不損及兵力地登陸這件事上。」

「我明白了，我會這樣做……只是，那麼一來可不能無視敵軍。如果進入港口後被他們截斷海路，說不定在與你們會合前就會缺乏補給了。首先必須除掉剩餘的敵人。」

「那是無妨。需要多少時間？」

「配合那位司令官的步調的話，有點難以預測……雖然得依風向而定，總之我試著再追五天。如果還是逮不住他們的尾巴，你會把我方才的提議納入考量嗎？」

她再度提案。這次約翰也沒有反對。

「……我知道了，到時候我會直接向妳下令。我打算盡可能承擔來自司令官的責怪，不過妳也要做好受牽連的覺悟。」

「放心吧。這種事情我很習慣了。」

她笑著如此回答，結束通話後再度專注於追擊敵方艦隊上。

正當約翰與艾露露法伊結束通話，準備向下一個現場發出命令時，搭檔通知他收到通訊。

「是來自卡克雷執政官的通訊。」

約翰臉上霎時間掠過一絲緊張。在米雅拉不安的關注下，他回應來自執政官的通訊。

「……我是約翰・亞爾奇涅庫斯。」

「——嗨，約翰。看來戰爭進行得很順利。」

首都諾蘭多特的議事堂，辦公室。在大批祕書與文件奮戰的景象中，阿力歐・卡克雷開始與白髮將領通訊。

「雖然並非由你掌管，收到海軍戰勝的消息，我打從心底鬆了口氣。因為在這場戰爭中，最大的不安因素在海上。雖說受到兩年俘虜生活的影響，未能讓艾露露法伊就任艦隊指揮官是個打擊。正因為她曾一度失敗從中學到教訓，我才想將這場關鍵戰役交給她來領導。」

男子邊說邊在眼前的文件上蓋章。現在這一瞬間，他也持續為了充實補給進行疏通作業。

「不過──雖然並非彌補這一點，關於讓艦隊所有船皆為爆砲艦一事，看來我可以稱讚自己的表現。戰鬥似乎在競爭戰術之前的次元就勝負已定。說到我為此搶來的預算數字，不管看多少次我都會笑出聲。」

「拜此所賜，我們得以時時保有多樣化的選項。」

「嗯。啊，關於陸戰我當然也知道大略戰況。但是──約翰，我要刻意問問你的感想。你有什麼感覺？」

執政官坦率地問。停頓一會之後，聲音回應道：

「……六比四，我方占優勢。」

「扣掉在海上的勝利嗎？」

「扣掉……我很清楚，這部分要等艦隊登陸並與我們成功會合之後才能加入數字中。」

阿力歐滿意地接受了約翰不帶預先判斷的回答。

「看來你毫不大意，這樣再好也不過了──你會感到物資不足嗎？」

「託你的福，沒有這個困擾。能夠在充裕的補給下運用那麼大量的兵力，這樣的僥倖讓我再怎麼感謝也不夠。」

「聽你這麼說，我很高興——大手筆的使用吧。無論食品、砲彈或醫療用品，千萬別動節省之類拘束的念頭。那種煩惱在戰爭結束後由我們政治家來承擔。身為軍人的你，只需要專注考慮怎麼全力以赴擊潰敵人就夠了。」

男子斬釘截鐵地說完後，好像回想起似的補充道：

「唯一的例外是巨砲的砲彈，唯有那東西沒辦法任意地製造並輸送過來。希望你考慮總數，在關鍵時刻使用。」

「是，我們在初戰時非常仰仗巨砲。數量還剩下一半左右——但不會不夠用。」

可靠的回應透過精靈傳來。在眼前想像青年的面容，阿力歐說道：

「我等著收到鎮壓帝都的好消息——加油，我的兒子。」

在白髮將領與養父結束通訊進入下一通通訊前，米雅拉毅然決然地攀談。

「……約翰，差不多休息一會如何？」

約翰回過頭，彷彿對她的話感到很意外般地皺起眉頭。

「在六比四的戰況下？——我絕不可能休息。因為在這一瞬間，那傢伙應該都在構思逆轉局勢的策略。」

聽他這麼說，米雅拉也無法反駁。無視於她的憂慮，青年繼續說道：

「隨著精靈通訊出現，所有戰場的資訊得以即時送達軍官手中，我的指示也能即刻反應在前線。這代表的意義只有一個——總指揮官之間的戰爭。我和那傢伙目前正隔著巨大的將棋盤面對面。」

約翰這麼說著瞪視眼前的虛空。只要他在那裡看見伊庫塔．索羅克的存在，旁人便沒有介入的餘地。米雅拉猛然咬住嘴唇低下頭。

「我甚至感受得到他的呼吸。我明白——那傢伙還一點也沒有放棄。」

約翰篤定的斷言，目光再度回到地圖上。往後的戰況變化，在他腦海中栩栩如生地形成畫面。

「下一個重要關頭，是河川吧。」

＊

在接近防衛極限時放棄據點撤退，讓士兵轉移至下一個據點。重覆這個步驟來消耗齊歐卡軍是帝國軍的作戰計畫，不過被看穿之後，從第二次起事情便沒那麼簡單了。

「快跑、快跑！」「動作快！敵軍很接近了！」

士兵們氣喘吁吁地衝過街道奔向下一個據點。沒有時間發呆，敵軍的追擊已逼近背後。然而，他們為了逃離追擊連續跑了兩個多小時——差不多到了體力的極限。

「呼、呼……喘、喘不過氣……」

「振作點！裝備也在半途中全部丟棄了，一旦被追上就完了……！」

一個聲音鼓勵腳步放慢的士兵。在轉移至後方時，允許依照指揮官的判斷放棄裝備——這是伊庫塔的命令。正因為手無寸鐵他們才能逃到現在，如果背負著沉重的裝備早已被追上了。

士兵們朝向下一個崗位拚命奔跑。可是——馬蹄踩踏地面的聲響傳入耳中，他們感到背脊一陣發寒。

「敵、敵軍——」「可惡——！」

轉頭望向背後的幾個人，看見敵軍騎兵部隊的身影。丟棄武器的他們，甚至無從抵抗。當他們幾乎認命地想著到此為止時——

「——疾！」

下一瞬間，從側面出現的友軍驅散敵方部隊。他們瞪大眼睛確認後——

「……友、友軍……？」「是游擊騎馬隊……！喂，我們得救了！」

死裡逃生的興奮，讓士兵們為之沸騰。此時一名騎兵衝過來呼籲道：

「喂，快點跑！下一個據點在五公里外！我們在這裡只為你們爭取三十分鐘！」

妮雅姆像牧羊犬般趕著士兵們，他們收到催促，再度邁步飛奔。

「感、感謝……！」「還有五公里……我們可得活下來……！」

三十分鐘後，未遭敵方追擊而抵達的最後方部隊，確實地進入負責指揮的薩扎路夫視野內。

「終於抵達了！進來，快進來！」

梅爾薩中校立刻接應上氣不接下氣的士兵們進入壕溝。在人都進去之後，阻絕設施堵住最後的縫隙。

「確認完畢！撤退中的所有部隊已抵達此處，梅爾薩中校！」

「了解！——準備完畢，薩扎路夫准將閣下！」

當她走下壕溝呼喊，薩扎路夫重重地頷首拉高嗓門：

「嗯——從現在這個時刻起，展開河川陣地防衛戰！」

士兵們臉上掠過一陣緊張。目前他們自身所處的壕溝陣地，是跟大河平行的形式堆積了大量土壤設置而成。由於靠近河邊，過度挖掘地面就會滲水。雖然比起其他壕溝在施工上麻煩得多，不過想到在此處擁有陣地的戰略重要性，那無疑是必須付出的勞力。

「這裡幾乎是在敵軍路線上唯一能準備的河川陣地。不在這裡堅持撐下去就太不像話了——你們都要卯足幹勁！」

幾小時後，面對同一個陣地的齊歐卡軍。在沿著河邊散開的隊伍一角，身材壯碩的軍官從鼻子裡哼了一聲。他是約翰的盟友，塔茲尼亞特・哈朗少校。

「——只有在這裡渡河是無法避免的。雖然我知道。」

他喃喃說著，一名體格形成對比的嬌小士兵——米塔・肯席士官長奔向他身旁。

「我測量了水深。雖然不算非常深，但也沒淺到可以強行通過的程度。靠人數突擊的計畫最好作罷。」

「如果能拿下橋樑就輕鬆了。」

「對方刻意不弄斷橋保留下來，是因為他們也知道我們會這樣想吧。我可以用錢包裡所有錢打賭，橋一定會被炸斷。」

她轉身望向敵方陣地。正如她所言，只有一條橋跨越橫亙於他們與敵軍之間的大河。那乍看之下是絕佳的進軍路線，但既然帝國軍已備有爆砲，即使是大型橋樑也可以立刻炸斷。如果粗心大意貪心地企圖過橋，明顯將遭受重大損失。

「雖然我有同感，在這個前提上該怎麼做是由約翰來思考的事——我去報告狀況。」

「——大河與壕溝的組合招式，水深也是無法樂觀的程度嗎？」

聽完哈朗的報告，約翰思考幾秒後下了結論：

「……最好視為光靠你們難以突破。」

「難得聽到你這麼說。」

「我當然想得到手段，如果對手是個平庸將領，怎樣都有辦法解決。不過——這次不行。在那傢伙會應對的前提下，我想像不出兵力不受重創就能突破的情況。」

「那麼——就是等待分遣隊迂迴行動嗎？」

「最好這麼認為。以斷續的砲擊施加壓力，同時等待時機吧——我不會讓你們忍耐太久。」

同一時間。從相對的兩軍算起，距離齊歐卡軍後方數公里外。

「——嘿咻，一艘完工了！」

手持鑿子與鐵鎚的齊歐卡士兵們，製造了幾艘由原木挖成的小船。看到成果，同袍們不禁佩服地說道：

「我第一次看到挖鑿樹幹製成的船……不過比想像中來得像樣。」

「嗯，這種船在前尼塔古亞地區很常用嗎？」

「並非到處都有。只是因為我家祖先剛好經營水運業，這一類活計至今仍是祖傳技藝，滿十歲時每個人都會有一艘自己的小船。」

聽到問題，女兵一邊著手打造下一艘小船一邊回答：

「後方也輸送來適合的木材，照這個感覺來看，幾天可以準備出為數不少的小船吧……唉，雖然最接近河邊的樹幾乎都被砍光了，叫我傻眼。」

「不過——像這樣送來自後方採集的木材，代表『不眠的輝將』料到這一點了吧？」

在她身旁努力進行同樣作業的士兵如此說。聽見那句話，另一名士兵接著說道：

「更進一步來說，將運河鎮出身的我們配屬在這個部隊也是……來到此處之後，我終於明白自己的配屬有何意義。真是讓我體認到深謀遠慮這個形容詞的意義啊。」

他匡地一聲用鑿子挖掉樹幹表皮，又一艘新的小船完成了。

「若是平時會從這裡開始加上最後一道手續，不過純粹渡河的話這樣就夠了。我們要以數量為第一優先來進行。」

「嗯，我明白。」「話說回來，手臂好痠……」

士兵用手背擦去額頭浮現的汗珠。為了在前線戰鬥的同袍們，他們默默的持續造船作業。

「——呼……！」

壓縮空氣的破裂聲傳遍河岸。確認已驅逐敵方部隊後，托爾威聯絡司令部。

「……很吃力啊，阿伊。敵軍的入侵路線增加太多了。」

「嗯，我知道。你現在人在哪裡？」

「上游第五區域北邊外圍。敵軍自己準備了小船嘗試渡河，我們前來迎擊。河川周邊的樹木應該事先砍掉了才對……」

「大概是從後方輸送過來的。碰到河川陣地不久之後就能拿出物資，準備真是萬全。」

伊庫塔佩服地這麼說，接著繼續道：

「包含那一點在內——雖然預料到了，對方的補給非常充足。明明那麼揮霍地使用砲彈，卻連為了後半戰作準備節省彈藥的跡象都沒有。前線深信後方會源源不絕地送來補給。」

「源源不絕……嗎？好驚人。我明明聽說在齊歐卡厭戰熱潮高漲。」

「正因為如此，這一戰輸了就沒有回頭路。阿力歐．卡克雷應該賭上了他所有的政治手腕來爭取預算。這是一場包含那部分在內的全面戰爭。」

他們對上的並非齊歐卡軍，而是齊歐卡共和國整個國家。從伊庫塔的話語中重新切實感受到這一點，托爾威再度開口：

「目前我可以斷言，敵軍的大規模兵力並未過來這一側。因為我在河岸邊預先部署了許多士兵監視……不過，我沒辦法連趁夜色入侵的少數人都擋下來。如果他們會合，我想將成為無法忽視的威脅。」

「我會設法處理。你繼續巡邏河畔的要點，防止敵軍入侵。」

在這麼說完結束通訊之前，伊庫塔補上一句忠告：

「還有，差不多也要注意天空了……按照這個情況，對方應該會派出來。」

「——於是，這代表天空兵的運用掌握了關鍵。」

在自初戰起繼續擔任前線指揮官的賈特拉上校身旁，其副官馬捷亞少校如此說出口。

「唔。因為可以步行渡河的淺灘各處都被嚴加把守，讓士兵渡河的方法只剩下搭船或氣球。特別是氣球，具有一口氣抵達對岸深處的潛力。只要運用得當，也有可能包夾河川陣地的敵軍。」

「可是……如果被敵方看穿，很可能全部被擊墜。」

「只有那種悲劇，是我想避免的……若為求慎重起見，等待與海軍會合也是一個方法。輝將作何想法呢？」

賈特拉上校瞥了腰包裡的精靈一眼。直到腰包傳來下一個指令前，他們不打算進行任何攻擊。

「——派出騎兵，前往河流上游與下游聲東擊西如何？」

米雅拉以副官的身分，向思索著河川陣地攻略法的約翰提出意見。

「只要在河川這一側看見部隊，他們便不得不將兵力集中在那個地方。趁機試著用小船或氣球載運大人數入侵……這是我浮現的構想。」

對於這個提案，約翰一臉嚴肅地環抱雙臂點點頭。

「還不壞，不如說是個好主意。不過——那個做法唯獨這一次會是一步壞棋。」

「壞棋——嗎？」

「妳記得隔著喀喀爾卡沙岡大森林進行的那一戰嗎？雖然有著水與火的差異，現在的情況與當時很類似。我方想設法讓士兵前往河川對岸，對方則無論如何也想阻止我方入侵。」

「……的確沒錯。」

「雖然主力是阿爾德拉神聖軍部隊，當時雙方兵力無論在誰眼中看來都有壓倒性的差距。可是——明明如此，那傢伙卻頑強的持續阻擋我方的入侵。他適切地運用少量兵力防禦了廣大的範圍。他擅長這類機動防禦手腕的程度叫人傻眼。更何況這次準備時間也很充裕，最好別以為渡河能比當時來得輕鬆。」

排除所有樂觀想法，約翰這麼下結論：

「單純的聲東擊西會被看穿。既然有精靈通訊，那傢伙不可能容許部下做出一看到敵軍身影，便反射性集中兵力這種膚淺的舉動。還需要多下功夫。」

「……是。」

得知自己的意見糟得無可救藥，米雅拉羞愧地垂下頭。

「……用空中氣球聲東擊西……不，只要氣球升空，對方也會看穿嗎？那增加更多小船……」

約翰的意識沉浸在戰術構思中，除此之外任何事物都不存在。那種近在身旁卻被肉眼看不見的障壁阻隔的感覺，讓米雅拉感到十分無力。

「……在這五個地點表現出強行渡河的跡象。不必實際上完全渡河，只要小船下水，對方應該也不得不迎擊。透過他們此時派出的部隊規模確認遊擊部隊的餘力，從防禦看來變得最薄弱的上游與下游兩個地點，讓天空兵營一口氣渡河……依照發覺此事的敵人如何行動，小船部隊也會從聲東擊西轉為重頭戲……」

甚至連他說出口的內容，都只不過是思考的一部分。光是想像一下他的腦海劃分成多少區塊在思考，米雅拉就很害怕。

「……同時開始對河川防禦陣地進行全面攻擊……除了普通砲擊之外，這裡也使用巨砲。在渡河到對岸的同伴抵達上游與下游的時候同時突擊……以來自三個方向的攻擊一口氣攻陷敵陣。敵軍會在陣地陷落前轉而撤退嗎……？不，河川陣地是後半戰的要害。難以想像他們不在這裡堅持到底。那麼該如何……」

當約翰不斷喃喃自語，部下的聲音打斷他的思緒。

「——向司令官閣下報告！敵軍騎兵渡過了上游的淺灘！人數約為一個連！」

聽到消息的瞬間，米雅拉臉上浮現困惑。

「那邊的騎兵主動過河——？」

「……就算是為了打擊分歧的補給線……靠一個連的規模也難以達成。他們是看到我方在河岸附近造船，前來阻礙嗎？的確，誰也難以預料會在這個時機遭受攻擊，不過……」

連約翰也無法掌握那個行動的意圖。猶豫片刻之後，他重新轉向副官開口：

「……米雅拉，通知準備小船的部隊指揮官這件事，促使他們保持警戒。」

「是、是！」

米雅拉立刻想展開通訊。可是，這時又有部下喊道：

「——向司令官閣下報告！敵方部隊開始在下游的對岸造橋！」

這次連約翰也瞪大眼睛。保持正要向精靈開口的姿勢停下動作，米雅拉困惑地說：

「橋——橋？從這個時間點開始建造？」

約翰也有同感。想渡河的齊歐卡軍這麼做姑且不論，他抓不住應該不想讓他們渡河的帝國軍做出這種舉動的意圖。約翰發問：

「……那座橋工程進度到什麼程度了？」

「大約才建造了五分之一，不過考慮到開始的時機，速度相當快。根據現場的觀察報告，他們運用了齊歐卡沒有的施工法……」

「我方沒有的施工法……不，那無所謂。問題在於從那邊蓋橋過來打算做什麼。如果只是讓士兵渡河，不需要花費這種功夫……精心設計的聲東擊西？用新橋當誘餌，企圖讓我方分散戰力？不，那傢伙應該也知道，我不會接受那種引誘……」

約翰進一步思考，試圖看穿敵方的目的。這麼一來，他不能不意識到剛才的報告。

「……在時機上配合了渡過上游的騎兵部隊嗎？橋並非誘餌，而是供他們返回敵方陣地的救生索？這樣的話，那個騎兵連會橫切過我們的補給線。區區一個連有可能做到如此大膽的機動嗎？不，不可能——」

「……元帥閣下，請問剛才的指示有什麼意義？」

另一方面，同一時間。在帝國軍司令部，梅格少校也對派騎兵渡河與在下游開始造橋這件事向青年發出疑問。

「意義？沒有。」

當伊庫塔大而化之地回答，梅格少校大吃一驚。

「您、您剛剛……說什麼？」

「真的一點意義也沒有。無論是派騎兵渡過上游、在下游造橋，或是讓敵方在同一時機觀測到這兩個行動——不過，約翰那傢伙不會這樣想。他會用天生的頭腦苦苦思考，設法從中看出意義。」

伊庫塔用壞心眼的口氣說道。勉強接受這件事情，梅格少佐繼續發問：

「總之，這是促使敵將判斷錯誤的聲東擊西嗎？」

「怎麼可能，對手可沒有可愛到會因為這種事情就犯錯。那傢伙會一再思考，考慮過所有可能性後選出最適合的答案。」

「那麼，究竟是為了什麼……」

面對越發困惑的副官，伊庫塔臉上浮現無畏的笑容。

「應該是想告訴那傢伙，有只有我才下得出的棋路——嗎？」

「……幾乎每餐都準備了熱騰騰的食物，真叫人感激。」

薩利哈史拉格低頭看向手中冒著熱氣的湯呢喃——距離薩扎路夫等人守衛之處約二十公里外的上游另一處陣地。儘管敵軍已隔著河川近在眼前，他們在正式的戰鬥開始前用餐。

「我有同感。雖然敵人很棘手——我總覺得現在遠比北域動亂及軍事政變時更能像樣的打仗。」

蘇雅將蔬菜燉肉送到口邊說道，在她身旁啃著蒸芋頭的斯修拉也沉默地點點頭。這時，一個人影走了過來。

「能聽你們這樣說，我工作起來也很有成就感。」

耳熟的柔和聲調傳入三人耳中，他們轉頭望去，看見戴著醫護兵臂章的哈洛兩手捧著托盤。

「貝凱爾少校？妳怎麼來到這種前線了？」

「我來看看大家的情況，親眼確認伊庫塔教條是否有在現場確實運作。啊，請用茶。」

她說著蹲下來，將盛茶杯的托盤遞給三人。他們困惑地將茶杯送到嘴邊。

「啊……好甜。」「放了很多砂糖啊。」

「呵呵，我試著實現北域動亂時的夢想。我認為這種茶應該給最努力的人們喝。」

哈洛惡作劇似的吐吐舌頭。她依序環顧三人的臉龐，目光又轉向在周遭進食的軍官們，然後說道：

「不過度緊張，但也不鬆懈……各位的表情非常好。」

聽到那句話，三人面面相覷，薩利哈史拉格輕輕轉動肩膀。

「聽妳一說……相對於艱苦的行軍，這次身體卻很輕鬆。」

「沒錯，部下們也這樣說。特別是老兵們，還說有生以來第一次碰上如此沒有多餘行動的戰爭。」

蘇雅不經意地說出口，赫然回神望向哈洛。

「……輕鬆的戰爭就是正確的戰爭，便是指這麼回事嗎？」

「真不愧是他的愛徒。沒錯——由伊庫塔先生打造的戰場就像這樣。精靈通訊的登場當然也帶來很大的助力，但終究只是輔助。若沒有那個人一直以來培養的構想，絕對無法實現。」

哈洛帶著敬愛說道。薩利哈史拉格從鼻子裡哼了一聲。

「害得長官苦惱不已的偷懶花招，鑽研到底變成了戰爭的理想狀態嗎？……小托爾也是收到那一點吸引嗎？可惡，真是徹頭徹尾叫人不爽的元帥大人。」

雷米翁的長子洩憤似的一口氣喝光茶水。哈洛輕笑一聲站起來。

「我要前往下一個現場了。我想這裡戰況也會很嚴峻……希望大家平安無事。」

聽到那句話，三人同時敬禮，哈洛也用相同的動作回應。

另一方面，在隔著薩扎路夫崗位的下游側陣地。此處由席巴上將率領的部隊防衛，對付蜂擁而來企圖從河寬變窄處渡河的齊歐卡軍。

「——唔。」

席巴上將從對準後方的望遠鏡窺視並發出聲音，朝自家陣地奔來的騎兵部隊進入他的視野。

「遊擊隊回來了——去迎接他們！」

部下們收到指示後迅速散開，將騎兵們接入陣地。席巴上將本人也走過去，與到現在依然沒流露出疲憊的炎髮將領碰面。

「勞駕了，榮譽元帥閣下。各位的戰果相當驚人啊。」

「叫我游擊隊長，席巴上將。也不需要稱呼我為閣下，這會導致指揮系統混亂。」

索爾維納雷斯冷淡地告誡。在他背後，疲憊不堪的部下們正搖搖晃晃地下馬。

「呼～！呼～！」「喔～終於到了……」「幫我繫馬……」

由於前來此處的路上幫助了好幾支撤退中的部隊，他們的戰果與其他部隊相比也出類拔萃。索爾維納雷斯向漸漸接近疲勞極限的部下們發出他們迫不及待的命令。

「各位的戰鬥表現很好，各自休息到早上七點為止。」

「那邊已經準備了數量充足的床鋪，有什麼想要的東西就告訴醫護兵。」

「呼呼大睡囉——！」

妮雅姆率先拔腿就跑，其他騎兵跟在後頭。席巴上將發出爆笑。

「哈哈哈！你的部下還真活潑。」

他笑完之後重新轉向炎髮將領，直視其眼眸開口：

「你也不可能不累——接下來事情由我來處理，直到下一個行動前，請暫時在帳篷裡休息吧。」

「了解，感謝。」

席巴上將感慨萬千地注視著那個簡短說完後，走向帳篷的背影。

「沒想到到了這把年紀後，會和索爾維納雷斯在現場並肩作戰……明明是那麼有趣的戰場，哈薩，你為何不在我身邊？」

一瞬間不滿地從鼻子裡哼了一聲仰望天空後，男子的視線立刻回到地面。

「無論如何，必須讓游擊隊好好安睡——」

天色轉亮的清晨，齊歐卡軍幾乎同時開始攻擊面向河川的所有陣地。

「——砲擊開始！」

並排的爆砲同時噴火，砲彈朝帝國兵們藏身的壕溝傾注而下。感受到自地面傳來的震動令身體搖晃，薩扎路夫也發出迎擊指令。

「正式進攻了啊……！應戰，我方也用砲擊還擊！」

在壕溝後方散開的砲列，不輸給敵方地展開砲擊。到此處為止的發展與初戰沒有多大的差異，可是接下來卻截然不同。

「確認在上游C地點出現搭船的敵方部隊！迎擊人手不足！請增援！」

「我知道了！立刻派人過去，你們等著！」

薩扎路夫將位置最接近的部隊調派過去，應對各地自通訊傳來的增援請求。薩利哈史拉格少校與席巴上將本應採取同樣的安排——可是戰鬥開始不久之後，敵軍的行動一口氣變得激烈起來。

「報告！確認在下游O地點發現敵方部隊！」「敵軍在上游E地點將船推入水中——」

「又來了嗎？他們在那麼短的期間準備了多少船……！」

超乎預期的忙碌讓薩扎路夫咂嘴。新的通知如同追擊一般傳來。

「報告！確認在上游C地點發現氣球編隊——！」

來自天空的入侵終於展開。薩扎路夫毫不猶豫地下令應對：

「派出後備隊！直到著陸地點都緊跟他們不放！」

「了解！」

為了壓制天空兵，大量士兵被調往那邊。然而，無論如何都不能讓氣球著陸。當薩扎路夫想像著隨時間流逝變得越發嚴苛的部隊運用狀況，臉上浮現痙攣的笑容——位於同一個陣地的部下喊出更加直接的威脅。

「對、對岸的齊歐卡軍步兵開始強行渡河——！」

「……呼～！呼～！……」

「冷靜點，別抬頭！」「浸到及肩深度，保持彎腰姿勢前進……！」

士兵們注視著對岸的敵軍踏入河流中。看著他們壓低身軀，步調一致的前進，米塔士官長抱起雙臂。

「——突擊渡河的方法也改變了不少。我以前學到的可是拚命全力衝過去。」

「如果水深在膝蓋以下，那麼做也可以。不過依照這個深度，不可能像在陸地上一樣『奔跑』。要是胡亂催促，會有人在河底滑倒溺斃的。」

她身旁的哈朗補上說明。像這種局部戰術的刷新，率領他們的約翰當然不會懈怠。

「再加上——這是向阿納萊博士學來的，聽說『水』對於子彈的防禦效果意外地不容小看。子彈在水中好像飛不到一公尺就會停止。換句話說，士兵藏在水面下的身軀不容易成為靶子。」

「喔～真的嗎～」

「是真的。全身泡入水中直到肩膀，一邊注意別滑倒，一邊配合周遭的步調彎腰前進，抵達淺灘之後全力奔跑。關鍵在於士兵們抵達那裡時沒有失去秩序。」

米塔士官長聆聽說明，同時冷靜地觀察戰況。不過——她的觀點與哈朗絕非一致。如同士官長階級所示，米塔．肯席原本屬於浸泡在河中的士兵立場，因此她看待事物的觀點與軍官不同。這也是哈朗升為少校後，仍將下級軍官留在身旁的理由。

「對方必須分出兵力應對小船與氣球，照這樣繼續下去遲早能突破陣地……不過，不管怎麼想都得付出不少的犧牲吧？我不認為我們的主將會同意用士兵屍體填河般的作戰計畫喔？」

米塔士官長向長官拋去帶刺的眼神。像這樣發出質疑無疑是她的任務，身材壯碩的軍官接下她的目光。

「放心吧，不會出現那種情況。我方也不會讓太大的犧牲發生──但對方更是『無論如何』都不能讓這個陣地陷落。因為在通往帝都的路線上，沒有比這裡更好的防衛據點存在。那麼一來──在察覺陣地遲早會被突破的階段，他們就不得不採取其他手段。」

「……其他手段？」

「妳很快就知道了，看著吧。」

「……敵軍的砲擊太猛烈，超過了隔著河川戰鬥的優勢。」

戰鬥開始經過一天半，薩扎路夫環顧自家陣地的狀況喃喃地說。防衛能持續到什麼程度──包含堅持的時間不夠長這一點在內，他在此階段大致都看出來了。

「只是持續防禦撐不了多久……只能看時機動手了嗎？」

薩扎路夫猛然握緊拳頭。既然穩健的作戰方式無法取得滿足的結果，那只有接受風險出奇招了。

他做好覺悟，轉身命令部下們。

「叫騎兵待命！」

「可惡！起碼在派來步兵時停止砲擊啊……！」

「開槍還擊的手別停下來！不趁著敵兵在水中時解決他們就糟了！」

帝國士兵們自壕溝內伸出槍身持續齊射。射擊難以命中水中的敵人讓他們感到焦慮，焦慮則使精準瞄準變得更加困難。在與奮不顧身渡河的齊歐卡士兵們不同的形式上，他們的精神也在耗損——砲擊無情地朝壕溝落下。壕溝一角崩塌，一瞬間炸出巨大的坑洞。

「又是巨砲……！隔壁區塊被掩埋了，投入救援！」

「我們光是迎擊已耗盡全力！後備隊快過來啊～！」

收回傷患與修理壕溝占用了人手，向敵軍發射的齊射密度短暫地降低。在河中的齊歐卡士兵們也看出了這一點。

「好，勢頭來了……！」「照這樣子可以壓過去！衝啊衝啊衝啊！」

渡過河寬四分之三的帶頭集團所在之處，水位已僅達腰際。他們不再彎腰，踩著滑溜的河底全力飛奔。帝國兵們覺悟到敵軍將衝進壕溝，慌忙上刺刀。

「就是這個時機——發動衝鋒！」

在那一刻，薩扎路夫做好充分準備發出指令。在前列壕溝待命的騎兵們一口氣衝上備妥的斜坡，衝進至今與戰況分離的橋上。看到與他們錯身而過奔向自家陣地的騎兵，齊歐卡士兵們錯愕地瞪大雙眼。

「什麼！騎兵衝過橋上——？」

「糟糕，他們打算繞到我們背後！後面不可能做好了遭受騎兵衝鋒的準備——」

齊歐卡士兵們體認到，對方留下橋是為了——在出乎意料的時機反擊。注意力全放在渡河上的對岸部隊，面對以全速逼近的騎兵衝鋒毫無防備——

「不。我們準備了這個。」

——約翰・亞爾奇涅庫斯率領的部隊不可能發生這種情況。

從不起眼的位置瞄準橋上的槍兵們，以交叉火力痛擊逼近的騎兵部隊。吃了子彈的馬匹與人陸續趴倒在橋上。

「一試圖通過就會當場被爆破的橋——那種存在會令我們焦急不耐，但對於對方而言並非如此。因為那是他們唯一可以在喜歡的時機派士兵突擊我們的直達路徑。」

哈朗揚起嘴角一笑。情勢發展正如約翰給予的忠告一般。

「讓我們以為是單方面的防衛戰，在最多士兵渡河的時機轉而派騎兵衝鋒——一口氣咬破我們的咽喉。不，這個作戰相當優秀。如果只有我負責指揮或許意外的會上當。但是——」

在他目光所及之處，沐浴在交叉火力下的騎兵集團失去了衝鋒的衝勁，後續騎兵卡在橋上進退不得。雖然有人察覺作戰失敗打算掉頭，在狹窄的橋上讓許多馬匹調轉方向並不容易。

「——想要將不眠的輝將打個措手不及，構想的意外性完全不足。雖然可憐，你們付出計策失敗的代價吧。」

哈朗如此低喃，向自己陣營的步兵部隊下達突擊指令。這次不是渡河。而是讓步兵衝向——擠滿動彈不得騎兵的橋上。

「不管我方以什麼方法渡河，橋應該都會被當場爆破……不過，也有沒辦法炸毀的情況。例如——當橋上有你們的同伴在的時候。」

這個狀況正是對方運用的奇招包含的風險——這時正是原本絕對無法跨越的橋，作為道路浮現的千載難逢良機。

「聽說你深受部下仰慕，善於照顧人——你做得出拋棄同伴的判斷嗎？暹帕·薩扎路夫先生。」

「——完全被看穿了——」

薩扎路夫愕然地瞪大雙眼。梅爾薩中校的吶喊聲穿透他的背部。

「准將閣下！敵軍正在渡橋！照這樣下去——」

這句話令他回神——沒錯，現在不是發呆的時候。他必須採取手段讓損害降低到最低限度，這是軍官的義務。

「……砲……砲擊橋墩………」

話語卡在喉頭。現在炸斷橋樑，代表在橋上的所有生命都會被崩塌波及。他要親手埋葬那些相信他而準備過橋的騎兵們——支付失策的代價。

「……嗚……！」

他發不出聲音，喉頭彷彿灌了鉛塊。暹帕・薩扎路夫整個身軀都在抗拒那道命令。可是——可是，他不得不執行。如果讓敵軍過橋，會造成如字面意思般量級不同的大量士兵死亡。軍官不得不選擇放棄的界線確實存在，現狀無論在誰眼中看來都到了那一步。

「——對、不起——」

恐懼令薩扎路夫牙關格格打顫。然而，他的責任感不允許他再遲疑下去。他即將如痛哭般喊出拋棄自己人的命令——但砲擊聲在前一秒轟然響起。

「——咦？」

薩扎路夫愣愣地喊道。在他目光所及之處，橋樑最接近對岸的一部分崩塌了。

在離薩扎路夫等人有段距離的壕溝一角。站在從一開始便一直瞄準橋樑的砲列前，一名軍官展開精靈通訊。

「——我是梅特拉榭‧蘭茲。方才我擅自向橋發動了砲擊。」

她透過精靈這麼告訴長官。應該已經接通的通訊沒有回應，只傳來一陣呆然的沉默。她不在意地繼續說明：

「由於橋上有許多傷患，我只瞄準了靠近敵軍的那一端。崩塌的部分約為整體的三分之一……由於橋基從建築階段起就分成三座，只要不再度砲擊，應該不會繼續崩塌。」

——鎖定砲擊，只炸毀橋樑的一部分——她瞬間做出決定，實現這個一時浮現的想法。雖然明白這是越權行為，比起對同伴見死不救——比起讓梅爾薩中校背負那種經歷，由她來接受軍法會議審判會好得多。

「不用多說，專斷獨行的責任全在我一人身上。我願接受任何處罰，請別責怪砲兵們——」

「幹得好～！」「做得好！」

兩位長官歡喜的叫聲讓精靈都跟著晃動。與預想中完全相反的反應，讓蘭茲中尉張大嘴巴。

「——只瞄準並炸塌橋樑的一部分？」

對岸的哈朗臉龐抽搐的注視著同一個狀況。

「傷腦筋。在這種緊要關頭，應對可真是靈活。是暹帕‧薩扎路夫的頭腦比我預期中更聰明？

或者……掌管爆砲的軍官格外優秀？」

哈朗搔搔腦袋低語。先不提高級軍官，他並未連敵方下級軍官的長相都記住。不過，他也知道偶爾會發生這種事。不管任何名將，都有只不過是個無名軍官的時期。

「喂～！」

剎那間，米塔士官長揮起掌心用力揪住哈朗的後腦杓。

「現在是悠哉尋找失敗原因的時候嗎！你說了計略若是失敗，指揮官得支付代價吧！」

「——沒錯，正是如此。」

哈朗回過神面對現狀。和薩扎路夫一樣，他也有身為軍官的責任。

「即使後悔時間也無法倒轉。巨砲全門運作，投入所有後備隊——以最大戰力攻陷敵陣！」

在薩扎路夫等人上演激戰之時，在席巴上將負責的下游陣地，兩軍持續隔著河川對峙。

「……趁著對方的主力集中在薩扎路夫准將的崗位，如果得到機會就從此處突破，將部隊調往敵軍背後——本來這麼打算……」

席巴上將神情嚴厲的說道。他從右到左瀏覽齊歐卡兵們在對岸整然列隊的樣子，與那無懈可擊的狀態。

「但眼前的敵人沒有鬆懈到允許我們這麼做……每個人的面目看來都不認為自己純粹是來聲東

擊西的。如果動了貪念，我們很可能反倒被擊破。」

「正是。」

出現在他背後的炎髮將領表示贊同。席巴上將背對著他說道：

「現在暫時在帳篷休息吧，游擊隊長……因為無論戰況倒向哪一邊，一定會有你們出任務的時候。」

「…………」

接收著來自各個戰場的報告，司令部的伊庫塔神情嚴肅。

「……每個部隊都奮勇善戰。問題在於還能支撐多久……」

梅格少校以低沉的聲調說道。此時又有新的通訊傳來，青年當場回應——激烈槍戰的喧囂聲緊接著響起。

「——我是薩利哈史拉格！聽見了吧，我們自後方遭到急襲！快點派支援過來！對手有連級規模！」

雷米翁長子急迫的聲音傳來。伊庫塔用眼神向梅格少校示意，努力以沉穩的語氣回答：

「副官正在安排增援。我做個確認，襲擊來自後方？敵方部隊渡河了？」

「來自後方！在我所見範圍內沒有渡河！是從下游側突然出現的！如果收到事先警告，明明可

以更妥當的迎擊，監視河邊的傢伙在搞什麼？」

薩利哈抱怨的樣子讓伊庫塔領悟一切。從監視者沒有任何聯絡的事實倒推回去，原因顯而易見。

「通訊手多半遇襲了……是亡靈下的手。」

「——看來曝光了。收手撤退。」

「嗚、嗚……」

在兩手被捆在身後低垂著頭的帝國士兵面前，雙手捧著精靈的影子悄然說道。那並非他本人的搭檔。他威脅通訊手，強迫他發送假報告到現在。

「真是太沒用了……花費那麼多時間，繞到敵軍背後的居然只有不到三十人。以這個人數，想支援我方也難以如願。」

他語帶嘆息地抱怨。雖然突破嚴格的防備趁隙游泳渡河，這對他們而言也是苦肉計。本來他們應該在更早的階段整批隊員繞行至敵軍背後——如果不是有那群可怕的獵人阻攔的話。

「因為那些傢伙的關係，在開戰時有八百餘人的人員不知減少了多少？……全部的倖存者加起來多半也不到一百人。」

隊長的話讓周遭的影子們握緊拳頭垂下頭……不論這場戰爭的勝敗，亡靈部隊本身的命運即將竭盡。他們不能不意識到，他們的存在逐漸消失在不斷轉變的歷史縫隙間。

「不過，我們要盡到最低限度的使命——好好見識吧，帝國軍，這是我等亡靈最後的爪痕。」

「……！抱歉，阿伊。我們未能完全擋住敵軍入侵……」

翠眸青年的聲音透過精靈傳來。伊庫塔毫不猶豫的駁回他充滿苦澀的道歉。

「說什麼傻話。使出替換通訊手這種拐彎抹角的手段，證明他們直到最後都沒辦法以整批兵力入侵。你們並非未能完全擋住敵軍入侵——而是達成了最好的成果。」

伊庫塔斷然說出並非任何安慰的事實。既然守衛廣大戰線的人手有限，完全阻擋亡靈入侵從一開始便不可能。明明是這樣，獵人們的戰果卻逼近了那個不可能。托爾威沒有任何理由道歉。

「在和你們戰鬥經過嚴重的消耗後，亡靈們作為部隊大概早已半死不活了……對於那即使如此依然達成任務的執著，我可以坦率的表示佩服。」

「…………」

「目前，伊格塞姆榮譽元帥的部隊正前往薩利哈史拉格少校的崗位馳援。雷米翁兄弟應該能堅持到他們趕到為止。而且，蘇雅也在那裡。」

「……嗯！」

在托爾威勉強擠出開朗的聲調回應後，通話結束了。在戰況持續如走鋼索般危急的現狀下，托爾威沒有空關心兄長們的安危。伊庫塔也一樣，在派出援軍之後只能期望他們堅持到援兵抵達為止。

最重要的是——至今最大的冒險已迫在眉睫。

「……該在什麼時機從哪支部隊開始撤退呢？雅特麗，若是妳的話知道嗎？」

在發出救援請求經過兩小時後，薩利哈史拉格等人依然守在壕溝內忍受敵軍襲擊。雖然壕溝在建造時設想過被敵人繞至背後的情況，但實際上發生時無法避免苦戰。

「嘎啊——！」「呀啊！」

雙方之間不再有進行槍戰的距離。每當在陣地邊緣進行攻防，同袍便一個接一個倒下。即使如此，他們仍勉強擋回第五波進攻，薩利哈史拉格手持上了刺刀的風槍大喊：

「你們別退縮！舉起武器！將敵人擋回去！」

就算他這樣替大家打氣，部下們在接連的戰鬥中漸漸喘不過氣。在切身感受到毀滅氣息近在咫尺的兄長身旁，算完傷亡人數的斯修拉開口：

「……在剛才那波攻防中又有十二人陣亡。防衛即將到達極限了，大哥。」

「呼～……我知道！啊～可惡，升任校級軍官後還得打滿身泥濘的白刃戰嗎！」

為了不因為恐懼與焦慮迷失自我，薩利哈刻意吐出無關緊要的抱怨。經過與伊庫塔的模擬戰及軍事政變的慘烈戰場，他也學會了何謂自制。另一方面，態度毫無改變的蘇雅淡淡地分析現狀：

「我們大約是在三小時前發出救援請求。即使最接近的騎兵部隊以最快速度趕來，也還需要三十分鐘。」

與所說的內容相反，她既不焦急也不害怕。由於在意她的態度，薩利哈向她攀談：

「……喂，米特卡利夫中尉。」

「是？」

「妳不害怕嗎？」

他坦率地問。蘇雅被問到後一瞬間愣住，接著事不關己地回答：

「這個嘛——不可思議的是，我不怎麼怕。因為我一直盡力做到最好，如果最後結果不行了也能接受。」

她邊說邊以幾乎無意識的動作為十字弓裝填下一支箭矢，嘴角忽然浮現乾涸的微笑。

「而且——其實我還有一點期待。」

「……期待？」

「期待聽到我陣亡的消息時，那個人會露出什麼表情？——因為我覺得……這大概是我唯一能撼動他心靈的瞬間。」

那個回答讓薩利哈啞口無言好幾秒，然後大聲嘆息。

「……雖然我之前就隱約發現了，妳心態很扭曲啊。」

「多管閒事。少校才是，更誇張的驚慌失措如何？像第一次打模擬戰時那樣。」

蘇雅的諷刺直刺心頭。雷米翁的長子嘴角微微發抖。

「……我現在決定了。就算我死在這裡，唯獨不要比妳早死。」

「是嗎？——啊，對了，我想到一個厲害的作戰計畫。少校你單獨衝出壕溝突擊敵人，承受一千發左右的子彈，我們則趁機逃脫，這個計畫如何？」

她以牙還牙。薩利哈正想再以諷刺反擊，又忽然想到什麼低聲發笑。

「……原來如此，愛徒嗎？」

「嗯？」

「妳自己沒發現吧，妳剛才的措詞和索羅克那傢伙一模一樣。」

蘇雅的臉龐猛然泛起紅暈。觀察敵軍動向的目光保持不動，她以激烈的口氣反駁：

「連一丁點都不像！請在死前訂正剛剛的發言，少校！」

「誰要訂正啊笨蛋～！我說妳啊，什麼叫期待自己死了對方會露出什麼表情！那是什麼陰暗的熱情！啊～真是的，好久沒那麼倒胃口了！既然都鑽牛角尖到那種程度了，快點去跟他來一發啊，膽小鬼！」

「唉————不愧是只有臉長得好看的人，說出的話果然不同！除此之外的好處全都被老么拿走的人真可憐！」

「喔！啊……！混蛋，剛才那番話完全越線了，喂！給我記住，等我跨過這一關我一定要揍妳！」

「請便請便～！不必客氣拿槍來也行喔！小混混和我打架怎麼可能贏得了我！」

兩人吵吵嚷嚷地鬥嘴同時進行牽制射擊，看得周遭部下們張大嘴巴。面對與瀕臨全滅的狀況毫不相稱的脫線場面——斯修拉嘴角非常罕見地浮現微笑。

「……呵……」

受到他眼神示意的直屬部下們點點頭。斯修拉手持大型散彈風槍，與自己排的成員們一起將手貼在壕溝牆上。

「……啊？喂，斯修拉？」「等等——你做什麼？斯修拉夫上尉。」

兩人疑惑地問。斯修拉依然面帶微笑地回答：

「我採用妳的提案，米特卡利夫中尉。當我們的突擊分散敵軍注意力時，妳和兄長一起朝反方向逃脫吧。雖然挨一千發子彈實在太勉強——但能爭取到一些時間吧。」

聽到弟弟這番話，薩利哈臉上浮現為難的苦笑。

「你、你在說什麼啊，斯修拉……？快蹲下來，抬起頭很危險吧。因為你體格壯碩……」

伸出一手制止想靠近的兄長，雷米翁的次子繼續道：

「把那傢伙留在你身旁，大哥。雖然有些囉嗦，她會將你的人生推向正面的方向……一定會遠比我做得更好。」

「——不，所以說，你在說什麼——」

即使如此，薩利哈還是無法接受弟弟的話，伸手想去抓對方的肩膀。斯修拉輕柔地揮開那隻手，忽然想起陳年的回憶。

——你真的不擅言詞啊。體格長這樣又板著撲克臉，哪會有人靠近你。臉上的肌肉不能放鬆一點嗎？

他們打從一開始就是一對不相似的兄弟——哥哥多話又輕率，弟弟粗魯又沉默寡言。他身體壯碩，卻喜歡跟在哥哥背後。

——啊～算了，勉強你是我不對……唉，明明不有趣，也不必硬要笑嘛。由我居中調解就行了，反正我們會一直在一塊。

回過神時，他們總是在一起。在同一個家庭成長，讀同一所學校，成為軍人之後，比起么弟他更擔心兄長。他知道弟弟遲早會走向自己的道路，但覺得兄長還對路途感到迷惘。

——放心吧。在弟弟困擾時總是站在眼前的背影，那就是哥哥——

如今他已不再擔心。經過許多失敗與挫折後，儘管腳步不穩，兄長筆直地邁步前行了。他不知不覺間學會跌倒也能站起來的堅強。和童年時所見的一樣，如今兄長的背影寬闊可靠。

「——別了，哥。」

——斯修拉脫口喊出十幾年來沒喊過的稱呼。他推開對方還想抓住他肩膀的手，迅速爬出壕溝暴露在敵人面前——他第一次覺得，長得體格魁梧真好。目標愈大，愈容易吸引注意力。

「——斯修拉～～～～！」

兄長呼喚自己名字的聲音傳來。斯修拉・雷米翁沒有回頭，和跟隨在後的部下們一起向敵軍突擊而去。

「喔喔喔喔喔！」「彈藥，拿彈藥過來！」

「第二區域被巨砲命中，出現大量傷亡！」「這傢伙沒呼吸了！醫護兵～！」

薩扎路夫的壕溝陣地好不容易挺過橋樑的來回攻防，頑強地持續防守。然而，這場奮戰也接近了終點。

「……部隊整體的耗損率超過三成了，准將閣下。」

「…………」

梅爾薩中校的話令他咬緊牙關。此時，腰包內的搭檔發出通訊通知，薩扎路夫立刻回應：

「……我是暹帕・薩扎路夫。」

「我是伊庫塔・索羅克……非常抱歉，上游有兩處地點遭到敵軍突破了。你那裡也很快將被包圍，請立刻撤退。」

撤退命令以正式的口吻下達。薩扎路夫也想過，該是那種指示來臨的時候了。

「……不，我拒絕。」

他用沉穩的聲調說道。黑髮青年罕見地遲了幾秒才回答：

「——不好意思，我沒聽清楚。再說一次。」

「我不會撤退。不，我當然會安排大部分士兵撤走，但我和我的直屬後備隊將留下殿後。順利的話，保衛戰應該能在這裡繼續幾小時——」

薩扎路夫以堅定不移的口吻斷然表示。伊庫塔僵硬的聲音透過精靈傳來：

「……薩扎路夫准將，開玩笑也該有個限度。」

「聽起來像玩笑話嗎？」

他始終坦然的聲調顯示了決心有多堅定。青年的聲音開始顫抖：

「……真的……真的請饒了我吧。連這一瞬間都瀕臨極限了，即使後備兵力全數投入撤退支援，以現在的局勢能不能擺脫追擊都很難講。」

「正因為如此，才需要有人拖延敵軍吧。我會在這裡堅持守住，盡可能讓更多士兵平安歸返。既然負責前線指揮，那應該是我的工作——」

「我不想要你死！」

青年的怒吼聲傳遍四周，周遭的部下們回頭查看發生了什麼事。不再掩藏焦慮的伊庫塔愈說愈急促：

「快點、請現在馬上撤退！你明白的吧，我沒有命令你們死守！一接近防衛極限立刻放棄據點後退！以讓士兵活著抵達下一個崗位為大原則！我應該再三告訴過你們，那就是伊庫塔教條！」

伊庫塔身為元帥的主張，讓薩扎路夫忽然微微一笑。

「……是啊。那麼，這是我獨斷獨行。」

「無視命令展開的戰鬥沒有什麼教條。事後隨你高興儘管召開軍法會議吧——我要掛斷了。」

「…………！」

「等等！請等一下……！」

青年的聲音帶著懇求之色。伊庫塔喋喋不休起來，那不穩定的語調一點也不像他。

「真、真拿你沒辦法——既然如此，我就告訴你吧。其實我有個祕藏的祕計，到目前為止的發展也全在我計算之內，後方準備了將追擊你們的敵軍一網打盡的陷阱。所以，你堅守在那裡反倒是給我添麻煩——啊～真是的，真傷腦筋～准將閣下在這種時候都不會察言觀色——」

薩扎路夫嘴角浮現苦笑。回想對方至今饒舌的程度，剛剛那番話簡直像是舌頭忘了上潤滑油一樣。

「嗯，我很清楚……在你的人生中，這是說得最拙劣的謊言。」

「——嗚——！」

「我知道你並非已無計可施，但沒有將敵軍一網打盡這種方便的事……我起碼也明白這點小事。因為我好歹受過高級軍官的教育啊。」

男子以極為溫柔的語氣斷言。這次的沉默，是至今持續最久一的一次。

「——成人——」

「……？」

「——沒有成人在。」

伊庫塔斷斷續續地說道。就像直接坦露心聲一般，青年一字一句地說出口。

「父親死去，母親亡故。自從和騎士團的大家一起成為軍人後，就沒有『成人』在我身邊。沒有除了同伴以外可靠的人物……將我們視為後輩引導我們的年長者。」

「…………」

「我並未抱著期待。戰場並非有餘力悠哉地照顧他人的地方……特別是北域動亂是場惡劣的戰爭。在那種環境中，光是為了保命便耗盡全力是理所當然的。

可是，你不一樣。你認真地聆聽我們這些受輕視的菜鳥准尉的意見，與我們並肩而戰，低頭求長官接受我們的請求。在那個地獄中——對我們而言，你是唯一一個可靠的『成人』。」

即使只有一個人，身邊有可靠的年長者在，對於當時的他們而言，那是多麼大的救贖。

「我——不想要你死。」

不再有任何策略手段，捨棄身為軍官的判斷力。薩扎路夫在精靈的彼端看見了與年齡相仿的青年臉龐。

「……謝謝。」

想著與伊庫塔．索羅克及「騎士團」的邂逅帶給自己的事物，他悄聲道謝。

「多虧遇見你們——我也得以成為像樣一點的成人。」

一切都總結於此……當他從發跡之路掉隊失意地待在北域時，半是放棄了人生。然而回過神時——暹帕．薩扎路夫不再討厭現在的自己了。

「請等一下！等等——」

薩扎路夫單方面地結束通話。因為再聽下去，他很可能心生依戀。

「……閣下……」

聽到對話的梅爾薩靜靜地走過來。但薩扎路夫立刻轉向她告知：

「統整部隊展開撤退吧，梅爾薩中校。如同剛才所說的一樣，此處由我來負責。」

面對他充滿決心的眼神，梅爾薩卻忽然微笑著搖搖頭。

「……交給蘭茲中尉來辦吧。我要留在這裡。」

「我不允許。中校，這是命令。」

薩扎路夫努力不摻雜私情，再度命令眼前的副官。然而——梅爾薩本人就像看著耍任性的小孩子般聳聳肩。

「無視命令獨斷獨行，已預約軍法會議——你認為這樣的你，發出的命令究竟有多少強制力？暹帕．薩扎路夫准將閣下。」

「嗚——」

被這麼一說，他無法反駁。當薩扎路夫再次開始考慮說服她所須的論點，梅爾薩主動依偎過去開口：

「我是你的副官。我是教育你如何當高級軍官的人。在我眼中看來，你的決定很正確。正因為如此，我很樂意陪你到最後……所謂成人的理想姿態、引導他人者的責任，原本不就是這樣的嗎？」

梅爾薩以毫無陰霾的眼神說道。兩人接著互瞪了一會，薩扎路夫投降般地垂下頭。

「……妳這個人總是如此。始終帥氣的貫徹道理，一點也不在意我的心情。」

正因為她是這樣的人，他才抱著好感。正因為她是這樣的人，他才希望她生還。可是——薩扎路夫在內心某處也明白。正因為她是這樣的人，她不會拋下自己。

「我一直很尊敬這樣的妳——所以，這真的是最後一次做確認。

在我身旁赴死也沒關係嗎？」

薩扎路夫傾注所有誠意發問。梅爾薩立刻敬禮回答：

「沒關係。無論在幾小時後死去，或是活到五十年後——我都會將那裡設定為我的崗位。」

那快速球般的答覆充滿她的風格。喜悅與安心到了極點，薩扎路夫甚至感到頭暈目眩。

「……所以說，那樣很犯規啊。」

「失禮了。因為我喜歡你害羞的表情。」

梅爾薩嫣然一笑說道。那個可靠的笑容讓薩扎路夫也跟著微笑，心中想著——如果直到最後的瞬間都能待在這位堅強的女性身旁，再也沒有比這樣更好的人生句點了。

「那麼——開始吧。」

「……嗯！」

兩人彼此有力地點點頭，並肩在陣地內邁步前行。為了在他們主動選擇的最後戰場上，打一場無愧於任何人的戰鬥。

第三章

Alderamin on the Sky

死鬥的結果

與薩扎路夫失去連繫大約十二小時後。伊庫塔收到了齊歐卡全軍跨越大河開始進軍的通知。

「元、元帥閣下——」

梅格少校找不出該用什麼話來安慰在沉默的精靈前垂下頭的青年。經過漫長的沉默，伊庫塔嘴唇微動。

「……不要緊…………不要緊。」

青年像在說服自己般說道，深深地吸氣後又吐出來。他一再重複那個動作，如打斷骨頭般強行轉換心情，回到自己身為元帥的一面。

「迎擊戰的局面轉移至最終防衛線。聯絡雷米翁上將。」

「遵、遵命！」

收到指示的梅格少校立刻在自己的辦公桌上開始通訊。伊庫塔也準備進行下一通聯絡，但此時庫斯通知他有炎髮將領的傳訊。

「我是索爾維納雷斯‧伊格塞姆。方才我們前往救援在上游陣地遭到包圍的友軍。」

青年瞪大眼睛。在上游陣地遭到包圍的友軍——是薩利哈史拉格少校的崗位。

「成功與否？」

「雖然勉強成功脫離包圍，友軍部隊受創嚴重。包含陣亡者與被俘者在內的失蹤人數約為整體

的四成。詳細人數目前正在清點。」

「……軍官的傷亡情況如何？」

伊庫塔考慮到最糟糕的情況發問。索爾維納雷斯立刻回答：

「負責整體指揮的薩利哈史拉格．雷米翁少校平安。守衛同一個陣地的蘇雅．米特卡利夫中尉也並未負傷。但是……」

確認兩人平安無事的安心感，與並列的名字有所欠缺的不安，在伊庫塔心中盤旋。

「……斯修拉夫．雷米翁上尉重傷。看來他為了讓同袍逃走，在我等抵達前夕發動佯攻。他胸口及腿部有三處槍傷。雖然迅速送往野戰醫院，體力能否支撐下來得看他本人而定。」

「……這樣嗎……薩利哈史拉格少校的反應呢？」

「…………」

索爾維納雷斯繼續與伊庫塔通話，目光同時投向背後。在與大批傷患排在一起陷入昏迷的弟弟面前，擔任他們指揮官的男子無力地癱坐在地上。

「……你還好嗎？少校。」

從背後靠近的蘇雅謹慎地攀談。薩利哈背對著她喃喃說道：

「……小托爾也是、斯修拉也是……我的弟弟們不知為何都想主動衝進死地。為什麼像個笨蛋一樣急著去送死？乖乖待在哥哥後面就行了吧……！」

男子的肩膀因為懊悔與窩囊而顫抖。這時候，他朝背後拋出一句話：

「……喂，妳在安靜什麼？」

「咦？」

「耍嘴皮子啊。總有些話可說吧——被弟弟保護真丟臉，連替他報仇也做不到，真不爭氣之類的。」

出乎意料的要求讓蘇雅抱起雙臂思索。猶豫一分多鐘以後，她沒什麼自信地開口：

「你……挑便服的品味看來很差。」

「為什麼現在挑那裡講！」

薩利哈猛然站起身面對她。蘇雅伸出雙手往後退。

「不，因為……！姑且不論鼓勵和安慰，我不知道對看著身受重傷的弟弟眼陷入沮喪的人該說什麼壞話！」

「誰期待妳的安慰啊！我是說不管什麼都好，來一招打醒我！」

蘇雅聽到那句話終於理解對方的需求，緩緩地舉起右手。

「……用『這個』可以嗎？」

看蘇雅擺開架式，薩利哈從鼻子裡哼了一聲，將臉頰轉向她。將這個舉動當成同意的信號，她大力揮出一巴掌——挨了那一擊，薩利哈整個身體呈四十五度斜角癱倒在地面。

「少、少校——？」「喂，他剛剛以很不妙的角度倒下了！」

「糟糕！不小心使成開掌打擊了……！」

威力過猛的一擊讓蘇雅臉色發白。不過與她的顧慮相反，薩利哈本人仰臥在地，臉上浮現笑容。

「哈、哈哈……一……一點也不管用！」

他這麼大喊同時猛然跳起來。也許是這計猛藥讓他找回精神，也許是虛張聲勢——無論如何，薩利哈恢復屬於軍官的一面，向眼前的部下開口：

「米特卡利夫中尉！妳現在以戰爭臨時任命，視同上尉！代替斯修拉當我的副官！沒意見吧！」

「咦？啊，是。」

蘇雅反射性地敬禮。薩利哈氣勢洶洶地從她身旁走過，想起來似的說道：

「還有，我要訂正一件事！——我挑便服的品味才不差！」

或許是在觀察他們本人的狀態，索爾維納雷斯在伊庫塔發問後停頓一會才回答：

「……他似乎沒有灰心喪志。照那樣子來看，往後應該也能作為軍官工作下去。」

「……這樣嗎……薩利哈大哥真堅強。」

伊庫塔悄然低語。他就此結束與炎髮將領的通訊，眼神轉向地圖。

「……終於被進攻到這裡了嗎？」

「——終於進攻到這裡了。終於進入最後階段了，米雅拉。」

約翰一臉興奮地說。在他低頭注視的地圖上，幾顆棋子跨越大河朝帝都前進。

「既然最有力的防衛據點遭到突破，帝國軍已沒有退路。他們將拚命防衛接下來的所有路線吧。」

「是……！」

米雅拉也大大地頷首。愈接近帝都，敵軍的抵抗愈不顧一切。在徹頭徹尾地制伏他們之後，這場戰爭才會首度迎向終結。

「隨著領域進入帝國中央，往後的進軍路線會更加分割化與複雜化……到目前為止，我方一直打算繞至敵軍背後，不過往後敵軍也會有同樣的企圖吧……正攻法的防衛戰堅持不了多久顯而易見。那傢伙應該會使出更多花招。」

「……不能放鬆警惕呢。」

「對我們而言，最重要的當然是守住補給線……這個侵入敵國境內深處的現狀，包含重大的機會與同等的風險。一旦從本國連結到前線部隊的補給路線被切斷，立場將立刻顛倒。不容許有一絲鬆懈。」

約翰刻意用言語來告誡自己想要高估我軍優勢的心。他決定只有在齊歐卡的旗幟飄揚在鎮壓完畢的帝都的那一瞬間，才能放下戒備。

「反過來說，只要不讓他們打斷補給線，我們的勝利就堅不可摧……而且，我接下來不打算容許自己犯下任何一步錯誤。」

約翰用鄭重的語氣宣言，目光轉回桌上的精靈們身上。

「所有戰場繼續由我指揮——輔助我，米雅拉。」

「——齊射開始！」

子彈射向以麥穗做掩護接近的敵軍部隊。在背後就是帝都的最終防衛線——負責指揮迎擊的泰爾辛哈·雷米翁上將感到心煩意亂。

「此處終於變成戰場了嗎？……看到敵軍踐踏國土中樞，真叫人氣憤。」

在與齊歐卡漫長的戰爭史上，帝國從不曾像這樣被齊歐卡入侵到境內深處。這也許是第一次也是最後一次吧，上將心想。決戰就是這麼回事。

「不過，我不會放任他們繼續為所欲為。只讓兒子們挺身而出，『槍擊的雷米翁』之名將會蒙羞。」

上將帶著決心低語。就算自己早已顏面盡失，他不能讓兒子們繼承的家名進一步名譽受損。他在腦海中一一回想起三人的臉龐。

「……別死在我前面啊，斯修拉……！」

「……職責安排反了嗎？」

沉重的語氣在戰場迴盪。接獲薩扎路夫准將留在陣地失去聯絡的通知，令席巴上將體驗到不想再度品嘗的苦澀。

「對──我當然知道，好好先生在戰場上活不久。無論是哈薩那傢伙或桑克雷上將都是如此。戰爭這玩意的壞心眼真是從沒變過。」

從達成使命者開始死去。男子不知有多少次都想過，若是至少以年齡順序來決定就好了。然而，這個地方連那麼一點理解都不肯給他們。席巴上將緊握雙拳，直到骨骼嘎吱作響。

「……就算這樣，薩扎路夫准將──你再怎麼說也太年輕了吧……！」

他希望他能活下去。既然這是最後一戰，他更希望這一次輪到其他人為自己送別。在胸中燃燒的不甘令男子咬緊牙關，瞪著在眼前散開的敵軍隊伍。

「被派來這條路線的齊歐卡士兵們，你們運氣很差。我發火了──自從好友去世以來，從未那麼生氣過！」

「……避難民眾增加了不少呢……」

在環繞帝都邦哈塔爾的城牆東側的城門處。居民們從那裡眺望著神情疲憊的群眾排隊入城，感到模糊的不安正逐漸擴大。

「我向熟悉的小販打聽過，這次敵軍好像入侵到境內深處了。聽說已經渡過東邊的大河。」

敵軍據說已經逼近到不遠處。無法切實感受到這一點，他們的臉上同樣地浮現模稜兩可的笑容。

「……沒事的對吧？再怎麼說，難道會打到帝都……」

「那、那是當然。那些有錢的富商也沒逃跑……如果那些傢伙用馬車載著財產往西邊逃，或許真的就危險了……」

他們提出放心的理由，彼此乾笑著。對於帝都居民而言，那是個小小的衡量標準。

「……好、好，看來都搬上車了。」

位於帝都西邊郊外的某座宅邸庭園。面對載滿行李的幾輛馬車，男子帶著焦慮的聲音響起。身為遠近馳名的富翁，他也是民眾用來當作衡量基準的人物之一。

「這樣隨時都能出發了。沒有什麼東西忘了帶吧！」

男子回頭向站在背後的妻子確認。男子的妻子身旁帶著兩個孩子，懷中抱著還在吃奶的嬰兒，表情顯得十分困惑。

「沒有……但是真的不逃不行嗎？陛下還在帝都吧？」

「我說過好幾次了吧……我從經商的同伴那裡聽說了前線的狀況！唯獨這一次，我方好像陷入嚴重的劣勢！往後不知道情況會怎麼樣，但為了謹慎起見──」

開門聲打斷他的話頭。男子疑惑地轉身望去，看到率領武官的金髮少女──這個國家的皇帝出現，心臟一陣劇烈跳動。

「──打擾了。」

少女直盯著男子大步走來，彷彿在說她才是這棟大宅的主人。在自己的宅邸，男子不曾允許任何人擺出這種態度。不過，唯獨對於這個人物他是無法抱怨的。因為他累積的財產不用多說，連帝國的一切全都屬於她。

「陛……陛下……」

「唔，原諒我突然來訪。我正在巡迴拜訪帝都的富商。」

女皇悠然地說著環顧四周。男子的臉龐抽搐起來。無論由誰眼中看來，這一幕都只像是即將連夜逃亡的場面。

「那麼，這是什麼情況？把傢俱和所有東西搬上馬車，看來簡直像在做啟程的準備。」

「啊──不，那個──」

男子找起藉口支支吾吾起來。早已看穿他內心的想法，夏米優冷冷地宣言：

「……難道說你們擔心戰火會波及這裡，打算自己趁早逃跑？」

「哪——哪裡的話！我們怎麼可能逃離有陛下坐鎮的帝都……！」

男子大力搖頭，否認她的指摘。那也是腦袋和身體還沒分家時才做得出的動作。女皇從鼻子裡哼了一聲點點頭。

「那就好。不過——你的行為容易令人誤會。民眾會仔細觀察你們商人的動向，只要你們沒逃跑，他們就認為情況還平安。在這種局勢下，你們才必須展現出悠然的態度。」

「是……！」

男子與妻兒們一起跪倒。女皇滿意地抱起雙臂。

「你們明白就好——對了，來這座城市避難的民眾也增加了。為了凸顯富人的志氣，你不認為供給食物賑濟災民以展現器量也不壞嗎？」

「您、您說得正是，我馬上安排……！」

「很好。比起攜帶個人財產迅速逃亡，留下來為公眾貢獻對你們日後更有幫助……做出一個行動之後，自己會得什麼評價？無論是好是壞，不懂得衡量可不行啊？」

深深的警告過他之後，女皇離開男子的宅邸。她自行上馬，同時詢問身旁的武官。

「……還有幾間，露康緹？」

「十一間。距離日落還剩三小時左右，最好加快腳步。」

露康緹俐落地回答。女皇仰頭看看太陽的傾斜角度，輕輕頷首。

「幸好看來今天之內可以巡視完畢。像這樣四處走動的麻煩也比想像中來得省事。以『市場賢父』巴哈塔為首，自發採取行動避免帝都發生混亂的富商也為數不少。」

夏米優握著韁繩騎馬前行說道。她在腦海中重新確認，自己在這個局勢下應該擔起的使命。

「餵飽避難的民眾，同時不讓流通停滯，不讓帝都居民的不安爆發嗎？想到這一瞬間也在前線作戰的士兵們，哪怕撕爛這張嘴，我也說不出這是個艱鉅的工作……——」

「——增援的兩個營預定於一小時後抵達！用光現在手頭的彈藥也無妨！」

伊庫塔的聲音傳遍帝國軍司令部。把進入最終階段的戰爭打到最後的命令，透過精靈們傳達到戰場上。

「只要缺乏物資或人手全部通知我！我們已做好準備，盡可能回應來自現場的要求！千萬別忘記，你們並不是只靠自己在戰鬥！」

伊庫塔以堅定的態度持續指揮，在思緒的一角忽然想到。雖然被吹捧為什麼名將、軍師——將領的任務歸根結底在於幕後。為士兵們整頓裝備、餵飽他們、準備床鋪，好讓他們狀態萬全地發揮力量。構築戰略與指示戰術也只不過是那道延長線上的一部分。戰鬥的人總是身在前線的他們。

「只要不偏離任務內容，防禦戰的指揮交由你們判斷！發動反擊也不需事先申告，在執行後報告結果即可！——聽好了，別害怕失敗！戰場並非只在那裡而已！一些小失誤我們會彌補！」

我既不恐懼也不焦慮，伊庫塔心想。因為自己現在並非孤身苦戰。

「——盡可能避免自行下判斷！配合我的號令進行整體突擊！只要遵照我的指揮就絕不會輸！」

約翰基於絕對的自信不斷指揮，十分篤定事到如今已無需意識到這一點。以短暫時間差毫無謬誤地實現縝密軍略的軍隊——那正是戰爭中的勝利方程式。精靈通訊的出現大幅消除了在命令傳至現場途中產生的錯誤。如今，約翰．亞爾奇涅庫斯的意志傳播到戰場的每一個角落。

「在二十分鐘後開始砲擊，五十分鐘後步兵開始前進！預估於兩百七十分鐘後可以突破防禦！別浪費時間，敵軍在這段期間也在持續行動！」

現在所有的命令都不會落空也不會停滯。約翰的判斷當場反映在戰場上，結果會傳遞給他。他的大腦以前所未有的速度運轉著，連他本人都感到可怕。這就是一手擔起全軍大腦的感覺嗎？

「少將閣下！海軍傳來報告！」

於是，更進一步的資訊傳向他。為了接近齊歐卡的勝利，最大也是最後的一個因素。

「——元帥閣下！」

當梅格少校抱著前所未有的危機感大喊時。伊庫塔就察覺了內容。

「南域沿岸地區的監視者，看到了正在追擊撤退中帝國海軍艦隊的齊歐卡海軍艦隊！他們即將登陸……！」

「──挺會跑的嘛。不過到此為止了，海盜軍。」

站在旗艦的前方甲板上，齊歐卡艦隊司令官面露喜色地說道。他們追逐的帝國軍艦，在海戰敗退後長途逃逸，如今在距離陸地不遠處追上了。

「從那裡在順風下退後將會在沿岸觸礁。想避免這種情況只能逆風航行，但當你們這麼做，就是你們的末日到了。讓你們嘗嘗──將船艦轟得體無完膚的猛烈砲擊吧。」

彷彿在說要用最大火力來妝點這場漫長捉迷藏的結尾，司令官咧開嘴角露出狂暴的笑意。

「這樣一來，終於能向陸地派出援軍了。雖然事與願違地比預定時間來得晚，但以我們的抵達作為贏得與帝國這一戰的關鍵也不壞──」

「──這次真的結束了。明明早已分出勝負，卻徒勞地拖延那麼久。」

位於旗艦前方不遠處的齊歐卡軍艦「白翼丸」上。葛雷奇厭煩地說道，在他身旁仰望天空的艾露露法伊卻相反的神色緊繃。

「……不對勁。」

「嗯？」

「米札伊很困惑。我不曾看過牠有這種反應。」

太母看著在上空盤旋的愛鳥狀況說道。她掉頭借用部下的精靈開始通訊，一接通便同時開口：

「——我是『白翼丸』艦長艾露露法伊·泰涅齊謝拉。請向艦隊司令官報告。海風的動向有奇妙的氣息，需要仔細留意。」

像是困惑又像是狐疑的微妙沉默透過精靈傳來，接著是通訊手與司令官問答的氣息。相隔一會之後，另一頭傳來答覆：

「這是司令官閣下的答覆。我沒閒功夫聽鳥叫——通訊結束。」

通訊隨著冷淡的諷刺切斷。艾露露法伊站在沉默的精靈前嘆口氣，神情嚴厲地再度仰望天空。

「…………」

同一時間。在她們追逐的帝國艦隊領頭處，波爾蜜紐耶海尉站在自己船艦的船頭上。她並未看著敵軍的方位，彷彿等待著什麼般閉上雙眼沉默不語。

「喂，岩岸近在眼前了……！」

「時機還沒到嗎，波爾蜜……！」

指揮水兵們的波姆海尉與尤琳海尉也不時焦慮急迫地望向她。前方是岩岸，後方是敵軍艦隊。

沒有一個人不理解他們置身的狀況。

「………」

當然，波爾蜜也並非只是閉著眼睛。她使視覺以外的感官敏銳到極限，在旁人無從得知的專注中聆聽風聲。時間在令人窒息的沉默中流逝——某一瞬間，她猛然張大雙眼。

「——就是現在！」

聽到那聲呼喊，舵手立刻轉舵。水兵們讓船帆角度傾斜，後續的船艦也陸續效仿。

「敵軍領頭艦掉頭！逆風航行！」

發現敵軍動向的齊歐卡水兵喊著。司令官迫不及待地咧嘴露出牙齒。

「終於示弱啦！很好——我方也迎風換舷！在船身並排時發動砲擊！」

收到他的指令，水兵們立刻調整船帆。這使得從沿岸側返回大海側的帝國艦隊，將與他們艦隊的縱列並排。這個形勢可以讓敵軍的側面暴露在砲擊之下。被迫玩了半天的捉迷藏，就用擊沉敵軍全艦作為結局也是個不錯的回禮——司令官半是陷入妄想的思緒突然頓住。明明已經下了命令，船艦卻沒有改變航向的跡象。

「……？喂，怎麼了！我下令迎風換舷吧！」

「不、不——舵已經調轉，船帆也操作完畢了……」

面露困惑之色的副官東張西望地環顧四周。水兵們的工作看不出疏失，他一時之間沒找出船艦未改變航向的原因。

「——啊——」

然而——他很快地察覺。不只自己搭乘的旗艦，後續所有僚艦都未能迎風換舷。在「停止流動的空氣中」。

「風——是風！『風停了』，司令官！這樣沒辦法移動……！」

「你說什麼？」

司令官驚愕地瞪大眼睛。在別說調整方向，前進速度甚至開始減緩的船艦上，他慌張地望向敵軍艦隊。

「敵人已經迎風換舷了……怎麼可能！難道他們判斷出了這段無風狀態……？」

藉由早一步轉舵，帝國軍艦在風將停之際成功迎風換舷。雖然雙方目前是照著慣性在航行，只要風停了，這個狀態也很快會結束。司令官拚命地查看情況，朝混亂的部下們大喊：

「冷、冷靜點！雖然情況出乎意料，沒什麼大不了的！反正敵軍也無法行動！只要等到風再度吹起時再展開追擊——」

話還沒說完，那個計畫就被推翻了。一股劇震措手不及的來襲——在搖晃的甲板上，男子來不及擺出減緩衝擊的動作便一屁股跌坐在地上。附近的海面同時冒出幾道水柱，帶著鹹味的海水雪上加霜地傾注在他全身。

「這——這次又是什麼鬼～！」

「——第一發確認命中。調整，上2右3。」

距離混亂的齊歐卡艦隊一段距離外的海岸。一名微胖青年站在於岸邊整然排開的砲列中央，開口說道：

「通知旗艦『紅龍號』——我是陸軍少校馬修・泰德基利奇。帝國陸軍第一砲兵團，從現在起支援貴艦隊——繼續砲擊！」

收到他的命令，砲兵們將各自的爆砲點火——準心已在剛才的砲擊時進行了校正。隨著巨響，精準鎖定目標的砲彈朝到現在還不理解狀況的敵軍艦隊發射。

「咦——來自岸邊的砲擊？」

司令官抓住扶手承受著砲彈貫穿船體側面的衝擊，放聲大喊——由於熱衷於追逐敵軍，他們並未察覺。接近陸地，代表他們也進入了陸上砲擊的射程之內。

「閃、閃避！移動船艦！想想辦法～！」

「不可能啊，司令官！沒有風帆船就無法移動……！」

切身體認到所有帆船無一例外適用的鐵則，司令官的表情扭曲起來——這是怎麼搞的？為什麼他們會從直到剛剛為止勝利還近在眼前的狀況，被打入這種絕境？

「豈有此理、豈有此理！難道說他們預料到我等會困在此處，設置了爆砲？帝國軍擁有的爆砲數量本來就不多，不可能下這種賭博性的判斷……！」

男子如拒絕接受現實般尖叫著。然而，他們的困境只不過才剛開始。察覺更進一步的異狀，一旁的部下以顫抖的聲調說：

「司、司令官……敵軍艦隊……」

「這次又怎麼了？」

司令官泛著血絲的雙眼看向部下指出的方向。他也在那裡目睹了——在現代海戰中難以想像的景象。

「敵軍艦隊開始移動。他們『划著船槳』……！」

「——時鐘的指針總是前進也會膩吧。偶爾可得讓指針倒退一下。」

帝國艦隊旗艦「紅龍號」甲板上。感受到船艦在從船體下方側面伸出的船槳推進力下前行，耶里涅芬·尤爾古斯海軍上將露出大膽的笑容。

「你們應該忘得一乾二淨了。在帆船普及之前，船是像這樣推動的。靠著大批人力吃力地划船槳……從那個時代開始就在當海盜的我們記得很清楚。」

以人力作為推進力的雙排槳戰船。由於無法借用風力，船上必須搭乘大量的划船手，因效率不彰，是現代海軍絕不會採用的舊時代船隻。比起全是最先端爆砲艦的齊歐卡軍艦隊，那正可說是與時代背道而馳的蠻幹行為。

「光是比較駕船花費的功夫，雙排槳戰船和帆船無法相比……但是，這種船唯獨有一個明顯的優勢。那就是『不需要風力協助也能前進』。」

經由時代證實的新舊優劣，在無風這個因素影響下暫時逆轉。尤爾古斯上將拔出腰際的彎刀高高舉起，就像自己的祖先昔日曾做過的一樣。

「好了——開始打古老的戰爭吧！」

「……幹得好，馬修、波爾蜜。真的做得好極了……！」

收到通知的伊庫塔以顫抖的聲調自言自語。這正是顛覆這場戰爭的趨勢唯一並且最大的計策。

在艦隊於海戰中落敗，在海上遭敵軍追擊期間，由馬修率領的砲兵部隊在海岸邊待命，等候遲早會到來的支援機會。他與指揮領頭艦的波爾蜜頻繁聯絡，掌握雙方的相對位置，最終決定引誘敵軍艦隊進入的地點——目標是抓準他們被無風狀態困住的時機發動砲擊，取得最大的戰果。計畫精彩地成功，在這一步實現了對齊歐卡艦隊的反攻。

「伊庫塔·索羅克通知陸上全軍——帝國海軍擊退了齊歐卡海軍。重複一遍，帝國海軍擊退了齊歐卡海軍。」

伊庫塔毫不猶豫的通知在指揮下的全體軍隊。雖然正確來說還在交戰當中，但提早宣言已經可見的結果也沒有問題。不管第二次海戰再怎麼變化，齊歐卡艦隊於現階段受到的損害已無法挽回。齊歐卡海軍走海路運輸整批兵力的目的已不可能達成。這代表——

「『敵軍不會得到來自海上的增援』——接下來是我們反擊的時間了。」

「——約翰！」

米雅拉緊張的聲音響起。齊歐卡軍司令部為了絕不該傳來的消息而震撼，白髮將領獨自站在地圖前沉默不語。

「……我沒那麼驚訝……因為在心中某處預料到了嗎？從『白翼太母』未能就任指揮官時開始，我就無法對海戰將勝利一事給予全面的信任……」

他以沒有濫度的口吻如此說道。那個背影一瞬間看來宛如枯木，米雅拉衝動地伸手想碰他的肩膀。可是——約翰散發的氣勢拒絕了她的碰觸，他用低沉的語氣繼續道：

「……我沒事，米雅拉。無法期望來自海上的援軍了，情況只是如此罷了。只是如此……」

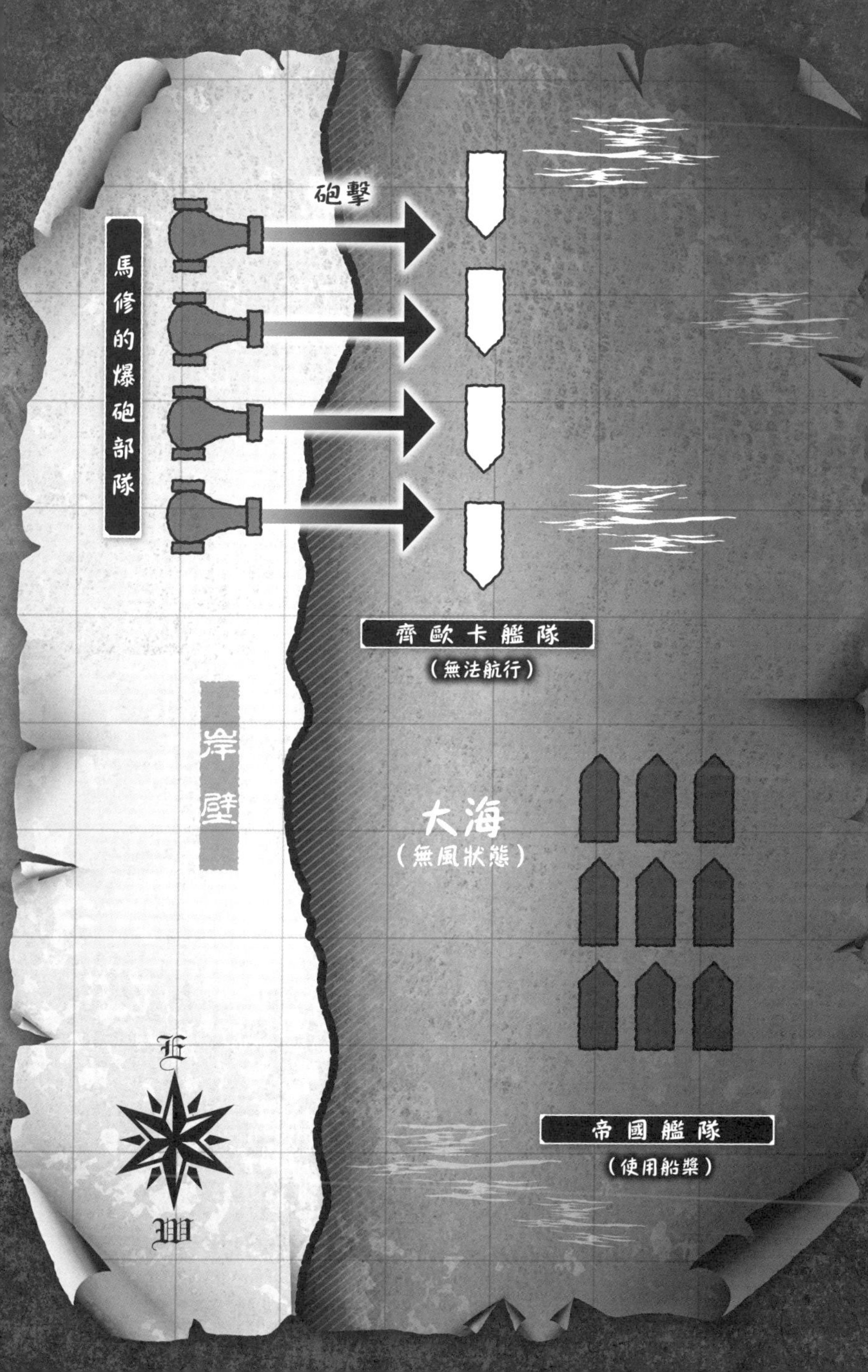
馬修的爆砲部隊
砲擊
齊歐卡艦隊
（無法航行）
岸壁
大海
（無風狀態）
帝國艦隊
（使用船槳）
E
W

只是逼近勝利的狀況退回五五波而已。不過——既然無法再期待來自海上的增援，約翰的負擔將會驟增。因為他必須只用手頭的兵力，完成原本應該能交派給他們的任務。

將本來建構得嚴絲合縫的戰略不留痕跡地徹底解體，在腦海中重新組合四散的要素。平常需要開數小時軍事會議商討的重建作業，憑藉他現在的頭腦也能遠遠在更短的時間內完成。唰——一道鮮血自他的鼻腔流下。但是，專注到極點的約翰並未察覺。

「……我來工作就行了。只要我來補上這個空缺，就沒有任何問題……！」

「——齊射開始！」

另一方面，帝國海軍在海上逆轉戰局數小時後。在帝國中央偏北，有小山丘連綿的齊歐卡進軍路線上，薩利哈率領的部隊成功地奇襲了敵軍。

「喂喂，真的成功繞到敵軍背後了！死馬當活馬醫也值得試試啊！」

「才不是死馬當活馬醫！我說明過這是針對敵軍搜查網的漏洞吧！」

蘇雅一邊與他並肩發射十字弓，一邊吐槽。她在伊庫塔手下培養出的眼光，準確地看穿了敵軍部隊的行動發生致命疏忽的瞬間。

「和至今的敵人不同，這個部隊有破綻！這是占據優勢的機會！」

「不必妳說我也知道！既然咬住了頸子，我可不會輕易鬆口……！」

薩利哈朝風槍填充新子彈同時喊道。到目前為止單方面的防禦戰立場逆轉，讓士兵們忘了疲勞士氣漸增。

另一方面，也有部隊在同一時間陷入困境。伊格塞姆榮譽元帥率領的游擊騎兵部隊——自戰爭初期便以出類拔萃的表現迎擊敵軍的他們，在此時也厄運當頭。

「哈哈……看樣子不太妙不是嗎？隊長……」

「情況可以說極度危險。」

與那句話相反，炎髮將領用一如往常的沉穩語氣說道。他們置身的困境一目瞭然。首先——最低應該以連規模行動的人員，只有不足一個排的二十人左右。最嚴重的是，他們全員都沒有騎馬。手中只拿著白刃戰用的武器，孤立於戰場中央。

「雖然霧氣瀰漫時還能藏身，一旦霧氣散去就沒有任何東西遮蔽我們了……我們必須趁著還沒起風，決定下一步的行動。」

正如伊格塞姆榮譽元帥的說明，他們週邊瀰漫著濃霧。霧氣目前讓他們避開敵兵耳目，可是追溯起來，這也是害騎兵們陷入這個困境的原因之一。他們在強行軍途中碰到敵軍部隊展開混戰，結果還跟部隊同袍們走散了。

「雖然沒什麼自信……根據我在騎馬時看到的範圍，那邊敵兵人數大概比較少。如果要賭一把單點突破，就選那邊。」

妮雅姆．奈伊中尉說出她眼尖觀察出的資訊。炎髮將領一瞬間下了決定。

「不壞的提議。不過，有必要盡可能減少賭博的因素。」

伊格塞姆榮譽元帥說著站起身。奈伊中尉看著那道離開他們的身影，慌忙小聲地叫住他：

「等、等等？你要去哪裡？隊長。」

「我單獨負責聲東擊西。奈伊中尉，由妳帶頭在這段期間突破包圍吧。」

「——不，我不明白你的意思。什麼單獨負責聲東擊西，戰爭不是這樣打的吧。」

當部下揮揮一隻手表示不可能，炎髮將領不再繼續說明，準備離去。可是，妮雅姆用雙手從背後抓住他的軍服。

「不……不不不，等一下，隊長。我知道你的劍術很強，但這樣實在太逞強了。照我剛才提議的，所有人一起單點突破吧，吶？」

「不。對於部隊陷入困境的現狀，身為指揮官的我必須負全責。」

「這種責任，不是叫指揮官單獨大量砍殺敵兵來負責的。如果在你亂來的時候霧氣散了怎麼辦？你會一口氣被打成蜂窩的。」

「無須顧慮。即使我無望生還，也會確實完成聲東擊西的任務。」

炎髮將領淡淡地斷言。那毫無起伏的語氣，激得妮雅姆發了火。

「……啊～雖然扯了一堆，我看隊長你——總之覺得自己死了也無所謂嗎？」

「…………」

「感覺很不好耶，超級差的……儘管我聽說過你女兒去世了。你是否在連自己都不知道的情況下，得了想尋死的病？」

妮雅姆忘掉雙方的階級差距抱怨，從懷中掏出一根繩索綁在自己與炎髮將領的腰帶上，不知在想什麼地將兩人繫在一塊。就連伊格塞姆也不禁發出疑問：

「……這是什麼意思，奈伊中尉。」

「所以說，照最初的計畫行動吧。朝那邊單點突破。既然你在刀劍交鋒上很強，由你在身邊保護我們不就好了。」

「……伊格塞姆的雙刀適合以寡擊眾，但要一路保護多位同伴單純地人手不足。我考慮過這一點才會決定聲東擊西，那我割斷繩索了。」

炎髮將領正要以短劍劍鋒割斷繩索，卻被妮雅姆伸手遮住，彷彿在說要是砍得斷你就砍下去啊。

「……奈伊中尉。」

「囉嗦～笨蛋──看到主動浪擲性命的傢伙我就很不爽，受到那種傢伙保護就更令人生氣了。」

妮雅姆拋出禮貌消失得無影無蹤的一段話，從鼻子裡哼了一聲。

「告訴你一件無聊的事吧──我也有一個孩子死了。」

「──────」

「……我沒把他好好生下來，母子兩人在產房面臨生死關頭，不知為何只有我活了下來……唉，雖然他不是我期望想懷的孩子。既然懷孕了也沒辦法，在可能的範圍內疼愛他好了——我才剛這麼想，事情就發生了。

那並非只屬於你家的悲劇。世上到處都有孩子比父母早死的事情——那發生以後要怎麼辦？覺得害死自己孩子，沒資格當父母的人活下去也無濟於事，趕緊追隨孩子而去？不不——開什麼玩笑，不是這樣吧。」

妮雅姆吊起眼角揪住炎髮將領的胸膛。周遭的同伴們張大嘴巴。多半——在帝國漫長的歷史上，沒幾個人對伊格塞姆做過這種舉動。

妮雅姆揪著他的胸膛往下扯，嘴巴湊到他的耳畔，以音量小得周遭聽不見，卻直刺對方鼓膜的尖銳聲調宣言：

「『給我認真地活著』！難看地掙扎叫嚷哀求別人饒你一命，然後再死！人類就是這樣的生物吧！即使想活得乾乾淨淨也活不下去，即使動了想死的念頭還是想活下去！是整個身軀沉浸在泥潭中，仍然頑強活著的生物吧！我就是像這樣活過來的！往後也會像這樣活下去！」

「——————」

「如果打算過著厚臉皮的人生，首先要從無論如何都緊緊抓住自己這條性命開始做起！拿我當範本吧，隊長！

如果模仿得成功，到時候我會給你好康，照料你那根棍子的——！」

妮雅姆說完想說的話，鬆手放開他的胸膛。她將心情轉換到脫離這個困境上，但在下一瞬間感覺到糟糕的變化。

「──嘖，糟糕！風──！」

她發覺時已經太晚了。開始吹起的風逐漸吹散包圍他們視野的霧氣。只能趁著還有霧殘留時快跑──妮雅姆下了決定，望向同袍們──

「──趴下。」

「咦？」

炎髮將領一手抓著她的頭，連同她一起倒在地上。此時，齊射的槍聲傳遍四周。在霧氣散去後的空間中現身的齊歐卡士兵們全身到處中彈，陸續倒伏在地。

「──你太久沒在前線指揮，直覺變遲鈍了嗎？真粗心大意啊，索爾。」

帝國士兵們依然一邊射擊一邊前進。將妮雅姆等人包圍在那支隊伍中間後，眼熟的翠眸將領扛著風槍出現在他們面前。炎髮將領立刻起身敬禮。

「我無法反駁。感謝救援，雷米翁上將閣下。」

「不足掛齒。若是這種數量的敵人，也許你也可以單獨打破包圍網。」

雷米翁上將看著部下們正在掃蕩中的敵軍情況這麼說，目光忽然轉向癱坐在炎髮將領腳邊的妮雅姆。

「……那麼，那邊的軍官和你之間為何繫著腰繩？」

「她綁住我向我說教。說我不珍惜性命，叫我更認真地活下去。」

伊格塞姆榮譽元帥一臉認真地回答。雷米翁上將忍著笑揚起嘴角。

「……你從什麼時候開始有了幽默感？索爾。我不會說這樣不好，但別在這種情況下逗我笑，我會分心。

不過，你們失去了不少馬匹啊。這裡也不安全，快點返回後方基地吧。在補充馬匹之前好好休息，你們游擊部隊已經足夠賣力了。」

翠眸將領說出慰勞的台詞，命令擊退敵兵的部下們撤退。與他們並肩朝後方陣地走去，炎髮將領向正努力解開綁得太緊的腰繩繩結的部下悄然開口：

「奈伊中尉，可以問妳一個問題嗎？」

「是、是？」

「先前向我說教時，妳最後向我說了一句『我會照料你那根棍子的』。我還不明白那句話的意思，棍子是指什麼？」

他不開半點玩笑，神情認真地發問。在啞口無言的妮雅姆斜前方，雷米翁上將這次終於忍耐不住爆笑出聲：

「……我不是說了別逗我笑嗎，索爾……！」

另一方面，在南邊海上。馬修率領的砲兵部隊提供的支援——即利用無風時機自陸地開火的砲擊一口氣逆轉了不利的戰況，將所有船艦改為雙排槳戰船的帝國海軍更是一氣呵成地向受困的齊歐卡艦隊發動攻勢。

「——啊，狀況不錯！果然海戰還是得像這樣才行！」

尤爾古斯上將在旗艦的前方甲板上大呼痛快。以船頭衝撞敵艦側面，直接讓士兵自連接處登船展開白刃戰——在爆砲艦逐漸成為主流的未來海戰中，這種戰鬥形式將逐漸減少。不過唯有這一次，它為帝國軍的優勢帶來了助力。因為所有船艦皆為爆砲艦的齊歐卡海軍，最想避免海戰發展成這種形式。

「上將，最好別走到太前面……！請退到這邊的盾牌後方！」

「你真愛操心。如果上將躲在那種地方，士兵們也鼓不起鬥志吧。不必那麼提心吊膽，流彈也很少打中人！」

尤爾古斯上將無所畏懼地在甲板上前進。雖然已鎮壓大部分敵軍，不知何時會有新的敵人自眼前的敵艦登船。副官連忙跟在他的背後。

「上將，請留步——哇！」

他的鞋底踩到敵兵的血跡打滑，即將以背部著地摔在甲板上——當副官做好覺悟想擺出減緩衝擊的動作，有人牢牢地抓住他的手臂。

「哎呀……沒事吧？」

「咦——啊，是的！謝謝！」

副官慌忙道謝站起身，看見一名與自己穿著相同帝國海軍制服的尉級軍官。雖然不記得對方的長相，在這艘旗艦上有他不認識的人也不足為奇。當他準備問對方叫什麼名字時，那人笑著轉身。

「下次請小心點，尤爾古斯上將就是那樣的人，如果對他大膽的舉止通通都在意，那可什麼事也做不了。」

男子留下忠告後邁開步伐。看到他走向尤爾古斯上將，副官也慶幸地跟在後頭。

「──在戰鬥中打擾了。可以向您報告嗎？尤爾古斯上將。」

他以沉穩的聲調向司令官攀談。尤爾古斯上將聽到後立刻反應。

「嗯，無妨──有什麼事？『鄧米耶』。」

尤爾古斯上將在回頭的同時呼喚他的名字。緊接著──隨著過於簡單的滑順觸感，站在他眼前的男子腹部掠過一陣劇痛。

「──咦？」

男子神情愣愣地說，注視著刺中腹部的彎刀刀身──下一瞬間，他雙手按住腹部跪倒在甲板上。他僅僅抬起冒著冷汗的臉龐，注視在他問候的同時刺向他腹部的對象──比起被刺傷，真面目被識破更令他大受衝擊。

「……為、為什麼……」

「這不是什麼了不起的判斷。人家只是預測如果你要來取人家的腦袋，大概會在這個時機過來。」

尤爾古斯上將將彎刀刀刃搭在肩頭，大而化之地斷言。那句話讓昔日自稱鄧米耶．剛隆的亡靈啞口無言。一切都在對方意料之中嗎？——無論是自己遲早會來暗殺他，或是時機在這場決戰途中都是。

「還有另一點。『在戰鬥中打擾了。可以向您報告嗎？』——你的語氣太冷靜了。我們剛把副官全部替換為年輕人，在戰鬥中沒有人敢用那麼大膽的口氣找人家攀談……明明特地更換了長相和嗓音，卻放著那膽大包天的膽子不管，是你的失敗。既然人家覺得最有你個人特色的重點保持不變，那再怎麼樣也不會上當。」

海軍首長悠然地斷言。他低頭瞥了一眼對方從身上滴落淋濕甲板的鮮血。

「雖然是致命傷，看來還有選擇死法的餘地。隨你高興吧。既然你也是亡靈的一份子，應該有一、兩個想堅持到底的決心吧。」

選擇自己結局的權利。在最後收到這種禮物，湧上心頭的懷念令亡靈浮現苦笑。

「你還是沒變。無論是嚴厲的一面或溫柔的一面，真的都沒變……那麼，承蒙好意。」

亡靈說完後從袖口拔出小刀，以瀕死的身軀奔向眼前的暗殺對象。尤爾古斯上將舉起右手的彎刀迎擊——他的「現任」副官整個人衝過來擋在他眼前。

「——？」

「哇啊啊啊啊啊啊！」

副官抓住亡靈腰部按倒他，直接跨在身上勒住他的脖子。尤爾古斯上將與亡靈臉上浮現同樣的驚訝。

「喂……你。」

「啊啊啊啊啊啊啊啊啊啊！不、不准動上將！離他遠點！」

男子連長官的聲音都沒聽進去，吶喊著一直勒住亡靈的脖子。經過誰都無法插手的數十秒後，

帝國海軍首長發出嘆息。

「……就到這裡饒了他吧，他已經死了。」

「……咦？」

當他指出這一點，副官愣愣地低頭看著對方——亡靈已經保持雙目圓睜忘了眨眼的表情斷了氣。

他並非死於窒息，而是腹部傷口的出血量在跟副官扭打時達到了致命程度。面對出乎意料的結果，

尤爾古斯上將來回看著依舊茫然的現任副官與剛剛斷氣的前任副官。

「雖然和那傢伙類型不同，你也奇特地膽大包天啊——人家有點改觀了。來，這是獎賞。」

他從口袋中掏出某樣東西扔給副官。副官連忙用兩手接住，低頭看著手中的東西瞪大雙眼。

「珍、珍珠……？」

「這叫賞罰分明。膽敢背叛就宰了你。」

尤爾古斯上將用與姪女競爭採牡蠣時的戰利品代替獎賞，再次低頭望著已然斷氣的前任副官。

從他的目光感受到不該介入的氣氛，現任副官慌忙站起來退後。帝國海軍首長向仰臥倒在甲板上的

亡靈遺體開口：

「雖然你大概聽不到了，說到底，我認為你挑錯了背叛的對象……比起像這樣偷偷摸摸地靠暗算別人維生，在我的船上工作快樂得多對吧？吶，鄧米耶。」

尤爾古斯上將以腳尖踢了對方肩膀一下——那張在海上仰望天空的遺容，看來倒也像是帶著一絲苦笑。

「——到了這個地步，終於開始出現細微的失誤了。」

結束一段通訊的伊庫塔如此呢喃，一再深呼吸向大腦輸送氧氣——在這場戰爭期間，不只指揮下的士兵們，他也留意不讓自己過於疲勞。

「——在阿納萊博士提倡的概念中也有一項『注意力資源』，簡單的說便是指集中力、注意力——此處的關鍵在於，那些是有限的資源。與體力等等一樣，一旦使用必定會相應的消耗。而且只要不休息，就不會恢復。」

那對於伊庫塔而言是無比天經地義的概念。不過，對約翰而言並非如此。對於理所當然地持續濫用自身的「不眠的輝將」來說，這種想法實在太過陌生。

「約翰，你也並非與這個法則無緣。疲勞會在看不見的地方累積，導致大腦逐漸疲憊——當然，你在思考的持久力方面也具有卓越非凡的能力吧。加上不眠這種特殊體質，你應該會無意識地認定，自己的集中力不可能耗盡。

事實上，在過往的戰爭中這麼認知也無妨。因為在戰場上處理的資訊量，大概連一次也不曾超出你的負荷……只是，從這次開始情況不同。你應該也是第一次指揮規模這麼龐大的大軍——再加上精靈通訊這種技術的出現，帶給司令官的資訊量也躍升幾個量級。」

不同於肉體的疲勞，心理的疲勞難以有顯而易見的切實感受。因為判斷疲勞程度的同樣是心理的機制。若不在外部設定明確的基準規範自己，人類不管怎樣都會忍不住逞強。工作愈認真的人，這種傾向愈明顯。

「第一次目睹精靈通訊時，你應該這麼想過——只要運用這個技術，便能將自己的意志反應在戰爭所有的現場上。不會再為了前線指揮官實力不足而苦惱……而且，實際上你也這麼做了吧。企圖以禁止現場軍官自行動腦思考，要求他們忠實執行你的命令來實現歷史上前所未有的『完全的軍隊』。」

這乍看之下是無比美好的願景，實則代表將指揮軍隊的負擔集中在一個人身上。站在那種立場上忍受至今，導致眾人認為如果是他就辦得到，對約翰而言是種悲劇。

「我瞄準的是那種傲慢——在至今的戰鬥中，我致力於消耗你的注意力資源。指派士兵們反覆進行不可解的行動，也是為了讓你思考『這個行動有什麼目的？』。即使行動本身並無任何意義，迫使你思考這件事是有意義的。」

據說人類能以全速奔跑的時間不到十秒。既然注意力資源有限，腦力勞動顯然也有同樣的極限。哪怕至今一次也不曾切實感受過，所有人類的確都有其極限存在。在指揮全軍與伊庫塔．索羅克相爭這個未知的領域，白髮將領有生以來第一次碰到自己的極限。

「隨著齊歐卡海軍落敗，本該由他們承擔的戰場負荷一口氣落在你頭上——崩潰的時候到了，約翰．亞爾奇涅庫斯。

你從一開始便搞錯了。這並非我與你的對決。因為——不管有沒有精靈通訊，戰爭是大家一起打的！」

「嗚——嗚啊啊啊啊！」

約翰口中迸出慘叫。在周遭部下們愕然的注視下，青年一頭撞在附近的柱子上。

「為什麼！為什麼我的腦袋在這種時候無法運作！動啊——求求你，動啊！只有現在！不在這裡運作的話，我的生命就沒有任何意義……！」

只有焦躁在他體內空轉——不解決不行的問題明明堆積如山，他的意識卻無法集中在那些事情上。思緒宛如忘了加潤滑油而生鏽的機關般僵澀沉重，這種情況至今從未發生過。無論不眠不休工作多久也不曾叫苦的大腦，為何偏偏在這一次——！

「——啊——」

那一瞬間，約翰看見了。在同一間司令室的不遠處——他的家人不知不覺間站立在哪裡。父母還有姊姊。他們臉上沒有浮現任何表情，無庸置疑的意念卻傳達過來。繼續燃燒生命——你不允許倒下。

「……沒事的……沒事的，媽媽、爸爸、姊姊……！我辦得到，我不會在這種地方跌倒……！我會拿下勝利，一定會拿下勝利。所以——！」

鮮血從眼角與鼻中滴落，約翰帶著扭曲痙攣的可怕表情回到精靈們面前。立刻傾注而下的龐大資訊量豪雨令他頭暈目眩——可是，他不能被壓垮。當他鼓起精力拚命鞭策衰弱的心靈，試圖接受並嚥下那一切時……

「——嗚？」

出乎意料的，有人從背後用力抱住他。

「……米雅拉……？」

愣住的約翰呼喚在背後的副官之名。米雅拉加重了擁抱對方的力道。

「……你的家人不在那裡。」

她以顫抖的聲音說道。那是他雖然清醒卻不斷看到的惡夢。她與至今一直裝作視而不見的惡夢正面對峙，加以否定。

「他們不在那裡。責怪你的家人，是你本身的罪惡感創造出的幻影——讓你活下來的他們，不可能期望你以這種形式毀滅……！」

米雅拉篤定地大喊。淚水從她眼中奪眶而出，滴落在青年背上。好溫暖，約翰在茫然思緒的某處想著。

「求求你——休息吧。你工作得夠久了。無論是國民或卡克雷閣下，我不會讓任何人挑你的毛病。所以，約翰要去睡了。要抱著溫柔的美夢靜靜的休息……然後，請邁向『明天』。邁向你從失去一切的那一天起，連一次也不曾迎接的明天……！」

愈聆聽她的話語，不曾感受過的漂浮感愈是包圍約翰全身。佇立在視野角落的家人身影漸漸變得模糊消失。

於是，回過神時，約翰站在一片一望無際的白色空間裡。

姊姊面帶平靜的微笑站在他身旁。不可思議的是，現在從她身上感覺不到責怪他的意思。他困惑地轉動目光，發現父母也同樣帶著柔和的笑容站在身邊。

「姊姊——還有爸爸、媽媽……為什麼……我明明應該——」

還沒有資格得到你們如此溫柔的表情，青年心想。因為我什麼也還沒償還。不過與他的困惑相反，姊姊伸出雙臂輕輕環抱他的身軀。令人想哭的懷念感逐漸充斥胸中。

——辛苦你了。你真的……真的很努力，約翰。

是姊姊的聲音，約翰想著。並非沉默的責怪著他，那話語中充滿關懷。自從遺忘睡眠以來，他在相隔多年之後再次聽見家人的聲音。

——好了，休息吧，我的寶貝弟弟。我來唱你喜歡的搖籃曲給你聽。

姊姊如此說道，緊抱著弟弟哼起歌。那首各處加上即興變調，有點古怪的搖籃曲，約翰記得很清楚。正如她本人奔放的性格，姊姊每次唱歌時都會替換歌詞。

「——你有很好的家人。」

又有意外的聲音響起。約翰驚訝地望去，看到熟悉的黑髮青年站在離正面有段距離的位置上。

「……索羅、克……」

「我也不輸給你喔。我媽媽的歌聲非常清澈。」

伊庫塔像較量似的說完後轉過身，背影仍在訴說著。

「盡情睡過頭吧。如果醒來後還很睏，就多睡幾次回籠覺。直到沁染全身的疲倦消除為止，絕對不准下床。在那之前，我這邊會處理好各種事務，讓你工作的理由減少一點。」

伊庫塔這麼說著邁開步伐，緩緩的遠離約翰。明明想留住他，想奔上前抓住他的肩膀，雙腿卻無論如何也動彈不得。感受到全身逐漸脫力，約翰拚命地伸出手臂。

「……等等……等等，索羅克。我和你的對決尚未——」

結束，約翰主張道。伊庫塔只是半轉過身，臉上追加浮現壞心眼的笑容。

「我才不奉陪，這是對你害得我工作到慘兮兮的回敬。晚安，約翰——以後在房間裡好好放張床鋪吧。盡可能挑尺寸寬一點的，免得翻身時摔下去。」

那句話成為最後的告別——搖籃曲帶來的安寧，將約翰的意識從苦海中解放。

從某一瞬間起，米雅拉緊緊擁抱的青年身軀變得沉甸甸的。

「……約翰……？」

她以雙臂支撐他的體重，戰戰兢兢地探頭注視對方的臉龐，啊……她喊出聲——他正發出了睡夢中的吐息。約翰輕柔地閉上眼瞼，在睡夢中發出健康的吐息聲。

「…………嗚……」

米雅拉心中充滿強烈的安心感。於是她心想——他終於願意結束了。他終於能放鬆了。

「司、司令官……」

部下們一臉不安地走過來。他們的目光到現在仍然依賴著白髮將領——即使如此，她不會讓人再依賴他了。米雅拉斷然打碎他們心中殘存的期待。

「作戰計畫已不可能繼續……我自總司令官手中暫時接下指揮權，於現在時刻放棄入侵帝國本土。」

米雅拉這麼告訴眾人，並發出簡短的指示。她在部下協助下將約翰搬到隔壁的休息室，讓他輕輕躺在床鋪上，又在周遭張設隔板——好讓之後無論發生任何事都不會干擾他的睡眠。

「全軍開始撤退——迅速通知各部隊的軍官。」

「……喂，那是……」

這裡是帝國領土最終防衛線，由庫巴爾哈．席巴率領的帝國軍部隊鎮守。他們從壕溝內注視敵軍，開始發覺異狀。

「……你看到了嗎？」「……嗯。敵人在撤退……？」

齊歐卡士兵們踏著謹慎的腳步與他們拉開距離，從後排開始依序組成縱列陸續原路折返。至今承受猛攻的帝國士兵們，抱著難以置信的心情注視那一幕。面對同樣的景象，他們的指揮官毫不大意地展開通訊。

「……我是庫巴爾哈·席巴。敵軍開始從這邊的路線撤退，也許是將戰力集中到你們那邊的前兆。千萬要保持警戒──」

「──不，這邊的敵軍也在撤退。」

在另一個地點，由薩利哈史拉格率領的部隊防守的陣地。正回應通訊的他，從壕溝內觀察敵人的情況同時回這麼回答。一顆心在覺悟與期待之間搖擺，他身旁的蘇雅屏住呼吸。

「砲兵開始撤退，殿後的步兵部隊也開始慢慢退後。週邊的迂迴路線也傳來相同的報告……這該不會是……」

「……托爾威中校，這是……」

在齊歐卡軍當成迂迴路線的南邊小徑上。在托爾威指揮下迎擊齊歐卡軍的狙擊兵們，同樣目睹敵人逐漸退後。翠眸青年在藏身的樹枝上悄然開口：

「……我感覺到對方的戰鬥意志在消退。這多半不是單純的轉移……」

「──啊啊──結束了嗎？」

在接舷的帝國軍艦士兵們登船，正展開白刃戰的「白翼丸」艦上。收到結束通話趕來的部下提出的報告，艾露露法伊隨著不可思議的理解接受了那個事實。

「……葛雷奇，抱歉，讓部下們退下。」

「……太母大人。」

原本舉著戰斧威嚇敵人的葛雷奇也從那句話領悟一切。艾露露法伊環顧手持彎刀殺氣騰騰的帝國士兵們，從其中挑出一個人。

「妳是那邊的艦長吧？──就在剛剛，我軍司令部發出全軍撤退的指示。繼續戰鬥只會造成無益的犧牲，並非我的本意。我提案停戰，妳意下如何？」

聽她這麼說，波爾蜜愣愣地瞪大雙眼。要正熱切投入戰鬥的她突然調轉方向很困難。由於想不出正確的應對，波爾蜜找在附近戰鬥的同袍攀談。

「……該怎麼辦？尤琳。」

「別問我～！無論如何，都要報告、聯絡、商量！」

「啊，對喔——呃，總之我會通知長官，你們也要出示司令官的同意。」

「雖然想這麼做，我方旗艦已被你們的同袍鎮壓了。在剩餘的軍艦上，軍階最高的人好像是我。直接將這段發言視為艦隊整體的意思也無妨——」

「……他們開始聯手救援士兵了。看樣子結束了。」

在海岸邊散開的砲兵部隊。負責指揮的馬修放下用來觀察海戰狀況的望遠鏡——進入那種白刃戰後，爆砲已經無法支援。雖然只能相信海軍的力量在一旁觀看，他們似乎沒有背叛那份信賴。

「真是只有毫釐之差的勝利，少校……萬一我等的布署位置有偏差就完了。」

「提到這一點，如果海軍沒將敵人引來此處也一樣……真的、真的好險。就算叫我再重來一次，我也絕對不肯。」

馬修語帶嘆息地回答，舒適的海風輕柔地撫過他的臉頰。那段令齊歐卡海軍為之驚愕的突兀無風狀態已然結束。等到停戰協議與救援落水者的作業完畢後，立刻就能航行了吧。

微胖的青年抱著卸下肩頭重擔的心情。在他身旁，還看著望遠鏡的部下戳戳他的肩膀。

「……少校，那好像是送給你的。」

「嗯？」

馬修疑惑地接過部下遞來的望遠鏡窺視過去，當他的目光對上部下指出的方向，理由立刻落入眼簾。

「——哈哈，那傢伙。」

波爾蜜像喀爾謝夫船長般自豪地站在船頭，朝陸地拋出飛吻。馬修也一手高舉向天，回應那充滿她個人特色的勝利歡呼。

同一時刻，位於戰線遙遠東方的齊歐卡共和國首都諾蘭多特。在議事堂辦公室收到聯絡的阿力歐，在就任執政官以來首度癱坐在自己的椅子上。

「閣、閣下——！」

他連部下擔心的呼喚也聽不進去。以堅若磐石的準備展開的決戰、應該筆直朝勝利前進的完美構想、齊歐卡共和國通往繁榮的道路——逐漸崩潰得無影無蹤，逐漸被封閉在黑暗中。

「——他輸了嗎？我的兒子？」

即使試著將事實說出口，他也絲毫無法接受。他的英雄應該會為他帶回勝利。哪怕代價是將生命燃燒殆盡，唯有勝利應該是堅定不移的結果。因為英雄就是這樣的生物。

那是他懷抱的幻想。到頭來——這名男子比起其他人更加深信約翰・亞爾奇涅庫斯的勝利。以如同幼童般的純真心態，等著正義的夥伴凱旋歸來。

「……原來如此，了解。」

離帝都不遠的最終防衛線一角。保衛此處的雷米翁上將正聽完來自其他部隊的報告。

「齊歐卡軍開始自戰線全域撤退……我等似乎堅持到底了。」

他結束通話，向站在一旁的炎髮將領報告狀況。跨越一連串連戰，現在仍在待命等候白刃戰的索爾維納雷斯，聽到消息後靜靜地頷首。

「……要死可真不容易啊，泰爾。」

雷米翁上將驚訝地瞪大雙眼。泰爾──他有多少年沒聽過他呼喚那個由巴達開始喊起的暱稱了？

「──沒錯，就是說啊，索爾。」

正因為如此，他理所當然的回應。即使相隔漫長的時間，那個稱呼喊起來依然很順口。

於是，戰爭勝負已定的通知也傳到聳立於帝都邦哈塔爾中央的皇宮。

「……做得好。你真的做得很好，索羅克……」

在辦公室內，夏米優結束通話如此自言自語。迫不及待的瞬間近在眼前，少女的肩膀顫抖著。

「總體戰入侵失敗的齊歐卡已沒有後路。戰爭──漫長的戰爭結束了。不斷出現無意義犧牲的日子，這麼一來終於迎向終點……」

她一邊這麼說，一邊想著至今喪失的生命的數量。不管再怎麼道歉也得不到原諒。可是——那些犧牲現在終於得到了回報。

「……然而，這個結果『並不代表帝國的勝利』。」

夏米優放低聲調喃喃地說。她一直懷抱在胸中的企圖，即將結束胎動的時刻。

「這樣遲早只會回到原本的狀態。只會對短暫的勝利得意忘形，繼續依賴作為最終解決者的軍方。這種事情沒有意義。為了不讓歷史再度重演——必須從根本破壞錯誤的結構本身。」

那是夏米優．奇朵拉．卡托沃瑪尼尼克的夙願。身為皇帝掌握帝國軍統帥權的她，可以在這一瞬間以最鮮明的形式背叛國家。她要拋棄接下來應該會取得的本國的勝利，無比殘酷的褻瀆士兵們的奮戰。

想像著自己實行這件事後，被國民的憤怒與怨恨五馬分屍的模樣——她突然露出微笑。這個結局是多麼叫人安心啊。

「完成夙願的時候到了——我要親口發布敕令。西亞，開啟玉音放送。」

她早已做好心理準備。為了結束進入黃昏的帝國，她向繼承至炎髮少女的精靈攀談——得到的回應卻是如岩石般的沉默。

「……西亞？」

夏米優感到疑惑，再度呼喚在桌上的搭檔。應該回應皇帝的要求，向國內所有精靈展開通訊的貼身精靈，沉默地搖搖頭拒絕執行。夏米優感到很困惑。是有什麼程序不完備嗎？正當她要向西亞詢問那個理由時……

「——肅穆恭聽。」

「？」

玉音放送突然在她眼前展開。說話的人不是她，卻是她絕不會認錯的聲音。

「代替第二十八代皇帝夏米優・奇朵拉・卡托沃瑪尼尼克，帝國陸軍元帥伊庫塔・索羅克向全體國民發布敕令。」

青年的聲音開始訴說。夏米優無法接受狀況，用雙手抓住西亞的身體呼喚聲音主人的名字。

「索羅克……？」

「全軍停止戰鬥——帝國於現在時刻戰敗。重複一遍，帝國於現在時刻戰敗。不允許追擊撤退中的敵軍。重複一遍，不允許追擊敵軍——」

十分清楚在指揮下的所有士兵以及擁有精靈搭檔的所有國民都會聽見，伊庫塔這麼告知……玉音放送是單方面的聯絡手段。即使明知這一點，他彷彿感受到人們在無數精靈的另一頭倒抽一口氣。

「在齊歐卡軍撤退完畢後，各位也返回各自的基地……謝謝大家，你們真的很努力奮戰。」

在宣布戰敗後這麼說，才是最糟糕的詭辯，青年心想。踐踏了部下們所有的努力，真虧自己能在言猶在耳時說出感謝的話來。

「元……元帥閣下？剛剛的命令究竟是——」

梅格少校愣愣地瞪大雙眼。他甚至沒產生憤怒的反應，僅僅感到困惑。看著副官展現不變的信賴，連想都沒想過自己會背叛的樣子，比任何言語都更刺痛伊庫塔的心。

「……這並非什麼奇策。對不起，梅格少校。」

糟糕，伊庫塔在說出口之後感到後悔……他明明決定，從這一瞬間起再也不向任何人道歉的。

「再補充一下，我並非突然發了瘋。我從一開始就打算這麼做。在這場戰爭開始後——不，從遠在戰爭開始之前起，我便以這個目標來戰鬥。」

「——啊——」

當他說到此處，梅格少校終於接受眼前的狀況。他開始領悟到不該發生的事情發生了，不過理解還需要一段時間才能超越困惑。在他決定自己應該採取的行動前，伊庫塔先行告訴了他：

「儘管沒資格這麼說，你晚一點再召喚衛兵——我還剩下一個必須對付的敵人。」

他在說完後掉頭。在副官茫然的注視下，他左手觸碰腰際的短劍離開司令室。

「好了——我們走，雅特麗。」

「這——這是怎麼回事？」

在戰線後方，擠滿傷患的野戰醫院裡。在那裡聽到玉音放送的士兵們，立刻坐起負傷的身軀慌亂起來。

「怎麼──怎麼搞的，說我們戰敗……！」

「敵軍撤退了吧？我們保衛了國家吧？不是我們贏了嗎！」

「元帥閣下到底在想什麼──」

帳篷裡迴響著此起彼落的質疑聲。哈洛無法坐視連重傷傷患也試圖加入的情況，揚聲喊道：

「請冷靜下來，鬧得太厲害會影響傷勢！這裡也有重傷的傷患！」

遭到訓斥的士兵們同時陷入沉默。不過，他們的情緒無法就此平息，向哈洛拋出各種疑問：

「少校──貝凱爾少校有聽說什麼嗎？」

「沒錯，妳和元帥閣下關係應該很親近吧！剛才的命令究竟是怎麼回事──嗚……！」

不出所料，因為大喊而牽動傷口的人縮起身軀發出哀鳴。哈洛沒被他們的氣勢壓倒，以有力的口吻毅然回答：

「目前還不清楚伊庫塔先生的意圖！……即使如此，我辦得到的事情也有一件！那就是讓你們平安歸還！除此之外的事我一概不考慮！」

哈洛毫不猶豫地告訴他們，被那股氣魄震懾的士兵們不禁詞窮。她回望著他們心想──無論青年有何意圖，被指派的工作都不會變。自己要做的，只有達成任務直到最後。

「好了，乖乖地躺下來。不管發生什麼事，我都不會讓你們的傷勢繼續惡化！」

「——冷靜下來！」

堅毅的呼喝在現場迴盪。在齊歐卡軍離去後的前線，士兵們同樣陷入激烈的混亂中。為了讓他們鎮靜下來，以席巴上將為首的軍官們正努力大聲呼喝。

「你們別慌張！你們應該知道，元帥閣下深謀遠慮！剛才的命令一定也有很深的緣由！」

這段宣言彷彿在說一點也不必擔心。可是，這麼說出口的席巴上將當然也並未正確理解目前的狀況。就連這名從父親那一輩起結識的男子，伊庫塔也沒有告訴他任何事。

「——別焦急！反正照這個耗損狀況，不可能馬上進行追擊戰！現在先重整狀態，等候下一道命令！」

薩利哈舉起風槍朝上空開空槍大喊。當然，他對於這個情況也一無所知。他唯一感覺到的，是與從前的模擬戰相同的氣息——一切都在伊庫塔的盤算中行動這種篤定的預感。

「米特卡利夫中尉，妳的情緒也太激昂了。士兵們在害怕，總之先做個深呼吸吧。」

「……………是。」

他囑咐站在身旁的蘇雅……與其他部下不同，她不吵也不鬧，取而代之的是渾身像鋼鐵般僵硬地保持沉默。能叫出聲還比較好，薩利哈心想。這種感覺簡直像身旁放著即將爆發的爆砲一樣。

「……這種事我可沒聽說過。那個混帳有什麼打算……！」

「…………」

「馬、馬修少校——」

砲兵們充滿困惑的視線匯聚在微胖青年身上。對此沒有什麼話可以回答，馬修在沉默一會之後重新轉向他們靜靜地說道：

「……我們返回中央。」

「可、可是，剛才的玉音放送究竟是——」

「我不知道。他什麼也沒告訴過我……正因如此，不先揍他一拳問出來，什麼也沒辦法做吧！」

馬修這麼回答，鞋底重重踩踏地面。他並非不覺得困惑——並非不憤怒。然而，他不再青澀到會為了那種理由驚慌失措。將激動的情緒全部壓抑在胸中——想像著向黑髮青年宣洩這些情緒的瞬間，馬修開始安排部隊撤退。

「……你想做什麼，阿伊……」

用光手頭所有子彈，正在與部隊一同返回基地途中的托爾威，在沉默不語的部下之間悄然呢喃。

和其他地方不同，狙擊兵們並未試圖質問他。因為人人都靠與生俱來的觀察力從長官緊繃的側臉看出，他也沒有答案。

「……發生古怪的狀況了。你到底有什麼用意？元帥閣下。」

在海上朝南域港口航行的帝國海軍旗艦「紅龍號」甲板上。聞言懷疑地皺起眉頭的尤爾古斯上將手拿彎刀，用一句「……是誰在偷懶！」漂亮地讓中斷駕船作業喧鬧起來的水兵們閉上嘴巴。

「無論如何，我們剩下的餘力只夠返回港口……只能在旁邊關注了。」

「——敵軍久攻不下撤退了！我等保衛了國家，這是無庸置疑的事實！你們沒有什麼好慌張的！」

在最終防衛戰中心，守衛通往帝都道路的陣地，雷米翁上將為了不輸給士兵們嘈雜的喧囂聲拉高嗓門。他同時向身旁的好友小聲發問：

「索爾，你有聽說過什麼嗎？我不明白他的意圖！在戰況翻轉占上風的時候發出單方面的戰敗宣言……！」

「…………」

炎髮將領沉默地搖搖頭。他並未得知任何事——彷彿為這個事實感到羞愧，他用力握緊雙拳。

「為什麼……！為什麼，西亞！為什麼不播放我的聲音？」

在眾人充滿困惑的帝國之中，比任何人都更慌亂的毫無疑問是她。夏米優兩手抓起搭檔西亞，以最大的音量吶喊。

「拜託你回答我……！這樣子不對，一切都不對！背叛的人必須是我才行！在這個瞬間向軍人們灌輸『戰敗』的人，獨自承受他們憎恨的人非得是我不可！這樣立場簡直顛倒了……！」

——焦慮與混亂毫無平息跡象，超出能保持冷靜的極限，少女眼中浮現淚光……究竟發生了什麼事？不應該是這樣的。在當下這個瞬間，理解所有情況人明明應該只有自己才對……！

「你在想什麼，索羅克！甚至瞞過了我，你究竟要做什麼——！」

從前他對馬修說過。姑且不論善惡——所有人都有自己的故事。

他想告訴馬修，別忘了試圖去理解他人的態度。即使在戰爭中難以做到，在其他情況中都要想像對方的背景與背負的苦衷，有耐心地從中找出最適合的互動方式。

不過，青年想著——這世上也有他不希望有故事存在的對象。

「…………」

沒有回答投向自己的所有疑問，此刻黑髮青年一人獨處。

在鴉雀無聲的寬敞房間內，他閉上眼睛靜靜地坐在皮革長椅上——離開司令室後，伊庫塔前往樓下的接待室。那是高級軍官迎接特別訪客的地方。

咚咚，門口傳來敲門聲。在青年睜開眼睛的同時，有人在門外說道：

「元——元帥閣下，宰相來訪。」

「讓他單獨進來。」

他簡短地指示守在門口的衛兵。儘管流露困惑的氣息，衛兵依言讓訪客進入房間。門扉隨著鉸鍊的嘎吱聲打開。出現在門後的男子，臉上龜裂的笑容帶著前所未有的憤怒——正是帝國宰相托里斯奈·伊桑馬。

「——你好大的膽子，伊庫塔·桑克雷。」

男子開口第一句話就這麼說，大步走進室內。伊庫塔並不怕對方異樣的氣勢，忽然笑著聳聳肩。

「怎麼了，這樣怒不可遏真不像你。你對這個狀況有什麼怨言嗎？」

青年像開玩笑一般裝傻。托里斯奈唯獨這一次沒有以諷刺回應，直白地說道：

「……雖然就算即刻將你五馬分屍都嫌不夠，但我按部就班地問你——首先，為何你能使用玉音放送！那應該是只有陛下與作為代理人的我允許進行的偉業。」

伊庫塔淡淡地回答那先逐步清除外部障礙般的問題。

「我在制度上加入了僅限於有事之際使用的緊急措施……因為依照現狀，具備通訊機能的精靈數量有限。雖然是單向通話，如果元帥在戰爭時期也能使用可以對全體國民發出指示的玉音放送，會比較方便吧？不論是調動部隊或讓國民避難，只需要下一次命令即可。跟用緊急情況的代理人名義取得權利的你相比，這種做法在倫理上還算妥當。」

「……你用這種理論，說服了陛下與精靈？」

「我花費了整整一年說服精靈。老實說真的很累人。唉——因為你也曾做到類似的事情，我確信我也做得到就是了。」

青年低聲發笑道。對於對方的態度而非所說的內容感到難以理解的不對勁，托里斯奈謹慎地切入核心。

「我要問第二個問題——這場戰爭應該是帝國拿下勝利。戰爭明明是在你的指揮下走到這一步，為何你在了結之後說出戰敗這種戲言？」

伊庫塔聽到後挺起上半身，以幾近挑釁的傲慢態度從鼻孔裡哼了一聲。

「我反過來問你——你是從什麼時候開始，誤以為我想讓帝國獲勝的？」

青年面露笑意說道。那句顛覆所有前提的話語，令托里斯奈緊緊皺起眉頭。

「父親遇害，母親遇害，我靈魂的半身遇害——我打從心底厭惡這個國家。我絲毫沒有讓這個國家繁榮的想法，反倒看著它徹徹底底的毀滅才痛快。這種人物當上國軍的元帥，最後有這種結果反倒是當然的吧。」

伊庫塔輕描淡寫地說。托里斯奈神情嚴厲地繼續發問：

「……總之，你基於私怨淪落為賣國賊？」

「即使如此，與那個原因大致有關的傢伙也沒資格說什麼。」

始終坦然的青年反擊。他利用元帥這個地位，利用國家軍事力最高指導者的立場來復仇，同時並未流露出一絲內疚。由於太過憤怒，托里斯奈感到一陣暈眩。雖然在本質上無法相容，他本來明明唯獨器重青年作為軍人的責任感。

「夠了。雖然似乎有什麼我不知情的來龍去脈——事已至此，我不想知道深入的理由。你只須立刻受死向陛下謝罪！」

托里斯奈吊起眼角咆哮。咆哮聲穿透房門傳到外面，不遠處同時傳來多人行動的氣息。為了讓眼前的蠢貨倒在血泊中，狐狸召喚屬下——緊接著，自門扉彼端響起的槍聲令他渾身一僵。

「…………！」

「要派你培養的特務闖入這裡是不可能的。我方的護衛可沒那麼鬆懈，至今只是故意放他們自由行動而已。」

伊庫塔依舊坐在長椅上悠然地說，托里斯奈疑惑地凝視他的臉龐。

「……既然看穿到這一步，你應該也沒必要放我進來這裡才對？」

「正好相反，我是為了讓你進來此處刻意露出破綻。如果我徹底嚴加防備，你會事先情況察覺再度逃跑吧？我不想再陪你玩你擅長的捉迷藏了。所以不惜用自己當誘餌，也要釣出你。」

青年淡淡地往下說，眼中的殺氣告訴他——中陷阱的人是你。如同打從心底輕蔑對方的愚昧般，托里斯奈從鼻子裡哼了一聲。

「難以理解。你找我來此處，接下來想怎麼辦？——你應該早就知道，你殺不了我。如果殺害身為帝國宰相又兼大司教神官職的我，這個國家所有的精靈會當場停止機能——」

「你不再是大司教了。從短短兩小時前開始。」

青年打斷他的話尾。托里斯奈抽了抽眼角。

「……瘋言瘋語。看來你並不知道，大司教的地位穩若磐石。一旦被任命為那個職位，在規定的任期中就連教皇也無法罷免。」

「不必你告訴我，我也學習過拉・賽亞・阿爾德拉民的社會制度。別那麼快下結論，我又沒有說你遭到罷免了。」

他拋出謎題般的話語。不過——幾秒鐘後，男子宛如腦袋遭落雷擊中般察覺。

「——難道說？」

「正是那樣——兩小時前，拉普提斯瑪教皇與除了你以外的大司教們聯名宣布解散阿爾德拉教團。」

伊庫塔用重重的語氣告訴他。托里斯奈臉上浮現前所未見的情緒波動。

「你不知情吧？的確正如你所言，以教皇的權限無法罷免大司教。不過——只要有過半數的大司教同意，即可結束組織本身。這麼一來就沒什麼罷免不罷免的了。因為擔保你地位的基礎本身已經不復存在。」

青年臉上浮現乾笑說明道，狐狸依然無法接受那個事實，朝他搖搖頭。

「……不可能。我和教皇仔細地協調過利害關係。考慮到在今後維持拉・賽亞・阿爾德拉民，現階段解散教團這種事——」

「你著眼於這一點就犯下了錯誤。私人利益和國家利益——若打算只靠這兩點來束縛她，你完全誤判了葉娜希・拉普提斯瑪這個人物。」

伊庫塔語帶嘆息地否定了對方的說法。想到在遙遠北地做出決定的老婦人，他臉上浮現深深的憂慮。

「自從登基為教皇之後——不，一定是她從還身為一介神官時開始，她一直在苦思人類的未來。孤身一人懷抱真相，孤身一人背負重責……然後，在那場『神的試煉』結束時，終於找到自己應該前進的道路。」

「應該前進的道路……？」

「拉・賽亞・阿爾德拉民作為宗教國家的使命漸漸終結。那便是她的結論。」

伊庫塔斬釘截鐵地說出他與阿納萊博士等人一同親手引導出的那個結局。

「關於精靈的真相，總有一天會向全世界的人們揭曉。這麼一來，阿爾德拉教這個宗教本身就無法再用和過往一樣的形式存在……她並不希望夾在兩個大國之間，像至今所做的一樣將國家維持下去。所以——你提出的交易，打從一開始就離題得離譜。」

只要教皇的任期不結束，自己就不會失去大司教地位——這麼認為的托里斯奈・伊桑馬最嚴重的誤算，是拉・賽亞・阿爾德拉民這個國家，乃是出於維持國家體制以外的目的而成立的。相對於許多國家將無限制的繁榮與擴張當作最大目的，唯有那個國家只將之視為一種手段。透過精靈守護人類的前途正是拉・賽亞・阿爾德拉民的存在意義，若與這個目的衝突，那麼基於教義根底存在的信念、始自立花博士的人類愛，他們連國家的存在形式也能改變。

「當然，國家並非消失得無影無蹤，確切地說是在重組過程中，數天之後會變更人員安排和組織結構加以重建……不過，拉普提斯瑪教皇應該不再是神官領袖了。她本人也不這麼希望。迎接新的時代，她將領導者的任務讓給了後進。」

至今妳真的很努力。關於她，伊庫塔打從心底這麼想……一路以來站在對立的兩個大國之間巧妙周旋捍衛國家，苦惱人類前途的神官領袖。孤身一人抱著無法向任何人揭曉的真相……他甚至無法輕率地想像，那段歲月有多麼沉重。

「而且——我當然早已沒有理由讓你活下去……這一點是彼此彼此嗎？」

伊庫塔注視著托里斯奈告訴他。兩人的眼中映出對方的身影。

「我拆下了你所有自保的外殼。不會有人來救你。這裡只有我和你而已，佞臣。」

「…………」

「你想從這個狀況存活下去——只有拿我當擋箭牌這條路。如果在這個前提下成功與在屋外戰鬥的特務們會合，你說不定有機會逃走……為了達成這一點，首先你當然必須先對付我。」

剖析事情的前提後，伊庫塔從一直坐著的長椅上站起身。他左手拿拐杖，右手拔出腰際的短劍。伊庫塔握著炎髮少女的遺物，將劍尖對準宿敵自腹部深處吶喊：

「賭上性命吧，托里斯奈！像你自己玩弄過的所有人一樣！」

「──────」

青年拋出赤裸裸的戰意。在他目光所及之處──男子忽然揚起嘴角恬不知恥地對經過對話變得沸騰的氣氛潑了冷水，彷彿在說他實在難以奉陪。

「──冷靜一點，伊庫塔．桑克雷。這實在太可笑了。我們彼此明明都不擅長刀劍交鋒，在這種地方互相廝殺這等事──」

「呼──！」

話說到一半，他在毫無脈絡的時機抬腳踩踏地面。托里斯奈以出乎預料的敏捷速度衝向攔住去路的青年，毫不猶豫地向拐杖側面使出一記下段踢。

看到拐杖從青年手中彈開滾落在地板上，托里斯奈確信自己將拿下勝利。青年的身軀失去平衡頹然傾倒。狐狸的手伸入懷中，緊握住藏身的小刀刀柄。接下來該如何料理毫無防備的對手──

「……？」

兩人四目交會。伊庫塔朝著在軍事政變之際留下後遺症的左腿方向倒去的身軀呈斜角停住，雙腿毫無缺陷的支撐起體重，強而有力的踩踏地面。

「喔喔喔喔喔喔！」

青年的雙眼凝視對方的胸膛。面對刺來的短劍劍鋒，托里斯奈卻沒做出保護心臟的動作，取而代之的用右手緊握小刀。男子在比伊庫塔的攻擊慢一拍的時機，抱著同歸於盡的覺悟刺出小刀。

「——？」

可是——原本預測將襲擊胸口而有所防備的衝擊，出乎意料地並未落在托里斯奈身上。他接著感覺到的，是握住小刀的右手手腕被抓住的觸感，與劃過脖子的鮮烈熾熱。

察覺那並非熾熱而是尖銳的痛楚，那一瞬間——鮮血自男子的頸部噴湧而出。

「——嘎——」

小刀脫手掉落，托里斯奈雙手按住脖子當場屈膝跪倒。伊庫塔保持揮下染血短劍的姿勢，冷漠地低頭望著對方。

「……我的腿已經治好了，雖然我沒有告訴任何人。」

他用力踩踏地板，彷彿在展示那個事實。拚命堵住頸部出血的托里斯奈瞳孔張大——腿治好了？什麼時候痊癒的？這不可能。他派去監視的特務們也沒傳回這樣的報告。

「——難道說……」

狐狸口中發出摻雜血泡的顫抖嗓音——青年對包含自己人在內的所有人完全保密。他只能這麼認為。他實在無法接受。在處理與齊歐卡決戰所須的大量準備，那段嚴酷的與時間的戰鬥中——這名男子僅僅為了在這一瞬間殺死自己，持續偽裝左腿有後遺症嗎？他甚至不能在旁人面前快步走路，維持著這樣的謊言嗎！

「你之前給人留下印象的胸口，反正藏著鐵板之類的東西吧？我這麼認為，所以一再反覆練習如何在目光不看的情況下攻擊頸部……我明明從以前起就很討厭白刃戰訓練的。」

伊庫塔自嘲地彎起嘴角唾棄道。正如他指出的一般，托里斯奈在文官制服下穿著輕薄的鎖子甲，胸膛部分更將掩飾凹陷的填充物換成鋼板。他算準對方會瞄準胸口，在軍事政變時也埋下誘使對方這麼做的伏筆。然而，伊庫塔看穿了一切並凌駕於他之上。

「我完全割斷了頸動脈。照那個出血量來看，最多再支撐幾分鐘……我無意補上最後一擊。不管是怨言還是詛咒，在還能說話的時候儘管說吧。」

伊庫塔低頭望著對方，靜靜地催促道。男子發白的嘴唇顫抖的扭曲起來。

「……開什麼、玩笑。我、怎麼可能、死在這種地方——」

托里斯奈喃喃說著，往腰際使力試圖站起來。可是——在他微微抬起身軀的瞬間，腰部卻沉重地往下墜，使男子一屁股跌坐在地上，他不禁愣愣地睜大雙眼。

「手腳的感覺消失了吧……那是死亡的氣息。從末梢開始漸漸缺血。」

「——嗚——」

「即使想站起來也使不出力氣對吧？視覺應該也差不多開始變模糊了。你遲早會連前後左右都分不清……真的只在轉眼之間。我至今看得太多了。」

曾在戰場上目送的許多死亡掠過青年的腦海中。有些人大哭大叫、有些人一片茫然，有些人向珍愛的人留下遺言，分別以各自的形式斷了氣。這個男子會怎麼樣呢？——伊庫塔漠然地想著，在他目光所及之處，趴倒在地的托里斯奈身軀開始顫抖。

「……嗚……」

「……沒錯，很冷吧。因為你的身體看來也流著紅色的血。」

男子的身軀隨著自頸部流出的血液漸漸失去體溫。托里斯奈口中發出沙啞的聲音。

「……好冷……好冷……好、冷……」

意外地平凡啊——聽著斷斷續續的呻吟聲，伊庫塔無動於衷地心想。他想像過男子應該會有更加特殊的臨終反應，而非像這樣漸漸凍死。他以為這名男子口中應該會直到最後都不斷吐露瘋狂，應該會贊美皇室直到斷氣的那一瞬間為止。那便是眼前這頭怪物在青年心目中的形象。

「……好冷……好冷……好冷……」

「…………」

「……好冷…………爸、爸……」

伊庫塔全身僵硬。他希望自己聽錯了。可是——話語還在繼續。以幾不成聲的細微嗓音，用虛弱孩童的口吻訴說著。

「……爸爸……媽媽……哥哥……我在這裡……我……在這裡……」

他竭盡全力地傾訴。向不在此地的對象，甚至不在這個世上的對象傾訴著。他張大的瞳孔不再注視現實。男子此刻注視著自己心中長久懷抱的事物。

「……我會當個、乖孩子……我會一直保衛……陛下和皇室……」

他以迫切的語氣往下說。他想著——他決定奉獻能夠獻上的一切。他會達成任何任務，自願承擔任何苦難與汙名。他對於成為帝國的基礎沒有異議。

因為——對他而言，皇室本身就是從他身上切割掉的可能性。夏米優這名少女，這位既非天生畸形也非未能成功者，實現了神祕血統的女皇，是他與他的兄長熱切夢想的理想形象。他不可能不嚮往。不可能深愛。那裡有他未能得到的一切。那份感情，已經等同於被砍下的手臂對於原本軀體的依戀。

「……所以……所以……總有一天——當我的努力……讓這個國家變得像、從前般繁榮時，到時候……」

——不過，如果得到允許，他想提出僅僅一個，僅僅一個任性的要求。他很清楚絕不會得到允許，早在許久以前便認清連期望都是罪孽深重。然而，作為耗費生涯報國的勳章，他希望這僅限一次的要求能夠實現。沒錯，僅限一次就好。

「……可以請你們稱呼我為……兒子……為家人嗎…………？」

「——！」

伊庫塔臉上帶著激烈的表情抽搐起來。男子在瀕死之際仍然哭泣著。

「……爸爸……我在這裡……爸爸…………媽媽……爸爸、媽媽……」

「……別說了。」

「……好冷……哥哥……好冷…………」

「別說了！」

青年難以忍受地打斷他臨終的獨白大吼。伊庫塔如抓撓般按住額頭，用顫抖的聲調懇求。

「……別說了。別在最後的最後……說出那種有人性的話。」

等他回過神，已經聽不到那個聲音了……怪物死去，人類的遺體倒在地上。

在從父親那一代開始的漫長因緣結束之際，青年得知，這名男子也有他的故事。

「——我要進去了，伊庫塔哥——！」

沒等到衛兵完全鎮壓持續抵抗的特務們，從帝都趕來質問伊庫塔情況的瓦琪耶和約爾加氣喘吁吁地抵達現場。

打開門的那一瞬間——那一幕景象落入兩人視野中。疲憊不堪地坐在長椅上的青年，還有倒臥在他腳邊的屍體。那是托里斯奈·伊桑馬的遺體。

「……瓦琪耶和約爾加嗎？你們動作真快。」

「——啊——」

瓦琪耶停止呼吸。她瞳孔張大地注視著倒臥的托里斯奈。在師妹面前，伊庫塔目光垂落在腳邊說道：

「他剛剛斷氣……依照這個出血量，絕不可能復活。」

他簡短地告知事實，那神情在面對白衣少女時露出一絲苦澀。

「我知道妳在試圖與這傢伙溝通……抱歉，害妳的努力白費了。」

「…………不，我隱約察覺到事情將會如此……」

瓦琪耶用顫抖的聲調回應，同時緩緩地走向遺體。她在一旁的地板上跪下，輕輕探頭注視對方的面容。

「……可是，我無論如何也無法放著他不管。雖然我沒自負到以為自己能設法解決……儘管如此，我還是放不下……因為托托總是孤伶伶的，不管去什麼地方都遭人厭惡……那副模樣，對我來說太過熟悉了……」

她的說話聲漸漸摻雜哭腔。她將眼前男子的生涯，與自己的故事重疊在一塊。

「……這個人是我啊……他是成長時沒遇見阿納萊博士他們、約約和伊庫塔哥的我。是無法融入人類之間，孤獨地長成怪物的我……」

瓦琪耶伸出的指尖，溫柔地替沉默的遺體闔上眼。

「……我曾想要……拯救他……」

看著滴滴答答的淚珠打濕遺體的臉龐，伊庫塔心想——在廣大的世界上，這名少女是唯一會為托里斯奈·伊桑馬的死落淚的人吧。死後有人悼念，對於獨自承受無數憎惡走來的這名男子而言，是否算是小小的救贖？

「……事情就此辦完了。」

伊庫塔把擦去血跡的短劍收回腰際的劍鞘喃喃說道。在無法接受狀況，臉上明顯浮現困惑的約爾加眼前，他靜靜地往下說：

「利用元帥地位的大逆罪。相當於一級戰犯的資敵行為。出於私怨殺害宰相……雖然要算起來其他罪名多的是，大致上就是這樣吧。」

青年淡淡地陳述自己的罪狀，露出微笑。一個極度透明的笑容。

「叛徒就在這裡——可以帶我去該去的地方嗎？兩位。」

第四章

Alderamin on the Sky

將這股溫暖贈予你

由於玉音放送透過國內全體精靈傳達聲音的特性，伊庫塔在齊歐卡軍剛展開撤退後發表的戰敗宣言，等於當場傳到了帝國全體國民耳中。

他們一開始感到困惑，接著是焦躁——軍方輸了。那該怎麼辦？齊歐卡軍明天就會攻入帝都嗎！若是那樣的話，他們會有什麼下場？全部淪為奴隸嗎？

不過隨著時間經過，民眾察覺狀況似乎與最糟糕的想像不同。因為他們得知了齊歐卡軍久攻不下已撤退的事實。兩個矛盾的訊息讓他們困惑不已。敵軍撤退了，元帥卻宣布帝國戰敗。這到底是什麼情況？

不久之後，民眾找到消除矛盾的答案。那便是——元帥的宣言主動搞砸了應當打贏的戰爭這個事實。那並非軍方的判斷，甚至不是女皇的意思，而是伊庫塔．索羅克個人下達的命令。

國民立刻群情激憤。他們終於發現，令人難以置信的無理之事落在自己的身上。理應為國家帶來勝利的軍方背信棄義。圖利敵國，導致帝國落敗。對於帝國軍的盲目信賴作為民心的最後依歸，由於這件事，以非常極端的形式遭到背叛。

受到前所未有的衝擊，該如何行動？人們思考著。按照平常的作法，軍人的罪行應該在軍法會議上接受裁決。可是，這次的罪魁禍首是如今無人不知無人不曉的史上最年少元帥，以其壓倒性的才能一手擔起軍方組織的伊庫塔．索羅克本人。有誰期待他的罪行在軍法會議上會受到正確的裁量？

換成以前的時代，他們也只能忍氣吞聲。因為民眾沒有地方代替軍法會議審判軍人，也沒有勇氣直接向皇帝上訴不滿。不過——現在有了。那正是依皇帝的命令，與國民議會同時設立的機構。相對於被期待將來確立為立法機構的國民議會，將制訂出的法律適用於個別案例的存在——換句話說，這是負責司法的地方。

「第一次國民審判開庭——入場吧，被告伊庫塔·索羅克。」

審判長莊嚴但有些不熟練的聲音迴響著。在一層層圍坐於托缽狀會場內的與會者中心處，受到全員矚目的黑髮青年以雙手遭捆綁的模樣被帶入場中。

「讓他坐在那裡，雙手向後捆綁固定住。別讓他做出什麼可疑動作。」

也許一方面因為被告是軍人，審判長以謹慎萬分的流程將被告固定在座椅上。伊庫塔·索羅克沒有怨言地接受這個待遇，他在披風被沒收後穿著與一般軍官沒有差別的服裝，佩服地喊出聲：

「……因為是第一次，我還擔心情況會如何，不過比預料中更有模有樣呢。唉～雖然我也沒有直接見識過齊歐卡的人民審判，分不出細節部分的缺點——」

「保持肅靜！被告只准在我們要求時發言！」

伊庫塔帶著參觀朋友新居般的親切感開始說話，遭到審判長嚴厲斥責。與會者們立刻皺起眉頭，不過這才只是個開端而已。

「……那麼，現在開始審問被告伊庫塔·索羅克。審判官，宣讀他的嫌疑。」

受到催促的一名審判官站起身，誦讀手邊的文件。

「開、開始宣讀——第一條，未經皇帝陛下允許在玉音放送中說出『戰敗』一詞之罪。第二條，以那份宣言圖利戰敗撤退的齊歐卡軍之罪。第三條，出於個人動機殺害宰相之罪。第四條——」

他以變調的聲音逐一列舉罪狀。全部讀完之後，坐在最前排的一名與會者舉起手。

「……我代表全體參與者問第一個問題，審判長。」

「允許發言。」

審判長按照事先安排的流程立刻下達許可。那名壯年男子起身沉重的開口：

「列出數項罪名，其本人也承認罪行。到這裡為止都沒問題。可是——我有一點實在難以理解。」

一個十分單純，我卻無論如何都無法接受之處。」

他的視線直射青年，眼中的感情半是憤怒半是困惑。男子選擇先消除後者。

「伊庫塔・索羅克。你蒙受陛下的恩寵，以史上最年少之身就任元帥高位——為何做出那種行徑？」

他拋出天經地義的問題。伊庫塔輕輕聳肩回答：

「就算你問為什麼，我本來——就對於那兩者都感覺不到任何價值。」

「——────！」

以發問的男子為首，會場內的參與者們掠過一陣騷動。切身感受到他們的驚訝，青年又往下說：

「在場幾乎所有人，至少都早已掌握了我的經歷吧？你們不覺得不對勁嗎？光是這種人爬到元帥地位這件事本身，在正常的時勢、正常的人事安排下絕不可能發生。年紀太輕也是一部分，但最重要的理由在於身世。」

「……你是指你的父親巴達・桑克雷死於獄中一事嗎？」

男子接著發問。這好像與事先安排的流程不同，男子在受到審判長提醒後先行坐下，再度徵得同意發問。雖然覺得這種形式拐彎抹角，在這樣的場合若不對發言制定規則將會不可收拾。考慮到不熟悉的部分，表現得還不錯。伊庫塔一邊心想，一邊回答第二個問題：

「對於導致那種結果的緣由，坦白說我不在乎。也許是當時年紀小，我不太記得雙親了。不過——生活受到剝奪讓我憤怒。我這個人本來應該作為高級軍官的兒子，在事事如意的環境中成長吧？突然有人從旁干涉毀了那樣的生活，那就是我怨恨帝國的一貫理由。」

青年毫不畏縮地說道。緊接著有另一名年輕男子舉起手，徵得同意後發言：

「……由於貴族們治理不當，你的雙親因此身亡，這樣的際遇的確有同情的餘地。可是——陛下應該給予了你足以彌補的恩寵。現在的你，作為放眼帝國史上也獨一無二的英雄飛黃騰達。只要想要，沒有你無法得到的東西。不是這樣嗎？」

對方看來打從心底無法接受，那番話讓伊庫塔嘴角浮現諷刺的微笑。

「恩寵……恩寵啊。」

「……有什麼奇怪之處？」

年輕男子不悅地問。青年高聲回答：

「我受夠再當天真黃毛丫頭的保姆了。」

整個會場再度發出騷動。在收到新的問題前，伊庫塔接連不斷地繼續道：

「你們聽我說。對外明明在扮演暴君，那女孩骨子裡卻徹底是個爛好人。不管談論什麼，她的口頭禪都是啥民眾的幸福啦、執政者的義務啦，真是煩死人了。因為她太過廉潔，我想從國庫裡弄點零用錢都得費一番力氣，和平常的辛勞比起來一點也不划算。」

青年說著露骨地嘆了口氣。與會者們驚愕地張大嘴巴。

「就算當成只限於肉體的關係想純粹享樂，她那寒酸的身材完全不符合我的喜好。啊──不過難得有機會，哪怕勉強自己也該讓她懷孕嗎？讓怨恨多年的皇室混入我的血統，試著想想或許相當痛快啊──嗚！」

一聲悶響打斷他的話語。一名與會者擲出的墨水瓶擊中青年肩膀，將他的軍服染黑一塊，以此為開端，整個會場中的群眾情緒爆發了。

「叫他閉嘴！叫那傢伙閉嘴！」「不，現在馬上勒死他！」

「別開玩笑了，你這傢伙！」

「我們至今都把這種畜生當成英雄崇拜嗎……？」

與會者們異口同聲的怒吼並丟擲物品，雙手被捆在後面的青年連遮擋身體都做不到。眼見會場失去秩序，審判長慌忙敲響木槌喊道：

「保持肅靜！保持肅靜！與會者不准丟擲物品──暫時將被告帶下去！這樣根本無法繼續審問

……！」

收到指示的法庭人員解開繩索與椅子之間的繩結，直接拖著青年的手離開會場。直到他的背影完全消失為止，群眾的怒吼與咒罵都沒有停下來。

「——閣、閣下……」

為了避免被告面臨私刑等情況，在伊庫塔轉移時，軍方也派出數名監視者隨行。不過，身為其中一人的梅格少校看到的，是走出法庭的青年軍裝四處染上墨漬的淒慘模樣。

「所以說，我已經不是閣下了，梅格少校——話說回來，場面弄得比預期中更加白熱化啊。雖然太快就激動起來，與會者們都很熱烈，那是再好也不過了。」

伊庫塔甚至顯得心滿意足地說。在不知該對他說什麼才好而陷入沉默的軍人們面前，他舉起夾在衣服縫隙間的墨水筆。

「來。雖然不知道是誰丟的，這枝筆的價格可不便宜。希望你好好拿著還給原主。」

他這麼說道，將墨水筆交給法庭人員。不忍心再看下去的梅格少校雙眼浮現淚光。

「……為什麼？為什麼你會遭到這種……！」

面對肩膀顫抖發出呻吟的梅格少校，伊庫塔微露苦笑。

「這樣對待賣國賊很合理啊——那麼，各位可以送我回美麗的牢房嗎？因為今天再到會場露臉的話，恐怕會丟掉性命。」

青年大而化之地說完後邁開步伐。梅格少校絲毫看不出他內心的想法，為了至少避免青年受到更多侮辱，他站在青年身旁往前走去。

啪！手掌甩在臉頰上的尖銳聲響傳遍四周。在女皇位於皇宮一角的辦公室內，她正與擋住門口不放她通過的文官少女——瓦琪耶瞪著彼此。

「我只再說一次——讓我見索羅克，現在馬上！」

夏米優的聲音帶著怒氣。挨了一巴掌的瓦琪耶臉頰隱隱作痛，但她毫不在乎地迎面回應：

「我也會不服輸地再三說明——現在無法讓妳和伊庫塔哥見面。這是他本人的意思，在政治上也有不得已的苦衷。妳應該明白那個含義吧？」

嗚，女皇不禁詞窮。同時，約爾加奔到她身旁跪下。

「……陛下，請您做出冷靜的判斷。伊庫塔獨斷發出戰敗宣言的影響，目前已超出帝國軍的範圍，如今還在擴大中。如果您在這個階段接觸伊庫塔，無法避免引起國民的誤會。他們憤怒的槍口將會轉向您，導致連政治體制都無法維持……！」

戴眼鏡的青年以悲痛的語氣述說。他說出的內容，讓夏米優一口氣吊起眼角。

「獨斷——你說獨斷？開什麼玩笑！那份宣言本來——」

她的聲音突然中斷。抵在嘴邊的食指擋住了女皇的發言。瓦琪耶近距離注視著她的臉龐，清楚地說道：

「『後面的話絕不能說出口』。可以嗎，夏米優。」

「——！」

那帶著強烈暗示的話語令夏米優屏住呼吸。瓦琪耶湊在她耳畔呢喃：

「……因為我們是朋友，我在一定程度上猜到了情況。現在的伊庫塔哥和妳，其實立場應該顛倒過來才對。沒錯吧？」

夏米優的心臟猛然一跳。發現祕密被看穿的女王愕然地看著瓦琪耶，白衣少女繼續小聲說道：

「伊庫塔哥在最後關頭搶走了妳的角色……我明白妳想聽他本人說明。不過，妳也要好好考慮目前的狀況。他搶走妳的角色，代表本該由他來承擔的立場落到了妳身上。即使在這個前提下，妳也能馬上去見伊庫塔哥嗎？」

「…………！」

「他今後暫時會在國民審判及牢房之間往返。不過——妳也一樣絲毫沒有空閒。除了我國與齊歐卡以戰後處理為主的外交關係之外，飽受戰爭摧殘的國土也急需維護……那正是名副其實的屬於皇帝的工作。妳自己的心應該絕不容許妳放棄職務。」

當她搬出君主的義務為盾牌，夏米優便無從抵抗。正當夏米優不知所措的呆立不動時，少女以雙臂緊緊的擁抱她的身軀。

「抱歉，盡是說些討人厭的話，夏米優……我不會讓妳忍耐太久。在不久之後，我一定會安排機會讓妳與伊庫塔哥會面。我答應妳——所以只有現在，妳要忍耐，拜託……」

瓦琪耶的懇求讓夏米優垂下眼眸。就伊庫塔一事而言——目前她除了相信那句話以外什麼也做不到。

同一時間，在中央軍事基地的會議室裡也聚集了一群神情嚴厲的軍官們。

「……看樣子，主要的成員都到齊了。」

站在房間深處的雷米翁上將如此宣告。在他視野中的出席者，有老友伊格塞姆榮譽元帥、階級相當的席巴上將、托爾威、馬修、哈洛這些騎士團成員，以及蘇雅．米特卡利夫中尉。決定人選的基準，是與伊庫塔．索羅克關係密切者。

「我重新問一次。在你們當中，有人事先知道他的企圖嗎？」

翠眸將領努力用冷靜的語氣確認。他主動擔起主持會議的工作，理由是他在這些人當中與伊庫塔的個人交情較淺。一陣沉默籠罩室內。

「沒有……是吧……那我就相信誰也沒有撒謊。」

拋出如警告般的開場白後，為了促使所有人發言，雷米翁上將主動提出話題。

「首先，我不明白他的意圖。堅持一場勝仗輸了，究竟對誰有好處？」

又是一陣寂靜。雖然察覺所有人腦海中都有相同的疑問，翠眸將領仍繼續道：

「假設——雖然不想說出這種話，假設他一直與齊歐卡有勾結，企圖從元帥這個立場圖利敵國。就算如此——時機為何是現在？例如讓齊歐卡獲得勝利之際，或是將帝國逼向滅亡之際，還有許多更具效果的時機。在精心準備與極力發揮智謀贏得決戰之後背叛，我一點也不明白他的選擇。」

對於雷米翁上將獨自深入思考的困惑，在此時馬修首度有所反應：

「……他不希望帝國滅亡。不過，也不想讓帝國獲勝。」

微胖青年悄然呢喃。翠眸將領的目光犀利地轉向他。

「……馬修少校，你的意思是？」

「我只是說出一時想到的念頭。不過——正常來想會是如此。先不論事情的好壞，那傢伙不會做不合道理的事……目前的狀況與那則戰敗宣言，應該必然有某些目的。」

馬修根據自己心中的伊庫塔形象說出口。雷米翁上將沉吟一聲。

「不想讓帝國獲勝嗎？……如果這個推測直指核心，那麼他的企圖從一開始便超越了軍人的範疇。」

聽到那句話，哈洛腦海中一瞬間十分突兀地掠過一個印象。

「……陛下……？」

她並未試圖發言，那句話幾乎無意識地脫口而出。雷米翁上將愣愣地轉向她。

「……貝凱爾少校。妳剛剛說什麼？」

「……啊，不，我也是一時想到——剛才那段話，硬要說的話更像是陛下會有的想法……」

哈洛沒什麼自信，斷斷續續地說道。由於內容敏感，翠眸將領也無法輕易深入探討。

「……少校，最好別胡言亂語——」

「無妨。繼續吧，貝凱爾少校。」

至今保持沉默的伊格塞姆榮譽元帥，代替他催促哈洛發言。雷米翁上將驚訝地望向老友，哈洛在他面前謹慎地斟酌言詞開口：

「……那個，該怎麼說才好？打從以前開始，陛下自省的精神就遠比其他人來得強烈。此處指的自省並非單指她本身，還包含帝國這個國家的現狀在內——啊，很抱歉，我無法好好用言語描述——」

「我大致明白哈洛小姐想說什麼。總之——妳不認為贏得與齊歐卡的戰爭，奪取領土擴大疆域，促使國家更加繁榮這種簡單的想法符合陛下的期望……是否是這樣呢？」

一旁的托爾威替苦惱該如何說明的哈洛補充道。聽到么兒整理的內容，雷米翁上將臉上浮現焦慮神色。

「等等，等一下。照剛才那番話的走向……簡直像在說目前的狀況是陛下本身所期望的，不是嗎？」

現場的氣氛一下子變得危機四伏。席巴上將如勸告般地說道：

「我在幾小時前見過陛下……照實來說，她十分慌亂。只要我並非有眼無珠，我實在不認為那反應是在演戲。」

「我也這麼認為。所以——剛才的推測應該只有一半猜錯了不是嗎？」

托爾威更加深入的談論。從黑髮青年與女皇兩人身上一直感受到的「某種事物」，在他心中驟然構成具體形貌。

「這個情況也是陛下所期望的。然而——因為某些差錯，有非常大一部分出現了決定性的改變，靠陛下的力量已經無法修正……局勢若是如此，說不定也能說明陛下為何慌亂。這是我的看法。」

造成現狀的理由來自青年和女皇兩人，而非其中之一——托爾威十分確信這個直覺，連他自己都感到不可思議……然而，他的觀點在現階段實在太過缺乏根據。雷米翁上將冷靜地開口：

「……臆測到此為止。我不認為在假設上加上更多假設能夠接近真相。總之，我們先專注於從國民審判討回他這件事上。」

「雖然我有同感，但這並不簡單……從在審判上的態度來看，他本人似乎沒有那個意思。」

席巴上將面帶苦澀地說道。他們全體都已得知，伊庫塔的言行舉止在國民審判第一天便遭到民眾深惡痛絕。托爾威一臉思索地說：

「……即使用上強硬手段，也沒辦法將他討回來嗎？阿伊既然身為軍人，我認為以道理來說，他應該優先接受軍法會議而非國民審判。」

「一般而言是這樣。不過，他是元帥。一個年紀輕輕便以特例形式發跡，甚至成為帝國軍精神支柱的人物。誰也不覺得這種人在軍法會議上會受到正確的裁決吧。如果我們要求交出他，直接等於表明有意替他遮掩罪行。」

席巴上將的回答令托爾威陷入沉默。在他身旁，馬修立刻提出另一個提議：

「……那麼，陛下呢？目前召開的國民審判本身，不是直到短短數年前都還不存在的集會嗎？在大法院審判政治犯應該是帝國以前的慣例。若由陛下討回那傢伙——」

「即使在實質上解體從前作為腐敗貴族巢穴的大法院，把權限委讓給國民審判的人正是陛下嗎？……國民議會與國民審判的存在是陛下公正以及品德的象徵。如果她本人做出從那裡強行搶奪罪人的舉動，民眾對陛下的信賴將從基底崩潰。更何況堅持『只有伊庫塔・索羅克要在大法院接受審判』更是免談。這等於在宣言要讓他的罪行不了了之。」

席巴上將的話語讓馬修說不出話來。從國民審判討回伊庫塔這個乍看之下很簡單的目標，愈思考愈變得難以實現。此時他們也察覺——連這種情況也包含在青年的企圖之內。他是故意置身於他們無法出手相助之處。

「…………」

「——啊，等等，蘇雅小姐？妳要去哪裡？」

看出討論的結果，蘇雅掉頭搖搖晃晃地邁開步伐。被哈洛叫住之後，她動作僵硬地停下腳步。

「……去、哪裡？的確，我要去哪裡來著？」

她斷斷續續地說著，重新轉向哈洛等人的臉龐，因為重重交疊混雜的情緒微微顫抖。

「我自己也不清楚。更重要的是——照這樣下去，我會闖下什麼禍吧。」

在那一剎那，其他人一瞬間看出她有多危險。雷米翁上下將即刻發出指示：

「貝凱爾少校，制住她！」

「是、是！」

收到指名的命令，哈洛馬上從後面架住蘇雅。雖然她沒有掙扎，從身體的顫抖卻感覺得出她的自制力已來到懸崖邊緣。雷米翁上將痛心地看著垂下頭反覆紊亂呼吸的蘇雅。

「……這也無可厚非。她比任何人都更相信他，在他的領導下走到這裡。不論軍階高低，和米特卡利夫中尉一樣受到打擊的人也不少……姑且不論事情真相，他有說明的責任。首先必須從問出他的真心話開始……由誰過去？」

翠眸將領嚴肅的詢問。那個問題，讓所有人神色凝重地互相對望。

＊

從環繞一名青年的混亂越發加深的帝國，來到位於其遙遠東方的齊歐卡共和國首都諾蘭多特。在首都北邊的綜合醫院，一間病房中也有一名青年即將從漫長的睡眠中醒來。

「…………嗯…………嗯…………」

他微微睜開眼睛，白色的天花板映入眼中。光是這樣，他便知道周遭充滿了在戰場上無法奢求的安靜與清潔。他的目光轉向一旁，一名熟悉的女性正替放在窗邊的花瓶加水。

「……妳在做什麼，米雅拉……？」

「——咦？」

米雅拉的動作戛然而止。就像懷疑自己聽錯般猶豫了幾秒之後，她戰戰兢兢地回頭看向約翰。

藏在眼鏡下的雙眸與他四目交會——

「——哇？」

下一瞬間，約翰的身軀被對方緊緊擁入懷中。無視於他的驚訝，米雅拉往手臂加重力道，彷彿在說她絕不會鬆手。

「……太好了……！我、我還以為真的不行了……！」

「咦？咦——？」

「我馬上找醫生過來！你別動！」

才剛這麼想著，她卻立刻離開他身旁走出房間。約翰一臉錯愕地注視著她的背影。

「……抱歉，我大致想起來了。」

在醫生收到甦醒報告趕來診察，確認約翰在健康方面沒有重大問題之後，約翰也恢復到大致能想像自身現狀的程度了。

「我有記憶。但是，對於哪些是事實哪些是夢境有些模糊不清。可以由妳來說明嗎，米雅拉？」

「當然可以……所以，現在拜託你好好靜養。」

米雅拉以迫切的口吻說道。當他點點頭，她開始說明：

「目前戰爭停止了。當你在指揮途中昏迷之後，我等因為海軍落敗無法運輸援軍等理由放棄入侵帝國，全軍撤回齊歐卡本國。這裡是位於首都諾蘭多特的綜合醫院的特殊病房。在司令部倒下後，你直到今天連續睡了超過一個月。」

米雅拉的話聽得約翰咬緊牙關。雖然幾乎已經領悟，得知這個事實帶給他很大的衝擊。

「果然是這樣嗎？……我在那最重要的一戰……輸了嗎？」

真實感在遲到許久之後湧上。然而——不等他開始自責，米雅拉便打斷他往下說：

「的確，我等逼近到離帝都只差一步之處，卻未能攻下那一步……然而，這絕非約翰你一個人的責任。」

白髮將領愣愣地回望她。米雅拉的雙眸悲傷地搖曳著。

「我在你倒下的瞬間領悟，這場戰爭已經不行了。我們無可挽救地失去了通往勝利的道路……這多半是全體軍官共通的感受。證據在於，除了我以副官身分暫時擔任總指揮之外，沒有一個人開口要主動代替你指揮。」

「…………」

「我們把太多事交給你處理了。無論是構築戰略、現場指揮與精神上的支持——因為一切都集中在你一個人身上，在你倒下的瞬間，一切都崩潰了……我們應該更加分工合作的。如果將現場的判斷交給現場人員負責，至少把精靈通訊的次數減少一半，你不會在那個階段倒下吧。」

從她的口吻，約翰也聽出在自己清醒之前她曾一再後悔與反省過許多次。而現在的他也無話可以否認。

「……是啊。那的確是戰敗的原因。」

「——約翰。」

「我以為能夠戰鬥到底。以為只要用精靈通訊，就能以完全的形式實現對齊歐卡全軍的指揮。這麼一來，我不可能輸給任何人……但是，我的能力在自己也不知道的地方有其極限。單靠我的頭腦，無法完全處理在多個戰場分別四處行動的大量士兵動向，與越到後半段越發複雜化的戰況。即使如此依然逞強地試圖做到，結果就是這場敗仗……一切正如妳所說的，米雅拉。」

約翰緊握的拳頭在膝蓋上發抖。然而——苦惱一會之後，他眼前的米雅拉搖搖頭。

「……我們是不是戰敗了還不得而知。」

「……咦？」

「還不清楚。因為沒攻下帝都就撤退，光看這一點的確會覺得我們打了敗仗……可是，在那之後發生了怪事。帝國方單方面地宣布國家『戰敗』，而非贏得勝利。」

從她口中得知這個出乎意料的事實，約翰驚愕地瞪大雙眼。

「戰敗……？等一下，這到底是——」

正當他要直接說出疑問，房門外的走廊上傳來慌張的腳步聲。約翰以目光查看，發現熟悉的壯漢打開房門現身。

「喔喔，真的醒了！」

一看到在病床上坐起身的青年，哈朗大喊。體格與他形成對比的嬌小副官，從他的背後探出頭。約翰臉上浮現喜色。

「哈朗、米塔士官長……！你們也平安無事嗎！」

「喔，雖然我肩膀中彈正在住院！話說回來，你這傢伙！一睡著就睡那麼久！你是打算補上至今沒睡的覺嗎！」

哈朗指向自己包著繃帶的左肩開口。聽到那句話的瞬間，約翰終於對自己的變化有所自覺。

「……這樣嗎？我『睡著了嗎』？」

青年茫然的呢喃。對於以不眠體質著稱的約翰．亞爾奇涅庫斯而言，這代表極大的變化。約翰不知該如何接受而陷入沉默，米塔士官長從一旁探頭注視著他的臉。

「你的臉色看起來不錯耶，頭頭。我聽說你昏倒時嚇了一跳，不過能好好睡一覺不是很好嗎？」

「……說得真簡單。我其實很不安，因為連醫生都說『不保證病人會清醒』……」

米雅拉深深地發出嘆息抱怨。此時病房外有人敲門，所有人的視線同時轉了過去。

「請問～有軍方的訪客想會面，要讓他們進來嗎……？」

護士拘謹的聲音從門後傳來。米雅拉舉起一隻手制止反射性想同意的約翰，這麼回應：

「約翰才剛剛清醒，情況不穩定。請妳這樣告知他們，請他們回去。如果有話要轉達，叫他們找米雅拉．銀。」

「嗯？米雅拉，我還好——」

若只是跟訪客交談的程度沒有問題。當約翰正想這麼主張，副官拋來令人毛骨悚然的笑容。

「我說過我非常擔心你吧。還沒辦法從病床上爬起來，你就自認為很健康了？」

「咦？啊，不。」

「聽好了——病人要老實養病。」

「——Ｙａｈ。」

她不由分說的魄力讓約翰點了頭。緊接著，米雅拉又說今天的會面到此結束，將哈朗與米塔士官長在轉眼間推出病房外。

幾天後約翰的狀況顯而易見的好轉，米雅拉也不再對訪客那麼神經質了。結果，第五天來探望約翰的「白翼太母」成功地與青年會面。

「——看到你清醒，我鬆了口氣。沒想到你會足足睡了一個月。」

艾露露法伊削著帶來探病的蘋果說道。葛雷奇站在她背後不遠處——由於突然碰到早一步前來病房探望的哈朗，兩人正無言的對彼此施加壓力。先放著這兩名壯漢的爭執不管，約翰向太母低頭道歉。

「……抱歉，泰涅齊謝拉少將。都是我放棄指揮所致。」

「別這樣，我也沒有資格向你抱怨。你明白吧？如果我就任艦隊司令官，海戰或許會有別的發展。」

艾露露法伊以十分自然的口吻背負起一部分戰敗的責任。對於現在的約翰而言，這比什麼都更讓他感動。她將切成八片的蘋果遞了一片給他，自己也咬了一口手上的蘋果，發出清脆聲響。

「話雖如此，其實我也不清楚現在的狀況。聽說自從帝國軍發出那神祕的『戰敗宣言』後，完全沒有追擊撤退的齊歐卡陸軍。拜此所賜，平安回到故鄉的士兵比意料中來得多——不過這究竟是怎麼回事？」

約翰也隨著面露不解的艾露露法伊抱起雙臂思索。在安靜下來的病房內，兩名壯漢的視線不知第幾次撞在一塊。

「……啊啊？」

「喔喔？」

「葛雷奇，別在病房裡吵架——國民議會也徹底陷入了混亂。由於不清楚戰爭的結果是勝利或落敗，他們似乎無法決定該奉承還是責怪阿力歐。與帝國的外交活動似乎在檯面下進行，但對方的應對據說不得要領。可以看成是發生了某種緊急狀況吧。」

太母淡淡的陳述見解。默默聆聽的米雅拉在此時插嘴：

「……又是軍事政變嗎？像在希歐雷德礦山作戰時那樣。」

「……很難講。造成問題的『戰敗宣言』是以玉音放送播放，還是索羅克的聲音對吧？若是軍事政變，等於那傢伙背叛了國家。可是……」

說到此處，一段記憶突然在約翰腦海中復甦。當他由於濫用大腦而抵達極限，於即將喪失意識之際與伊庫塔交談的內容。那當然不可能是現實——他也明白那應該是疲憊不堪的大腦產生的幻覺。不過，就算在這個前提下，黑髮青年的話語仍讓他留下深刻的印象。

「……那番話是告別……？」

「嗯？」

不清楚緣由的艾露露法伊怔怔地看著自言自語的約翰。青年無意談論幻覺，默默地搖頭。

「……沒什麼。老實說，我也無法想像帝國的內情。我們只能一邊關注外交進展，一邊作為軍人加強防衛吧。我也會立刻到陸軍露面。」

「約翰，所以說你現在還沒……！」

看到他隨時都可能跑出醫院的樣子，米雅拉面露憂慮之色喊道。艾露露法伊望著兩人的模樣，試著不經意地多管閒事。

「米雅拉已經交出報告了吧？那麼你急著回去也沒用。和阿力歐一樣，高層也難以決定該怎麼對待你。在現階段還不確定你是打勝仗的英雄，還是敗軍之將。你認為會有工作指派給這樣的軍官嗎？」

「……嗚……」

「希望你在評價明確出來之前安分一點，應該是高層的真實想法。我建議你現在就豁出去享受休假。你至今過度投入工作了，這不正是個好機會嗎？」

她以這樣的理論，給予對方選擇休息的必然性。她也和米雅拉一樣，不希望約翰重返不眠不休的日子。身為被阿力歐．卡克雷帶來齊歐卡的人——艾露露法伊暗暗地認為際遇相同的青年就像是她的弟弟。

「無論我國與帝國的外交活動如何進展，有一件事是確定的——暫時不會再發生大規模戰爭了。無論齊歐卡或帝國，都在這次的決戰中耗費了太多國力。我國民眾厭戰熱潮高漲，帝國也沒愚蠢到會動用元氣大傷的軍隊發動報復戰吧。戰亂的時代迎向終點——雖然無法這麼斷言，不過肯定是要暫停了。」

太母說出幾乎確信無誤的推測。目光投向窗外，她悄悄地繼續道：

「接下來是政治的領域……我有意在近期朝那方面啄一啄就是了。」

「——咦？」

「等到有具體計畫我再告訴你。好了——聊得太久害你疲倦也不好，今天談到這裡為止吧。來，要走了，葛雷奇。雖然我說過叫你們別吵架，為何你們帶著可怕的表情玩起拇指摔跤了？」

她起身拉拉葛雷奇的袖子，兩人直接一同離開病房。在目送他們離去後，約翰抵著下巴沉思了半晌。

＊

無論女皇或軍方都無法收拾局勢，帝都直到現在仍介於戰時與平時之間。在這樣的情勢中，對伊庫塔・索羅克的第五次聽證會，和第一天一樣在劍拔弩張的氣氛中進行。

「……我要問被告，你是從何時開始欺騙陛下的？」

與會者拋出新的問題。那個內容讓青年沉吟一聲抬起頭。

「嗯～這問題真叫人苦惱。雖然我從相遇時開始，總是想著『我要利用這傢伙撈油水』，但你問我具體而言從何時開始欺騙她的話……老實說，我不知道從哪裡算起。因為我嫌麻煩，由你們來判斷行嗎？」

他的發言混合了自暴自棄與傲慢，絕妙地惹人厭惡。在場的與會者們發出憤怒的呼喊。這一天同樣也有人丟東西。

「保持肅靜！與會者別向被告丟擲物品！……索羅克被告，你的回答全都太過於挑釁了。用更真摯的態度面對。這種言行舉止只會造成最終的判刑加重，這點事情你應該也明白吧。」

「所～以～說，我就是厭倦了那一套裝模作樣，現在才講出真心話。真不該順著形勢當上什麼元帥啊。如果坐上更輕鬆的位置，明明可以長久做下去的……咦？這代表事情不是我的錯吧？」

伊庫塔像是臨時想到般說出口。緊接著，一個紙鎮咚地一聲砸中他的額頭。

「……好痛……丟東西是沒關係，但別用鐵塊砸我啊。因為我可是雙手被捆著。」

結束這一天的聽證會被送回牢房中，青年摸摸額頭的腫包說道。此時——威風凜凜的腳步聲傳遍四周打破了這個空間的寂靜。

「既然這麼想，那就別說出令人想丟東西的發言如何？團長。」

這麼稱呼他出現在牢房前的人，是從父親那一輩起便與他結識的陸軍上將庫巴爾哈·席巴。伊庫塔以誇張的動作歡迎親近人物的來訪。

「歡迎來到美麗的監獄——第一位是你嗎？席巴上將。」

「是啊……雖然派『騎士團』其中一人過來也可以，但我們認為在這個階段能最冷靜地與你交談的人是我。說來平凡無奇，因為我年紀大閱歷廣。」

「哈哈，的確沒錯。換成馬修，在說話前應該會先給我一拳。」

「你明白的話最好。下一個人選要挑米特卡利夫中尉嗎？」

「…………我真心對此感到害怕。」

本來態度捉摸不定的青年露出認真的表情說道。席巴上將低聲發笑環顧四周。

「不過，沒有人在啊。我以為這種地方整天都會有人監視。」

「表面上是這樣的……不過，在夏米優主導下成立國民審判時，我也涉及了此處的人事安排。

坦白說，看守全都是熟人。不管我們說什麼他們都不可能偷聽，這一點請放心。」

伊庫塔以階下囚的立場這麼承諾。席巴上將點點頭，一屁股坐在鐵欄杆前。

「原來如此……看來可以打開天窗說亮話了。」

「不擺明說清楚果然不行嗎？」

「是啊。如果你連對我都用審判上的戲言敷衍——我只能代替巴達上將敲你腦袋一拳了。」

男子這麼說著，向緊握的右拳吹了口氣。伊庫塔連忙以雙手抱住腦袋。

「饒了我吧。席巴叔叔的拳頭勁道會直透腦子。」

「那就坦白交代——吶，伊庫塔小子，你是基於什麼想法做出那種舉動？」

席巴上將宛如在勸戒惡作劇的姪兒般以沉穩的口氣發問。伊庫塔嘴角浮現苦笑。

「……面對你，無聊的隱瞞沒有意義呢。」

他心服地表示，同時正襟危坐地重新轉向對方。那個動作在表明，他已無意繼續開玩笑。

「如你所料，我有苦衷。可是——除了有苦衷這一點以外，我無法揭曉任何事……光是這麼承認都算擦邊球了。請別深入思考。可以的話，希望你也別猜到原因。」

青年說出謎樣的話語。席巴上將注視著他的眼眸悄然開口：

「——你頂替了她的角色？」

寂靜籠罩現場。伊庫塔的表情沒有變化。不過——席巴上將從沉默性質的轉變，領悟到自己說中了。

「……這樣嗎？……雖然我不想猜對……果然是這麼回事嗎？」

席巴上將隨著嘆息接受此事，進一步挖掘真相。

「……『那個』是從什麼時候開始的？」

「……最初的模擬戰結束時吧。不過這是指涉及我的部分。」

「這代表她本人心中在更早以前就培養出那種思想了吧。那方面是……啊，這樣嗎？在齊歐卡嗎？」

「更糟的是，那邊還有對此推波助瀾的人物。無論在帝國或齊歐卡……那孩子真的總是被棘手的傢伙盯上。」

伊庫塔面露苦澀地說道。既然已經被看穿，他認為再繼續隱瞞下去也沒有用，接著往下說：

「唉，這只是一半的原因。另一半是我單純想這麼做。」

青年轉釘截鐵地說。席巴上將在聽到之後臉上首度浮現困惑。

「……這是什麼意思？」

「字面上的意思。我在根本上不曾考慮過拯救這個國家。應該說『從未能這樣想過』比較正確嗎？所以……這個狀況果然也是我本身的願望。」

青年如此說道，露出有些寂寞的微笑。他回憶自己與金髮少女的邂逅——感覺已相當遙遠的過往，想著自己走到這一步為止的因果。

「收到那個邀約時，我無法拒絕……事到如今想想，那或許早已是答案了。」

當天深夜，中央軍事基地。心急得甚至等不到第二天早上，試圖奪回伊庫塔的軍官們聚集在與上次相同的會議室內。

「我與他本人交談後，得以確認許多事情……在這個前提下，我發現情況很糟糕。」

已跟伊庫塔會面的席巴上將開口第一句話就這麼告訴眾人。在表情變得僵硬的全體成員面前，他繼續述說：

「他打算就此將事情推展到極限為止。他在審判上的發言全部是蓄意為之，既不動搖也不混亂，更不自暴自棄。他徹頭徹尾是一如往常的伊庫塔．索羅克……正因為如此，要阻止他極為困難。」

席巴上將表達了嚴峻的看法。沉默地思考一會後，馬修發問：

「……關於發出戰敗宣言的理由，那傢伙說了什麼？」

「他說有無法退讓的苦衷。而且，那同時是他本人的願望……具體的內容我難以說出口。就連目前在場的人，都不應該抱著輕率的心情得知此事。」

那番話令在場所有人心神不寧。蘇雅率先反駁：

「……你是說在我們當中，有哪怕一個人抱著輕率的心情嗎？」

她以低沉的聲調開口。看到她目光連眨也不眨地直視自己，以及表情與她相同的其他人，席巴上將察覺自己的錯誤並搖搖頭。

「……不可能有，剛才那樣說是我的失言。那我就說了——貝凱爾少校與托爾威中校的推理說中了，『戰敗宣言本來應該由陛下之口下達』。」

他斷然告訴眾人。那一瞬間，原本只是推測的說法得到證實化為真相。所有人表情僵硬，馬修以顫抖的聲調說道：

「……真的？」

「此事絕不可外傳。不誇張的說，這會導致國家崩潰。」

席巴上將嚴厲地警告。他繼續涉及真相更深入的部分。

「以戰敗救國。雖然身為一名軍人難以接受，那便是陛下的構想……帝國以前的社會制度，政治、軍方與民眾的關係——陛下確信這一切都已沒有未來。因此她設立國民議會，改革各種制度，戰敗宣言則是最後一道手續吧。陛下準備以主動背叛民眾，被狂怒的民眾正確的處刑來達成由民眾發起的革命——」

「……可是——伊庫塔頂替了她的角色。」

托爾威悄然插話，席巴上將重重頷首。此時，雷米翁上將開口：

「……你是指兩人的角色顛倒了嗎？原本在陛下本人被處決之後，支持作為組織尚未成熟的國民議會同時領導國家的任務，應該由她最信賴的人物伊庫塔．索羅克來承擔。雖然他身為元帥，這樣在形式上與軍事統治只有毫釐之差——不，正因為如此人選才是他吧。陛下期望國民議會在毫無野心的名將掌管軍方期間，成為一個成熟的國家決策機構吧。」

「玉音放送的時機決定了一切。一旦先宣布戰敗宣言，被拋下的那一方就無法再做相同的舉動。因為已經無人能承擔國家的未來了。」

伊格塞姆榮譽元帥像補充般添上一句話。哈洛也加上她的分析：

「……陛下多半也沒跟伊庫塔先生談論過戰敗宣言一事。因為說出口顯然會遭到制止。她一直暗中計畫，打算不讓任何人發覺地執行，卻還是被伊庫塔先生看穿了。」

「……只要看穿計畫，搶先一步發出宣言應該並不困難。因為那傢伙是元帥，戰爭整體情勢的發展會最早傳入他耳中。只要抓準齊歐卡軍放棄入侵撤退的時機，陛下無論如何都會在情報方面落後於那傢伙……」

馬修咬牙切齒地說。哈洛聽到之後突然驚覺地抬起頭。

「……僅限於有事之際，元帥也可以使用玉音放送。我記得聽過陛下與伊庫塔先生談論這件事。當時我以為是為了與齊歐卡決戰所做的準備的一環……如今想想，那是他為了搶在陛下之前發出戰敗宣言埋下的伏筆吧。」

到了現在回顧過去，有許多件事情都能看出當中的意義。不過，當時他們甚至連產生懷疑的念頭也沒有。這可以看出伊庫塔十分小心，以免讓同伴們感到一絲不對勁。

「事情我大致明白了——到頭來，那個人將會如何呢？」

蘇雅為了尋求結論談起下一步。席巴上將回答了這個問題：

「他在國民審判上的態度訴說了一切……包含被人民之手制裁，遭到處決在內，都是發出那份宣言者的任務。」

他的決心顯而易見。青年不可能半途拋下主動代替女皇承擔的立場。

「他心懷死志。正朝著處刑台肅穆前進——那就是伊庫塔．索羅克為了讓夏米優陛下活下來而做的決定。」

「——那麼，你也一直對同伴隱瞞了自己的野心嗎？」

在第八次聽證會上，有人向青年拋出這樣的問題。自從與會者們的興趣轉移到他跟「騎士團」的關係上之後，伊庫塔也必須謹慎地答覆。

「……唉，對呀。如果坦白一切他們會入夥，那我會考慮考慮，但在他們當中沒有這種類型的人。哎呀，真是的，身邊全是些乖寶寶真叫人窒息。」

伊庫塔吐吐舌頭。他主張自己只是在表面上與他們來往親密，實際上絲毫沒對他們放下心防。大多數與會者輕鬆地接受了這個說法，因為這與青年至今累積的印象一點也不矛盾。

「即使如此，你們應該是可以在戰場上彼此性命相託的關係——你對他們沒有罪惡感嗎？他們人人都很仰慕你，為信任你而戰吧。」

對方以訴諸良心的口氣發問。因此伊庫塔在回答時——徹底扮演了從一開始就沒有良心存在的人。

「因為有這樣的事情，我才覺得不能輕信別人。」

這一次沒有東西丟過來。純度不斷上升的仇視與輕蔑的視線，從四面八方貫穿青年。

「……我從高等軍官學校時期開始一貫保持品行不佳的作風沒有白費啊。愈調查我在軍中的言行舉止，愈會強化『這傢伙很可能做得出來』的印象。」

伊庫塔在牢房內躺在床鋪上喃喃地說——要讓在審判時首度接觸自己的人產生壞印象，靠他的口才可說是易如反掌。只要察覺對方尋求的是什麼樣的惡棍，按照他們的期待行動就行了。至少比扮演聖人更合我胃口，他微帶苦笑地心想。

「唉，審判繼續照這種感覺走下去——嗯？」

青年感到有風吹上臉頰，目光忽然轉向鐵欄杆另一頭。幾秒鐘後——兩道腳步聲不出所料地在鋪著石板的走廊上響起。出現在他眼前的——是全身怒不可抑的愛徒，以及站在她身旁的炎髮將領。

「…………」

「妳果然來了嗎，蘇雅。我大致明白……伊格塞姆榮譽元帥也同行的理由。」

兩人走向臉上浮現的笑容有些抽搐的伊庫塔——一直往前走到幾乎撞上欄桿的蘇雅，一瞬間伸出手臂穿過欄桿縫隙抓向青年的衣襟。伊庫塔以千鈞一髮的反射動作猛然退後躲開。沒抓住獵物的右手，在他面前煩躁的顫抖著。

「不，等等——不要馬上殺過來，起碼聽聽我的藉口。」

「聽完之後，會有意原諒你現在的作為嗎？」

「……大概有困難。不過，想揍我一百拳的衝動可能會減輕到八十拳左右。我認為這個差距不小喔——無論是對我的臉來說，還是對妳的拳頭來說。」

感受到迫切性命危機的伊庫塔開口。蘇雅目光筆直地盯著他，不久後放下手臂。

「……大致上的來龍去脈我都知道了。你代替陛下背叛了國家，才會落入牢裡對吧。」

「大體上是如此。但是——這同時也是我本身的願望。希望妳重視這一點。」

伊庫塔一臉認真地說，但蘇雅毫不在乎這件事——不管是誰的願望、是為了誰而做，他都確實決定並實行了此事。他不顧忌自己，企圖擅自尋死的事實沒有任何改變。

「……旭日團你打算怎麼辦？應該還沒解散吧。」

「嗯。所以——這次要解散了。老爸的事情加上我的行動，勉強留下兩度發生過不祥事件的部隊，大概對任何人都沒好處。」

「…………」

「比起這個，現在最好考慮妳自己的事。妳本來便是我的愛徒——啊，這也是過去式了嗎？——總之處於微妙的立場上。如果輕易行動會受到我的牽連。妳最好暫時躲在基地裡老實度日。」

伊庫塔考慮狀況提出忠告。蘇雅聽完之後，嘴角浮現可怕的笑容。

「……你這個人——這是徹頭徹尾的瞧不起我啊。」

「…………」

「你以為我是那種叫我老實躲著，就會乖乖聽話的貨色嗎？正好相反——既然知道你不希望我做什麼事，之後我當然會全力去做不是嗎？」

蘇雅如發出宣戰布告般說道，雙眼燦爛生輝地閃爍危險的光芒。

「總之，以旭日團再發動一次軍事政變就行了吧。好，我去做。既然事情的真相全部揭曉，『騎士團』成員與席巴上將很可能加入，另外還有雷米翁上將，至於在這裡的伊格塞姆元帥，只要說服一番也很可能協助不是嗎？打從一開始，就沒有一個人想讓你送命吧？」

「……嗚。」

「要是拉攏了這批人物，豈止什麼軍事政變。國民審判即刻中止，順便解散很可能囉嗦的國民議會，軍方當天就將你搶回來。啊——愈想愈容易進行不是嗎？軍國主義果然直接了當，真好。」

蘇雅微低著頭低聲發笑。她的雙眸由下往上瞪著伊庫塔的面容。

「——你冒了好多汗，團長。」

「嗯，我很焦慮。因為妳說要做就會去做。」

「你能理解再好也不過了。那麼，我先回去一趟。下次我會帶著軍隊回來，給我等著——」

蘇雅轉身準備離開，手腕卻被用力拉住。她疑惑地回過頭，看見青年緊握著自己的手。

「……拉著我做什麼？」

「妳還別走，我們再談一會。」

「談了能夠怎樣？我可不會被你說服。」

「嗯，我知道。畢竟我們相處也很久了。」

「……那麼，事到如今還有什麼好說——！」

蘇雅正要拉高嗓門，喉頭卻僵住了。她在青年注視自己臉龐的眼神中，看出令人心痛的迫切情感。

「談什麼都好。我只是——想聽妳的聲音。想看妳的一舉一動……這大概是我最後一次與妳直接見面交談了。」

「————！」

「我真的不會說服妳。因為——我也無意退讓。我早已決定接下來要做的事，現在只是厚顏無恥地逼迫你們在事後同意而已。我沒有資格期望妳理解……妳也改變不了之後的結果。」

「……這算什麼？你以為我無法發動軍事政變嗎？」

「沒錯。至於理由……首先，席巴上將和雷米翁上將都會阻止妳。戰敗宣言已經宣布，現在需要有人為這次背叛負起責任，上將他們也理解這一點。在這個前提下……我無意讓自己以外的任何人背負責任。

然後是第二個理由。雖然妳現在應該沒發現——妳本身也無法背叛夏米優的努力。妳已經知道，她一路以來有多麼努力，妳記得她為妳接受軍官教育提供了支援……蘇雅·米特卡利夫這個人絕對無法將那些事情視為無物。」

伊庫塔篤定的斷言。那諷刺的信賴，令蘇雅握緊雙拳。

「……我又必須讓給那孩子了嗎？」

「……蘇雅。」

「再一次嗎？和軍事政變時一樣，我的感情是次要的？叫我接受這種事？……開什麼玩笑。開什麼玩笑——開什麼玩笑！」

她放聲大喊，雙手伸入欄杆內。伊庫塔沒有躲避，這次蘇雅抓住他的雙肩。

「看著我！直視在此處的蘇雅．米特卡利夫！與其他任何人無關，國家未來關我屁事！這是我的人生！我最重視我的感情，才來到這裡！」

「…………」

「——既然無法發起軍事政變，我會和願意參與的部下一起暴動！反正要做的事都一樣。只是襲擊這裡用武力搶走你罷了！即使滅亡的下場近在眼前也無所謂，我的感情會一直活到那一步到來為止！盡力而為，掙扎到耗盡全力——我才終於能夠接受！接受在我心中一直盤據的煩躁！接受因為你而產生的感情！否則那會永遠在我心中燜燒……！」

蘇雅急切地訴說——被無法撲滅的烈火持續燒灼的痛苦。她吶喊著，都是因為你我才會如此難受。未能昇華為戀慕或愛的不成熟情感，與嫉妒交織在一塊淪為扭曲的攻擊性，她對於自己的無可救藥絕望得流淚，卻無法停止。因為覺悟到這正是自己，她絕不會讓步。

「——吃飯時，一開始會先吃水份多的水果。」

青年的聲音悄悄地傳入耳中。抓住他肩膀搖晃的雙手因此頓住不動。

「沒有的話就吃蔬菜，如果也沒有蔬菜就喝一口水。吃東西雖然快，但用餐禮儀並不差。喜歡的食物是加了強烈辛香料的南域風燉菜，對於周遭沒有多少人理解暗暗感到不滿。妳認為基地餐廳的菜餚辣味和風味都不夠。另一方面，妳也很喜歡甜味十足的冰點與茶。」

「…………」

「對於長官與同輩態度強硬，不過對待部下的態度就沉穩溫和許多。自己的指導是否偏離重點？有沒有引導對方走向好的方向？——訓斥部下時，妳總是在意這些問題，會做筆記。雖然對貓狗等小動物感到棘手，但並不討厭。因為疼愛牠們很快就會產生感情，妳只是為了避免這種情況保持了距離。」

伊庫塔繼續說道，宛如慈愛地關注孩子成長的父母一般。

「自從在軍中意外重逢以來，我一直關注著妳。我懷抱連自己都感到不可思議的溫暖心情，一直關注著——妳的判斷、妳的掙扎、妳的成長。

妳一開始非常討厭我吧。妳的性格與我截然不同，骨子裡勤奮又誠實——正因為如此，能和妳慢慢地互相理解，讓妳認識並接納我的做法令我很開心。將自己的想法傳達給不同的他人，讓自己的思維在某人心中存續下去——就我而言，這是十分幸福的事。」

青年這麼告訴她，抓住她放在肩頭的雙手。彷彿在表明他們之間已無從切斷的精神連結，以及從今以後將一直存在於彼此之間的羈絆。

「我要訂正剛才的話，蘇雅——妳現在依然是我的愛徒。妳了解我、向我學習、反對我，不盲目地服從我，持續走在自己的路上。我打從心底尊重妳的姿態——」

青年直視著對方，傾盡所有誠意告訴她。迎面收到這番話，低著頭的她嘴角微微顫抖。

「……誰會……」

「——」

「……誰會接受這種話啊——！」

蘇雅像鬧脾氣的小孩般甩開他的手狂暴起來。伊庫塔面露為難的微笑，放鬆力氣隨她去鬧。

「——啊——」

下一瞬間，蘇雅的身軀如斷了線般癱倒。她沒感覺到一絲疼痛便昏迷過去，炎髮將領沉默地站在她背後，舉起右手準確地壓迫了她的脖子。

「……不好意思，伊格塞姆榮譽元帥。」

「我決定按照你的期望行動。」

男子以堅定不移的語氣斷然說道，接著重新轉向青年往下說：

「不過，希望你答應我一件事——如果你接下來改變想法，無論如何都想活下去的話，到時候不管是找我或其他人，你都要毫不猶豫地求助。」

「……好的，我會那麼做——謝謝你，索爾叔叔。」

伊庫塔帶著真心實意的感謝首度如此呼喚對方。男子聽到之後——嘴角浮現一絲用放大鏡觀察才看得出來的微笑，又如剎那的幻影般恢復原狀。

「……嗚……」

同一時間。不管再怎麼希望也無法如願與伊庫塔接觸，夏米優的焦慮無止境地膨脹。

在辦公室內處理政務，她發揮的效率也不到平常的一半。光是壓抑只要稍有鬆懈隨時都會吶喊出來的情緒波濤，就需要非比尋常的專注力。

「——陛下，『騎士團』成員們來訪。」

這時候，門外傳來露康緹的聲音，女皇肩膀一顫，她停頓一會，勉強裝出平靜的語氣反問：「他們有何來意？」

「他們說不是為公事覲見，而是有事想與您私下商量。」

「……知道了，讓他們進來。」

夏米優做好覺悟同意道。馬修、托爾威、哈洛三人很快穿越打開的房門進入室內。三人都神色嚴峻，不必開口也訴說了內心的想法。

「我們想討論關於營救伊庫塔一事。」

馬修省略所有禮儀，開口第一句話就這麼說。夏米優從辦公桌旁起身正要開口，哈洛卻先行制止了她。

「請等一下，陛下正準備說出的事情，就留在您胸中也無妨。因為我們已經掌握了情況。」

「……這樣……嗎？……我已經有所覺悟，會接受你們的任何責難……」

「我想說的話當然堆積如山，不過現在沒有那個時間。不管是責難或發怒，不先把那個笨蛋拖過來什麼也沒辦法做。陛下也是如此吧？」

微胖青年一派理所當然地說道。他沒有多餘地顧慮自己的心情，反倒讓夏米優感到救贖，她望向設在房間一角的接待區。

「正是如此……坐吧，我們靜下心來慢慢談。」

「……被告？……索羅克被告！伊庫塔．索羅克被告！」

「——嗯啊？」

呼喚自己的聲音，令正在打盹的青年從小睡中醒來。自四面八方投來的危險目光霎時間落入眼簾。確認過自己雙手向後被綁縛在堅硬椅子上的狀態，伊庫塔也終於想起情況。

「——啊，失禮了。我覺得今天看來會拖很久，不小心打瞌睡了。」

「有人會在審判中打瞌睡的嗎！你的罪行正受到裁決，保持嚴肅態度聆聽！」

「嗯～如果來杯濃茶的話我還可以撐過去……請問，現在休息一下如何？」

這並非挑釁，而是認真的提議，可是與會者們分不出區別，怒罵聲從所有角度傾注而下，伊庫塔將這當成鬧鐘，大大地嘆了口氣。

伊庫塔在這一天的聽證會結束後同時被送回監獄，一走進牢房，他就趴在床鋪上，背著手撫摸由於長時間坐在堅硬椅子上而感到疼痛的背部。此時——他聽見了接近的腳步聲。

「——今天是妳嗎？派特倫希娜。」

伊庫塔從床上坐起身開口。走到鐵欄杆前的她，在聽到之後露骨地皺眉。

「……不，你為什麼知道是我？我明明連一句話都還沒說。」

「妳們在表情與走路方式等各方面都不同。要我指出所有判斷的要點嗎？」

「……我會喪失自信，算了。你真的是個令人害怕的傢伙。」

派特倫希娜撇撇嘴。她直接坐在鐵欄杆前，生氣地瞪著對方。

「話說，你快點出來啊。如果你死了哈洛會哭耶。這樣不是沒遵守約定嗎？」

「永遠活下去這種約定，哪怕是我也辦不到啊～」

「笨蛋，我是叫你別死在哈洛之前。對於拯救過的人，得負起一定的責任吧。」

「……的確得負責，我無話可以反駁。」

她的指責讓青年苦澀地垂下頭。派特倫希娜看到以後回到體內，取而代之出現的是哈洛沉穩的笑容。

「午安，伊庫塔先生——其實剛才聽說你在審判上打瞌睡，我不禁笑了出來。」

「啊——不，會睡著很正常啊。本來明明有點期待，沒想到我的審判會如此無聊。椅子很硬，又一再問相同的問題……唉，一開始有改善的餘地是當然的，我期待大家今後向齊歐卡好好學習。」

「呵呵呵……伊庫塔先生會坐在被告席上批評審判內容呢。」

「不然老老實實地洗耳恭聽那些責難，全力強調自己正在反省，神情悲痛地誇大不幸程度談論身世比較好嗎？」

「我有點難以想像——不過，『從現在起我們要你這麼做』。」

哈洛轉而以強硬的口吻說道。感受到她氣息的變化，伊庫塔也正襟危坐。

「姑且不論往後的事，首先要全力避免死刑。這是我們歸納出的方向。」

「……大家聚集起來商量過啦。嗯，我認為這是相當冷靜的目標設定。」

「為了盡可能減輕刑責，陛下與我們都在極力採取措施。不過令人傷腦筋的是，有個壞心眼的人滿口謊言搞砸我們的努力。」

「喔~那傢伙到底是誰？一定不是什麼正經人。」

聽到青年裝傻，哈洛咬緊下唇。

「我不會要求你辯解——至少保持沉默不可以嗎？這麼一來，我們在事先疏通與印象操作上都會輕鬆很多。」

「雖然很想這樣做，但能言善道的伊庫塔在那種場合實在很難閉上嘴巴。」

「……未必需要判死刑才能達成你的目的。舉例來說，即使是判決監禁，民眾的鬱悶同樣能得到發洩。雖然這種做法很狡詐，只要向國民們發出你每天遭受嚴厲的訊問、消瘦憔悴得不復從前等等『近況報告』——」

「實際上卻像這樣在牢房中悠然自適的生活？」

「就是這麼回事。如果你願意接受，由我來當你的鄰居也可以喔。」

哈洛看似在開玩笑，但從頭到尾都很認真地提議。青年也愉快的笑了。

「如果能像現在一樣隨心所欲的讀書睡覺，這種生活也不壞。再加上與妳聊天的話，那就更棒了——可是，我還是要婉拒。」

伊庫塔以沉穩的語氣斷然拒絕。哈洛猛然咬住下唇。

「……這個計畫……哪裡有漏洞嗎？」

「只有一個——這個計畫無法保護夏米優。」

聽他指出意外的癥結，哈洛啞口無言。伊庫塔自嘲地嘆了口氣往下說：

「我要羞愧地坦白——我現在嘗試去做的，絕非第一優先的候補方案。我考慮過更明智的做法，可能的話也想以不會有任何人死亡的形式完成。可是——我辦不到。因為我無論如何也無法滿足作為前提的條件。」

「……作為前提的條件？」

「那就是夏米優原諒自己。」

金髮少女的名字在此處果然也冒了出來。青年對於越發困惑的哈洛投以寂寞的微笑。

「這幾年來，那一直是我的目標。妳也知道吧。」

「……我當然知道。不過，光是這樣我完全無法接受。為何陛下不原諒自己，伊庫塔先生就非死不可？」

「有些不同。單純是我若不死，那孩子就會死。有想死的心思，有非死不可的理由，找不到必須活下去的理由。當這三個條件齊備，人類會無從抵抗地赴死……夏米優心中在許久以前就集齊了其中兩者。現在使她活下去的，只有剩下那一點——因為她還有必須活下去的絕對理由。那是作為一名皇族對於國家腐敗的責任。」

「…………」

「不過——如果以後我活下去，她將失去那個理由。因為夏米優認為，只要將後面的事託付給我，國家就沒有問題。在由她宣布戰敗宣言的原先計畫中，被視為叛徒遭到處決的人是她，在她死後擔起國家則是我的任務……妳懂了吧。國民議會和國民審判都是她為了建立沒有皇帝也能運轉的社會而設立的機構。一切都是為自己死後所做的準備。換句話說——我這個人正是她允許自己死亡的依據，非得除去不可。為了以後也強行讓那孩子活下去，我的存在無論如何都是個阻礙。」

伊庫塔堅定不移的斷然說道，看得哈洛屏住呼吸——她當然也發現了。夏米優這名少女，從第一次相遇起直到現在，一直懷抱著根深柢固的自殘癖與毀滅願望。

身為醫護兵的哈洛，原本就知道「渴望死亡的心」是這世上最嚴重的疾病之一。要將決心求死的人拉回來活下去極其困難。這種疾病每個人各有不同形式的病灶，沒有普遍的特效藥存在。

「……陛下由我們來說服，無論如何都絕不會讓她自殺。所以——」

「最接近她的我，花費數年時間也辦不到。不好意思，我不認為你們聯手說明就改變得了……當然，我不會說這不可能實現。用五年、十年——或更長的時間來面對，我相信她總有一天會解開心結。可是，妳明白吧。如果她在那之前死去一切就結束了……人類只要有意，光是咬斷舌頭便會喪命，不管再怎麼仔細監視也無從制止。稍微轉開視線，那孩子就會死。」

哈洛握緊拳頭。沒錯——那正是自殺最可怕之處。只要心中持續懷抱對死的願望，與那股衝動的戰爭將每天持續上演，為了活下去需要打贏每一場仗。相對的，「死亡」方面只要戰勝一次就結束了。比方說，即使「活下去」這一方占了九成九的優勢，以十分單純的統計數字來說，那個人將在一千天以後死亡。

「讓夏米優活下去，對我而言比什麼都更加優先。所以我本身並不猶豫採用這個方法……不過，我感到很不甘心。其實，我希望讓那孩子擁有想活下去的理由，而非死不了的理由。在與她共度的時光中，我一直尋找著那個理由……然而，最終未能如願。我直到今天都沒得到成果，時限終於到了。」

無力感讓伊庫塔咬緊牙關。面對他的苦惱，哈洛險些不知道該說些什麼——但在出乎意料的時機，另一個她代為發言。

「聽了你的蠢話，結果在搞什麼？滿口只會喊夏米優、夏米優的。」

伊庫塔抬起垂下的眼眸。對方在此時替換人格出乎意料。

「……派特倫希娜？」

「我無所謂，你看著哈洛──吶，現在在你眼前的人是誰？別拿孩子的性命當擋箭牌逼人接受你的要求。這裡也有哈洛的心情存在──不管發生任何事都希望你活下去的心情。你應該也明白吧？為了最重要的某個人，就可以全部忽視那一切嗎？」

語氣激動的派特倫希娜憤慨地說出純粹為哈洛著想的話語，伊庫塔的表情因為後悔而扭曲。他覺得自己只關注夏米優，將試圖拯救自己的來訪者放在視野之外的言行，充滿了無可救藥的愚昧與殘酷。

「……我怎麼可能無視妳。」

他很清楚這像是詭辯。儘管如此，伊庫塔告訴她，唯獨這一點是他堅定不移的真心想法。派特倫希娜瞪視青年的撲克臉忽然切換成哈洛平靜的神情。

「……對不起。將真心話交給那孩子來說是我的壞習慣。」

「不是這樣的……至少那引出了我的真心話。」

伊庫塔搖搖頭說道。面對到現在仍然懷抱苦惱的青年，哈洛胸中湧上強烈無比的關愛──她做個深呼吸平靜心情，緩緩地站起身。

「我明白此刻在這裡無法說服你了……不過，我們直到最後都不會放棄。」

「……嗯，我覺得妳一定會這麼說。」

「是的，所以，請別貿然斷定。」

留下這句前言之後，哈洛將雙臂伸入鐵欄杆中──伊庫塔如同回應般上前與她靜靜地互相依偎。他們雙方都有被對方的溫暖救贖過的記憶。

「這個──絕不是離別的擁抱。」

哈洛如許願般地開口。伊庫塔一語不發，只是加重了擁抱她的力道。

「……呼～、呼～……」

被暮色染紅的帝都大馬路上。瓦琪耶與約爾加正跑向下一間準備拜訪的有力人士宅邸。

「喂，瓦琪耶，妳太拚命了。妳有幾天沒睡覺了？」

「雖然我很想睡，但總不能讓伊庫塔哥死去吧。」

白衣少女氣喘吁吁地回答約爾加的關心。為了從國民審判救出伊庫塔，他們不分日夜地奔走。

「只要避開死刑判決，就能爭取時間。現在明明只考慮著這件事，擱置了其他所有事務……但還是相當困難。有被告伊庫塔哥本人大力將自己推向死刑，做起來非常吃力。即使全力找審判參加者事先疏通也未必趕得上。」

「……我們本身無法參加審判是最大的痛處。沒想到與陛下關係接近，反倒會以這種形式招來惡果。」

他們已經在皇宮任職文官，不允許參加作為平民組織的國民審判。他們沒有方法可以直接操作審判結果，只能四處說服能夠做到的人物。

隨著呼吸愈來愈急促，瓦琪耶的奔跑速度逐漸變慢。她在沒多久之後抵達極限，停下腳步。

「……抱歉，約爾加，你揹我吧。我在抵達下一處之前睡一會。」

「我正想著妳差不多該這樣說了，上來吧。」

約爾加立刻繞到她面前蹲下來向她露出背部。才剛剛靠上去，白衣少女立即發出睡夢中的吐息。

「——看樣子大家都被被告的發言愚弄了。」

在關於伊庫塔的第十一次聽證會中，出現了前所未有的走向。一名男子起身，陳述與會場內看法相左的意見。

「請冷靜下來。若將他的說法全部當真，有太多不可解之處了。請試著思考。至今多次拯救帝國脫離困境的人物，不可能在如此武斷的衝動驅使下做出等同於自我毀滅的暴行。」

另一名女子在他之後舉手，說出的話也和前一個人步調一致。

「我有同感。再加上，我覺得也不能忘了他領導帝國軍取得勝利的功勞。在先前的決戰中也是，若沒有被告的指揮，齊歐卡軍不是已入侵帝都了嗎？」

他們一個人接著一個人舉手支持前面的發言。終於安排好了嗎？坐在會場中心處聽著他們的聲音，伊庫塔心想。為了避免青年被判死刑，同伴們事先疏通過的與會者們正試圖改變審判的走向。

然而——伊庫塔主動摘除了即將萌芽的新可能性。

「哎呀，終於露餡了。沒錯——其實我有更加殷切的理由。那可是說者哽咽，聽者聞之淚下，在場所有人聽到後必然會痛哭流涕的感人祕聞。」

伊庫塔打斷即將形成趨勢的與會者發言開口。那刻意的表達方式，讓試圖拯救他性命的人都疑惑地皺起眉頭。

「……所以，在發表之前可以再等我一會嗎？我正在腦海中組織尾聲的一幕。與雙親告別的場面該說什麼話最令人落淚？很值得推敲呢。」

伸出的援手被青年揮開，他們之間發出嘆息。難得約爾加等人將事先疏通過的人物送進審判會場——只要伊庫塔本人持續擺出這種如解說員般的舉止，無法期望能增加多少人站在這一邊。

當天晚上，伊庫塔也和上一次聽證會結束後一樣在牢中度過。同時，他也預料到來拜訪自己的人會是誰。

「——你來了，搭檔。」

伊庫塔保持躺在床鋪上翻開厚重書本的姿勢，回應走過鋪著石板的走廊，來到鐵欄杆前的翠眸青年。托爾威臉上立刻浮現苦笑。

「我聽哈洛小姐說過了……你看起來精神不錯，阿伊。」

「因為審判快進入後半段了。我想盡量減少沒有讀完的書，每天都忙得很。」

伊庫塔熱切地翻著書頁說道。托爾威看著他的樣子在牢房前坐下，重新開口：

「雖然有很多話想對你說……在那之前，我有個好消息。」

「喔～你終於有了第一次的體驗？對象是哪一位？」

「那、那個還沒有。是更令人高興的喜訊……斯修拉哥恢復意識了。」

「────真的嗎？」

伊庫塔停下翻書的手自床鋪上坐起來。托爾威以笑容點頭回應。

「……太好了。我也絕不想看到薩利哈大哥在得知弟弟先行去世時的表情。」

「他暫時需要靜養，但幸好似乎沒有後遺症，等到傷口癒合與氣血恢復正常之後，即可回歸軍務……我真的鬆了一口氣。因為傷勢很嚴重，我以為即使是健壯的斯修拉哥或許也撐不過去。」

托爾威安心的嘆口氣，再度轉向對方。

「還有另一件事，我想對你而言這會更讓你開心。」

「……喔～？這種故弄玄虛的說法很不像你的風格啊。」

「呵呵，抱歉。那我說了──我們已確認薩扎路夫准將生還，和梅爾薩中校一起在齊歐卡過著俘虜生活，他好像也沒有受重傷。」

正準備繼續讀下去的書本沉重地掉落在地上，伊庫塔口中發出顫抖的聲音：

「……那個人還活著嗎……？」

他禁止自己去期待。因為期待在戰爭中得到回報的情況實在太少了。青年一直有所覺悟，好在隨時收到陣亡報告時也能接受事實。不過——偶爾也有這種情況，也有突然造訪的幸運。伊庫塔這麼想著從床鋪上站起來，身體失去平衡再度癱坐回去。

「……哈哈，傷腦筋，膝蓋脫力了。這是近幾年來我收到的最大的好消息……」

青年胸中充斥著強烈的安心感說道。托爾威微笑著注視他的模樣，在此時補充：

「我想他們還需要好一陣子才會透過換俘重返這裡。不過，他們兩人會好好歸來。只要等下去，一定會重逢。」

「嗯……那可得拜託你傳話了。告訴他本人，我可是絕不會忘記他在意想不到的時機無視命令這件事喔。」

伊庫塔一如往常地開起玩笑。不過——托爾威一臉認真地搖搖頭。

「你親口告訴他吧，阿伊。」

「…………」

「……活下去。這個國家沒有人希望你死。特別是在我周遭，大家都因為你不願活下去而感到悲傷。關於夏米優陛下的問題，我們一定也能設法解決。只要大家一起深入思考，一定會找到好的方法。如同至今一般……」

翠眸青年緊握雙拳說道。伊庫塔瞇起眼眸，無論何時都過於正直地深信「騎士團」——他這種態度從以前起一直都沒變過。

「……活下去吧，阿伊。我不願意——我真的不願意，不願看到最憧憬的兩個人，都先我而去……！」

托爾威雙手抓著鐵欄桿垂下頭。伊庫塔也像要依偎過來一般走向他——

「——啊嗚？」

托爾威沒有防備的額頭突然被彈了一下。在眼眶泛淚抬起頭的托爾威面前，給予他無情一擊的對象從鼻子裡哼了一聲。

「……就算哭花了臉依然那麼帥？啊～真叫人火大。」

伊庫塔不講理到極點地喃喃說著，又挺直背脊直視托爾威。

「那份憧憬就在這裡畢業吧……我和雅特麗以後都是過去的軍人了。往後反倒是你有必要意識到周遭眾人對你的嚮往與羨慕。明明身居率領大軍的立場，態度還像至今一樣謙遜的話，你知道這樣不像樣吧？」

「——嗚……」

「雅特麗承認的軍人，我承認的搭檔——那就是你，托爾威·雷米翁。我認為這是最頂級的自信來源耶，或者說，其實你對我和她的評價其實沒那麼高？」

「——這怎麼可能！」

當托爾威立刻大聲否認，伊庫塔露出苦笑。對於投向自己的任何謾罵，他的反應都不曾如此激烈。

「那就抬頭挺胸。對我說『後面的事情包在我身上，安心去死吧』。這樣一來，我也能卸下肩頭重擔了。」

他甚至建議對方說出這種不可能說出口的狂言。托爾威的眼眸悲傷地搖曳著。

「……我辦不到，阿伊。失去朋友讓我痛苦，失去搭檔讓我悲傷，這跟命中生物時的罪惡感一樣——不管變得多有自信，唯獨那份心情在我心中一直都一樣。」

青年如此說道，望向自己不知曾扣下多少次扳機的右手。至今已奪走的生命，往後將奪走的生命。托爾威．雷米翁一直面對著那一切。

「……是啊，那不變的本性正是你最大的優點。」

伊庫塔以溫暖的語氣說出口，手伸向對方的肩膀——輕輕地拍了拍。就像站在先行離開者的立場上，鼓勵他別慌張也別覺得不安，別過於逞強地走下去。

「——不要忘了。我的搭檔是個膽小的好好先生，是個帥氣到看了覺得不爽的小白臉。而且——是比任何人都更優秀的狙擊手。」

簡直像是鏡像一般。聽到那番話，翠眸青年心想。伊庫塔．索羅克只對他特別嚴格的態度、不管交流多少次樂趣仍絲毫不減的相處時光、作為他的搭檔上戰場這件事——往後也將一直是托爾威．雷米翁的驕傲。

「——與會者對於他的心證止不住地惡化！沒有其他可用的手段嗎……！」

得知審判的發展，雷米翁上將悲痛的聲音在會議室內迴盪。在他和「騎士團」成員與蘇雅的商議之外，他還跟志同道合的眾多軍官一起摸索營救伊庫塔的方法。

「……乾脆頒發戒嚴令如何？用戰爭剛結束社會動盪的名義頒發，這麼一來，審判將不由分說地中止。」

一名年輕軍官豁出去提案。坐在他對面的同袍皺起眉頭。

「以維持治安的名號實行鎮壓嗎？……這算是最糟糕的藉口啊。」

「不然你說該怎麼辦！叫我們坐視他遭到處決嗎？」

找不出對策引發焦躁，軍官們站起來激動的爭執。無法坐視不顧的席巴上將開口仲裁：

「你們別吵架，冷靜下來。還有別忘了——無論多麼焦慮，都不許動用超出軍人領域的手段。那是我等剩下的最後的節度。」

他警告血氣方剛的部下們不要衝動。看著兩人反省之後分別就坐，另一方面，他用只有身旁軍官聽得見的音量低聲呢喃：

「只要他本人不期望……對吧，伊格塞姆榮譽元帥。」

炎髮將領以沉默回應。只要伊庫塔肯說一句「救救我」——他們隨時都有退回軍階章展開行動的覺悟……同時，他們也領悟到那一刻絕不會到來。

距離托爾威來訪又經過五天後的晚上。到目前為止最充滿氣勢和鬥志的腳步聲在監獄裡迴響，伊庫塔一聽到便當場察覺是誰來了。

「……啊，終於輪到你了嗎？吾友馬修。」

一手抱著大包袱的微胖青年叉開雙腿站在牢房前。伊庫塔走過去將臉頰朝向對方。只要手臂伸進鐵欄縫隙，就能順利觸及。

「——————」

「……咦？你不揍我嗎？」

伊庫塔意外地低頭看著對方出乎意料沒有揮來的拳頭。無言的思考半晌後，馬修從鼻子裡哼了一聲。

「我本來這麼打算，但罷手了……現在揍你，看來反倒會讓你感到輕鬆。」

他的發言暗示了比毆打更嚴厲的處置。聽到那番話，伊庫塔的臉龐在繼蘇雅發怒之後再度抽搐起來。

「……你的氣勢好驚人。這是你有史以來最生氣的一次吧，馬修……」

「當然了，和這次比起來，連哈洛那件事都算小事。你瞞著我們搶先下手，不商量一聲就背叛我們——還企圖蠻幹到底。」

馬修惡狠狠地瞪著對方列出罪狀，聲音低沉地繼續道：

「別以為我會像托爾威或哈洛一樣溫柔……我從一開始就沒考慮過說服你，我會憑實力強逼你活下去，僅僅如此罷了。」

「如果和現在的你扭打在一塊，我的確贏不了……不過，我覺得將我拖出牢房也沒什麼意義喔？」

「我可沒夢想過靠腕力逼你反省——對決的方式是這個。」

馬修將懷中的包袱放在地上。他解開包袱，裡面放著一套頗具重量的將棋盤與棋子。東西看來不僅品質精良，使用者又很珍惜，棋子和棋盤都散發獨特的光澤。

「……將棋……」

「我不知道曾輸給你多少次，大概甚至沒讓你動用過真本事……不過，那也只到今天為止了。」

馬修決然地宣言，在將棋盤前慢慢坐下。他以坐姿嚴厲地瞪視無法動彈的伊庫塔。

「在這場較量上賭生死吧，伊庫塔。如果你贏了，可以如你所願赴死。相反的，若是我贏了，我會不由分說地讓你活下去。之後出現的阻礙，由我全部設法解決。」

他出乎意料地誇下海口，伊庫塔驚愕地問：

「具——具體來說，怎麼解決？」

「我還沒想到，不過很快會想到——那還用說？將棋是智力戰的代表領域，我接下來將戰勝你。腦袋比你更聰明的我，自然能接二連三想出你做不到的點子。」

馬修無所畏懼地宣言，迅速地排起自己陣營的棋子。看著他充滿自負與自信的身影，伊庫塔也像認命一般隔著棋盤坐下來。

「……傷腦筋。現在的你……是全世界最酷的人。」

「酷不酷無關緊要，比你強就行了——開始了，決定先後手吧。」

受到催促的伊庫塔從彼此的陣地分別拿起一顆棋子，緊握在手中不讓對方看見。微胖青年毫無猶豫地指向右手，手中是馬修的風槍兵棋。

「先手是我——來吧，伊庫塔。不想慘敗的話，從一開始就別留招。」

「那是當然的，馬修。這時候留招——和自殺沒兩樣。」

伊庫塔也回應對方的氣魄，承諾全力以赴。雙方的意識同時投注在棋盤上。於是——兩名青年之間的第一場認真對決開幕。

*

同一時間，地點來到齊歐卡共和國首都諾蘭多特。興建於首都郊外的科學家棲身之處——阿納萊·卡恩的研究所。

「……博士，伊庫塔那傢伙現在在做什麼呢？」

巴靖一邊探頭注視顯微鏡一邊開口。在後方桌子上分割多肉植物葉子的阿納萊，謹慎地移動手術刀同時回答：

「誰知道，不過──他一定正度過充實的時光吧，因為那傢伙很珍惜朋友。」

他確信無疑地說。與如今身處遠方在自己的道路前進的弟子，那名青年最後的談話，在阿納萊腦海中鮮明地復甦。

「伊庫塔先前說過，他在帝國有許多同伴。所以──不管走在怎樣的道路上，那傢伙並不孤單。無論走到哪裡，都有許多掛念他的心與他同在。當然，在此處的我們也包含在內。世上任何人都會毫不遲疑地將這種狀態稱之為幸福，對吧？」

以堅定不移的聲調說完後，阿納萊繼續探索科學。自最後的告別後從未改變過──他一心盼望伊庫塔．索羅克前進的路上受到精靈們的愛照耀。

＊

在時間幾乎失去意義，由極度的專注產生的忘我心境中。

回過神時，自兩人開始對決起已經過了兩天兩夜。

「……………」

「──────」

這場對決沒有規定持子思考的時限。無時限的對戰，在彼此都能接受這個唯一且絕對的框架中逐漸發展。以磨礪靈魂般的氣勢下出一手，接著是後續的一手，再下一手。戰況在抗衡的智謀中一變再變依然沒倒向其中一方，彼此的優勢劣勢令人目不暇給地交替變化。

「——嗚——」

於是，在棋局進入尾聲時——原以為會永遠持續下去的均衡終於崩潰。

「……呃……嗚……」

保衛馬修王將棋的防禦。經過多次攻防，從原先形式以臨機應變不斷重組的防禦，出現了比髮絲更細的一絲破綻。那並非一眼就能看出來的狀況。而是輪流運用四種棋子，在到達最後終點前多達數十手的複雜玄妙棋路。

馬修慢了一手才察覺其存在。不——慢了一手便發覺等同於奇蹟。那是任何棋譜上都沒有記載，屬於伊庫塔・索羅克的獨特戰法。是當炎髮少女還在世陪伴身旁時——他夢想有一天與她下棋時要用上這一招，編組出的真正祕藏絕招。

「…………………………………沒有……」

面對宛如智謀結晶般的棋路，經過長久廣泛的思考後，馬修・泰德基利奇看出了自己的王將沒有生路——即使如此，他不承認。他賭上對方犯錯的可能性掙扎到最後，在盡頭擠出的那句「沒有」——相當於他的心臟。

「……我以為……」

在深深低下頭的對手面前，伊庫塔右手貼著額頭悄然呢喃。相隔好一陣子後開口，他連想起說話方式都很費力。

「……我以為腦袋要爆炸了，真的。每一手都犀利無比，互相預判棋步嚴苛到讓我忘了呼吸，防禦堅固到令人暈眩……和你的對決太快樂了。哈哈——你瞧，我渾身還顫抖個不停。沒想到在這個最後關頭，你會送給我一場一生最精彩的棋局……」

伊庫塔以感動得變調的嗓音繼續道，然後心想——其中到底有幾次困境、幾次轉機呢？想著微胖青年是何等準確地應對了那一切。

「這是我的最後一次對戰。不過——你還會變得更強。說不定比我、比雅特麗還要強……啊，真不甘心。無法見證那一幕，居然叫我如此不甘心……」

新萌生的不捨讓伊庫塔胸膛深處一陣抽緊。此時——坐在對面的馬修低頭瞪著棋盤發出沙啞的聲音：

「……贏了就跑、嗎……！……你！……直到最後的、最後都……！」

淚珠滴滴答答地落在棋盤上，與抽氣聲交織在一起。伊庫塔想著他在這一戰賭上的深刻情感，想著他積累的苦學時光，能得到馬修如此非凡的奉獻，伴隨令渾身為之顫抖的感謝，伊庫塔切實感受到自己有多幸福。

「嗯……是啊，我贏了就跑，下次再比不知道贏不贏得了你。不過——在逃跑以前，唯有這件事我想說出來。」

伊庫塔從鐵欄桿之間伸手抱住微胖青年的肩膀。他將臉龐湊近馬修一直低垂的頭，額頭幾乎撞在一塊。他聽得見馬修的呼吸聲，不停落下的淚水在棋盤上形成汪洋。

「謝謝你，吾友馬修——曾與你生活在同一段時間，是我的驕傲。」

伊庫塔用那句話致上最深最強烈的感謝……直到最後都嘗試拯救自己，直到最後都沒有放棄贏過自己。自己曾擁有這樣的好友——青年向世界的一切誇耀。

經過進一步的聽證，長期的審判也終於即將來到終點。

「……自從被告到此處出席以來，直到今天為止，花費了二十一天在聽證上。我們不再有任何未盡的話語，也經過了充分的議論。」

審判長以莊嚴的聲調宣告。在場的與會者們，也唯有這一天肅然地等待他往下說。

「仔細聆聽，被告伊庫塔·索羅克。接下來將宣讀你的判決主文。」

黑髮青年只有這一次沒坐在椅子上也沒遭到捆綁，站立在會場中央。至今曾多次提醒、告誡他的審判長，終於開口說出最後宣告：

「被告所犯的罪行卑鄙毒辣。對皇帝陛下施展毒計，更是讓罪行越發深重。雖然在童年失去雙親有同情的餘地，這一點無法大幅減輕其罪責——」

「…………」

「——其擔任元帥者背叛國家產生的負面影響，已大到無人可以衡量。諸多滔天大罪造成的損失達到天文數字，實際上相當於不可能彌補。因此，以最嚴厲的懲罰淨化其汙穢身心的罪惡，是被告剩下的唯一道路。」

伊庫塔在心中大略翻譯那些誇張的措辭。總之就是——你對社會造成莫大的負面影響，不管怎麼做也不可能彌補，那至少以果斷接受懲罰為確立社會規範作出貢獻吧。原來如此，十分妥當，他露出苦笑。

「基於上述依據量刑——」

審判長在此處停頓一會。在場所有人都有所預感，下一句話即為結論。

「判決被告伊庫塔・索羅克處以公開斬首刑。」

他下達沒有任何驚愕或意外之處，妥當至極的判決。

「判決已確定。不過——在審判結束前，容許被告伊庫塔・索羅克做最後的發言。對於到目前為止的聽證若有何不滿或其他想留下的話，你可以隨意發言。」

審判長按照規則催促。伊庫塔環顧周遭眾人一眼後——

「那麼我就說了——『絕對別忘了這次背叛』。」

他斬釘截鐵地告訴眾人。與會者們不禁揉揉眼睛，青年以在至今的聽證中從未出現過的沉穩聲調，開始做最後的發言：

「可以無限制地託付無條件的信任的英雄——這種人無論現在或從前都不存在於世上任何角落。不管是皇帝或什麼人，一個人能夠負擔的行李必然有其極限——在超越極限時，那個人就會被迫在扔下或摔壞行李之間做出選擇。如果扔下行李就是背叛者，如果摔壞行李或許會被稱作瘋子。無論如何，那些存在都會導致國家受到重創。沒有恰當地分擔負擔，將會輾轉帶來自掘墳墓的結果，希望大家記清楚了。」

伊庫塔以嚴厲的語氣要求。在帝國已經發生過無數次這樣的錯誤，喪失的東西實在太多了。那麼，至少要從中學到最大程度的教訓。

「將某人尊為領導者時，你們必須時時懷疑那個人物。必須不斷發問，那個人內在的意志、其行動帶來的作用是否真的符合你們的希望。如果疏於監督，就會出現像我這樣的人。假扮英雄受到人們吹捧，私底下利用地位企圖滿足與公眾利益相距甚遠的欲望，像這樣的人必然會出現。不讓這種人處於領導地位，若不慎被取得領導地位，就馬上讓他倒台，這是你們的義務。是與你們自身的幸福直接相關的最重要職責。」

現場不可思議地沒響起奚落聲。與會者們深深凝視著伊庫塔，等待他往下說。所有人都直覺地領悟到，他們現在才首度聽見他真正的想法。

「我很高興這裡的人們對我的作為感到憤慨。因為如果沒有任何人萌生這種情緒，代表這個國家不管做什麼都沒救了……不過，情況並非如此。儘管現在走起路來還東倒西歪，國民議會和國民審判都有明確向前邁進的意志。雖然那是不知何時失去也不足為奇的光芒，希望你們至少讓我抱著期待。希望你們讓我想像，這個國家不再依賴英雄的日子終將到來。」

伊庫塔忽然露出微笑，在最後環顧與他共度長期審判的眾人。

「抱歉，我做了許多胡鬧的舉動——啊，對了，最後提幾件事。我認為最好給被告換一把品質好一點的座椅。單次聽證也要設定時限，以免變成用言語狠狠攻擊疲憊不堪的被告的地方。這方面可以盡量參考齊歐卡的國民議會，因為那邊從一百多年前起就不斷在完善同一種制度。」

他像往常一般順序顛倒地指出缺點與提供建議。一部分與會者發出苦笑，他們悄悄將伊庫塔指出的問題記在心中。回頭想想，審判的確有許多改善的空間。

「說了不少話，我的發言就到此為止。審判長，請做總結。」

結束發言的青年將場面還給審判長。審判長目不轉睛地俯望他的臉龐開口：

「……伊庫塔．索羅克，你……」

說到一半，他將話嚥了回去——事到如今說什麼也無濟於事。罪行得到慎重的裁量，無論與會者和被告都接受了這一點。作為不成熟的集會，他們以自己的方式完成了聽證。正因為如此，他們必須接受這個結論。

「……不，沒什麼。判決順利下達，審判完成了所有步驟。第一次國民審判，到此退庭——全員起立，敬禮。」

審判長說出最後一句話。與會者們同時起立敬禮。辛苦了——看到他們的樣子，伊庫塔在心中慰勞。

同一天晚上，在青年被送返的監獄中，一名少女擺脫武官們的制止，跑過通往他所在之處的走廊。

「……呼、呼、呼、呼、呼……！」

她抵達鐵欄杆前直盯著對方的身影。剛看完的書本高高的堆在床鋪上，伊庫塔．索羅克坐在床前的地板上等待。

「——嗨，好久不見，夏米優，妳是從皇宮一路跑過來的嗎？看妳喘得好厲害，總之最好先喝杯水。」

青年拿起放在一旁的水壺，倒了一杯水遞給她。女皇想要無視他的舉動開口，卻因為呼吸太過紊亂說不出話。她只好不得已一把抓過杯子灌下去。

「——呼……呼……呼……呼……」

她的呼吸花了好一陣子才漸漸調過來，伊庫塔默默地等待著。在身體做好準備之後，夏米優用力深吸一口氣。

「——你這個大蠢貨～～～！」

她以傳遍整座監獄的洪亮音量大喊。在長長的回音消散後，伊庫塔一臉佩服地說：

「……我都耳鳴了。妳好厲害，夏米優，妳發得出那麼響亮的叫聲啊。」

「嗚！你、你又說這種話……！你這個人，你真的明白嗎！明白自己做了什麼，接下來將會如何嗎……！」

「當然了——三天後的早晨，將在帝都邦哈塔爾的『神殿』前執行我的死刑。行刑方式為國民審判規定的斬首。我會待在這間牢房內悠閒度過行刑前的時光。妳看這裡東西很齊全吧？住起來很舒服喔。」

青年輕輕微笑著說道。面對咬緊牙關的少女，他抱起放在床鋪上的搭檔。

「由於審判結束，他們終於將庫斯還給我了。少了這孩子感覺總是心神不寧。因為不斷有人通訊，他關閉了通訊功能。我想其中一定有來自妳的通訊，抱歉，不能接通。」

伊庫塔如此道歉。面對這樣的他，夏米優反覆的深呼吸努力鎮靜心情，拚命以壓抑的聲調再度開口：

「……索羅克，現在還來得及，離開這裡逃到遠方吧。」

「唔？」

「國民審判的判決已無法更改。不過，還有辦法讓你逃離死刑。加上什麼理由都可以——例如宣稱你在監獄中病故，沒等到行刑日便喪命於此就行了。只要改名換姓換個地方生活就解決了。這種程度的安排，我馬上就能準備好。所以……！」

少女猛烈的要求他逃獄。那一瞬間，青年臉上忽然浮現寂寞的笑容。

「在與齊歐卡的決戰中也有大量士兵死去。他們在我的指揮下，相信會獲得勝利而戰。然而

——不能只有背叛他們的我以假死逃避啊，夏米優。」

「那並非你的罪孽！是你奪走了屬於我的罪孽！為什麼——為什麼不讓我宣布戰敗？那正是我的夙願！被國民審判處刑的叛徒應該是我！但你卻奪走了！奪走我的一切，我直到那一天為止累積的一切，全都被你化為泡影……！」

少女口中迸發混雜了所有情緒的吶喊。伊庫塔點點頭。

「沒錯，我奪走了那一切……因為妳還沒有原諒妳自己。」

「那是我唯一得到原諒的方法！想償還永靈樹血統沾染的罪孽，唯有毀滅皇室本身使其再也無法復甦，並讓我這個最後的後裔遭到處決一途！這麼一來，我才終於能如願在煉獄被烈火灼燒！能夠確信已然贖罪，結束這條汙穢的性命……！」

少女以狂熱的語氣訴說自身的夙願。伊庫塔於此時再度正面面對曾多次窺視過的她的內在。

「關於那什麼『罪孽』的問題，妳和我的討論一直是平行線。我一口咬定那種東西不存在，妳則堅稱『罪孽』是存在的，不肯讓步……如果妳說有人要求妳贖罪，我還可以理解。不過，現實中並沒有那樣的人。找遍整個帝國，也沒有任何人會因為妳獻上性命得到幸福。那麼——那個『罪孽』，不就像是於只存在於妳心中的幻影嗎？」

「不，絕非如此，索羅克！那被歷史掩埋的亡者們怎麼說！那些甚至無法發出怨言的人，在世時被我的祖先們踐踏過的生命怎麼說！他們的確已無法表達怨恨！不過，施加凌虐者的罪孽顯而易見！永靈樹的邪惡不會隨著時間經過而風化！罪孽隨著血統一起永遠殘留！化為我汙穢的血肉，直到現在仍在這裡……！」

「在剛邂逅時，我就舔過妳的血了吧！按照妳的說法，我也很汙穢囉！我明明連病都沒生過活蹦亂跳的，這未免也太奇怪了！」

伊庫塔的聲調也受到她激動的語氣影響，變得激烈起來。察覺這個走向，夏米優大力搖頭。

「不是的……不是的，索羅克。我並非想跟你爭論，更無意否定你的想法。只是——我只是不想讓你死。真的僅此而已，別無其他念頭。我希望你活下去……！」

「我抱著和妳一模一樣的想法，走到今天這一步……真的複雜難解啊。想讓我活下去，自己求死的妳，和為了讓妳活下去，自己不得不死的我。明明彼此想讓對方活下去的心意都是相同的，死亡卻簡直像手持利刃互刺一般來來往往。」

青年用沉重的語氣說完後停頓一會。他思索片刻，改變切入的角度。

「做個假設吧——舉例來說，有妳和我都不會死的未來，是近幾年來我最想要的東西，既然妳說無論如何都不想讓我死的話——夏米優，妳會答應這個計畫嗎？」

少女的肩膀一顫，當然伊庫塔也明白。他明知她絕不會答應這種提案，仍然往下說：

「模仿妳剛才的提案，我們兩個都以假死離開這裡。改名換姓，改變住處與生活方式——在某個遙遠的異國，齊歐卡一角的鄉下小鎮過著耕田維生的日子如何？悠閒的生活正是我的期望，我認為這樣也比在皇宮生活更加適合妳。當然，在鄉下也有鄉下的辛苦與麻煩。不過——至少那裡沒有任何東西會驅使我們毀滅。」

夏米優低著頭，啞口無言地顫抖著。她絕對無法同意青年的提議，卻也不想說出拒絕的話。明明對於對方的溫柔感到無比歡喜卻無法回應，她真想殺死如此可恨的自己。伊庫塔也清楚地看出她的掙扎。

「如果我一直陪伴在妳身旁就能解決，那很快就講通了……不過，事情沒那麼容易。包含我的存在在內，妳堅決不接受自己得到幸福的未來。妳並非找不到得到幸福的方法，而是禁止自己邁向幸福。」

「………」

「妳明白吧，那是阿力歐・卡克雷對年幼的妳施加的詛咒。是遭到他人惡意曲解扭曲後的認知。被那種東西束縛拋棄性命，對誰有好處？誰會得到幸福？事到如今，連阿力歐・卡克雷本人都不會發笑──他對妳灌輸的念頭，只是為了入侵帝國所做的一部分布署。在現狀來看早已是無法運用的廢牌。妳心中的事物，只不過是喪失目的的詛咒留下的殘骸。」

明知這個說法很殘酷，伊庫塔依然斷言。他一手伸向擋在他與少女之間的鐵欄桿，指尖撫摸由一絲不苟的連續正方形構成的鐵框。

「聽好了，夏米優，妳需要的是劃分界線。被他人所灌輸的扭曲認知，與除此之外在妳心中屬於妳本身的價值觀。不將兩者劃分清楚，就看不見妳這個人類的本質。這代表──妳甚至還沒看見自己心靈的形貌。」

「──────我心靈的、形貌……？」

「這貨真價實是我要挑戰的最後一戰。挖出促使妳尋死的病灶，與妳本身的心靈徹底分割開來。過程一定會伴隨劇痛，會流出看不見的鮮血吧。不過——妳絕對需要這個治療。因為在我的處決即將到來的這個緊要關頭，是最能夠清晰看出妳心靈輪廓的時刻。」

伊庫塔這麼宣言，直視對方的眼睛。夏米優察覺有什麼即將展開，反射性的警惕起來。

「第一個問題。別花時間思考直接回答——妳喜歡還是討厭人類？」

他拋來出乎意料的問題。即使難以掌握青年的意圖，他的覺悟也強烈地傳達過來。夏米優開始回應：

「——喜歡。我從以前開始就一直喜歡人的生活……由人與人的關係交織而成的風景。」

「這個我當然也知道……沙盤遊戲很有趣，真想再玩一次。」

想起從前的回憶，青年露出微笑。在與他共度的日子中積累了各種嘗試，夏米優回想起那一切，胸口感到一陣抽痛。

「第二個問題——有個村莊的居民全都十分懶惰與無精打采。妳想對他們做什麼？」

這次的問題與剛才的方向不同。少女也立刻回答：

「——如果他們過得幸福就好。但是，若並非如此，我想引導他們往能得到幸福的方向前進。然後……不。」

說到一半的話中斷了，但青年卻不允許她這麼做。

「等等，別停止回答。妳剛才想說的話是什麼？別吞回去，好好地說出來。」

被他再三要求的夏米優屏住呼吸。遲疑一會後，少女微微低著頭開始回答：

「……如果能夠如願，我也想透過與他們的關係得到滿足……我覺得這個願望很任性，猶豫著要不要說出口。」

「原來如此。不過——如果村民們不覺得妳任性，那不會產生任何問題。判斷妳的行為任性與否的人不是妳自己，而是他們不是嗎？」

他指出對方心中僵固的自慎。不過，伊庫塔只是稍微提及便繼續道：

「第三個問題——有一個幼兒的雙親十分粗暴。遭到他雙親毆打過的同村村民們，要求那個孩子贖罪。那個孩子有罪嗎？還是沒有？」

這次她沒有立刻回答。夏米優神情嚴肅地思索著，在不久後苦澀的開口：

「…………我沒辦法回答。罪行要在何處劃分，要延展到什麼程度？這是根植於該共同體道德觀的問題。身為外人的我不能對此輕易插嘴。」

「原來如此。那麼，如果妳是那個村落的領袖呢？妳會怎麼裁決這件事？」

「……如果我處於那個地位，不會追究孩子的罪責。盡可能排除連坐制度，以培養獨立尊重個人的倫理觀為目標是我的態度……如果允許重新定義罪行本身的概念……我想將其定義為僅憑自己的判斷與行動而產生之物，而非上天強加之物或一出生即背負之物。」

夏米優流暢地說出她身為領袖的理念。伊庫塔開心的微笑著。

「那個答案，正是劃分妳的心靈與病灶需要的最大線索——在原始共同體中親子之間的罪責連坐，與在皇室同一血統內的罪責連坐。兩者具備的結構本質如出一轍。可是——妳不承認前者，想認為自己適用於後者。」

「…………！」

「妳知道那個矛盾出自於何處嗎？——順序顛倒了。在皇室血統內的罪責連坐——不是因為那個理論正確，妳才讓自己背負罪責。反而正好相反——妳想讓自己背負罪責，因此接受了皇室血統傳承罪孽這種不合理的論點。僅適用於自己的不講理罰責，那正是認知本身的扭曲……相對的，妳不讓陌生的孩子背負父母的罪責。因為那是妳原本的價值觀。」

夏米優的心臟猛然一跳——的確不對勁。同一種法則明明應該適用於類似的案例，結果卻分成自己有罪，陌生的孩子無罪，這是明顯的矛盾。這代表她的雙眼——扭曲地看待了自身的罪孽？

「妳拿出皇室的血統為妳對自身的厭惡感提供依據。根源並非皇室至今犯下的罪行，而是妳心中對自己厭惡萬分的感情。不過——想起來吧。那真的是妳這個人從一開始就具備的念頭嗎？」

伊庫塔全力質疑這一點。夏米優的視野一陣扭曲——或許曾經有過。在她還非常小的時候，有過尚未對自己產生恨意的時期。那麼，改變這一點的契機是什麼？是誰對自己灌輸了什麼話？

「——啊——啊——」

「想起來，夏米優！自覺到那是一種詛咒吧！妳的思考受到誘導，促使妳厭惡自己！將被灌輸的自我厭惡除去後剩下的事物，才是妳應該重視的真正的妳！」

橫亙在內心深處的記憶浮現。男子斷定她很悲哀的笑容，聲稱她的血統腐敗的聲音鮮明地復甦了。她連接受那個觀點時的寂寞也回憶了起來。啊啊——的確沒錯。這種憎恨自己到極點的心情，並非源自於內心深處。是那名男子播下的種子生長出來的不祥藤蔓。

「——可是、可是——我——」

為什麼無法拒絕種子？因為當時的她是幼童，盲目聽信了對方的話？——這的確是部分理由。不過，絕非僅止於此。年幼的心也有所預感，荊棘的種子總有一天將成長茁壯，捕獲自己。明明知道，昔日的自己卻持續灌溉培育種子，是因為——

「——我從一開始就從未被愛過。」

她說出作為開端的空虛。在一臉悲痛的注視自己的青年面前，少女回想起昔日的自己。沒錯——這是她接受「種子」最大的理由。那一天的她，無論如何都無法忍受自己心中什麼也沒種植的土壤，連一株幼苗也沒有發芽的心靈田園。

「從被送往齊歐卡之前開始，就沒有任何人愛我。父親厭惡我的存在，企圖勒死我。母親不曾餵我喝過一口母奶。就連奶媽都為了避免遭到謀殺牽連，只與我保留最低限度的交流。那個地方到處都沒有愛——即使我試圖愛自己，也不明白愛是何物。」

「…………啊……」

「被送往齊歐卡後，阿力歐·卡克雷教導我憎恨自己來代替愛。我也學會憎恨自己，作為一無所知的愛的代替品。雖然恨了又恨心靈也得不到滿足——不過，我產生了奇特的理解。我接受了『因為自己是邪惡的存在，生命才如此痛苦』這件事。所以——我認為必須淨化。我相信我無論如何都必須償還這個身軀與生俱來帶有的邪惡。不久之後，我認定皇室的血統正是邪惡的真面目——我覺悟了，我的人生目標，就是破壞永靈樹王朝。」

夏米優以淡淡的聲調告白——沒有得到愛的少女，在心中取而代之的創造了以自我憎恨為中心的教義。一種為尋求救贖驅使自身毀滅的異形宗教。不過——即使是這種東西也填滿了她的心。哪怕是對自己充滿厭惡與憎恨的心，也比空無一物的心好得多。

「我的人生從厭惡自己，不斷憎恨自己開始。不過，如果那像你所說的是一種詛咒，在除去之後剩下的事物才是原本的我——那麼我不正是空虛嗎。如果失去自我憎恨，我什麼也沒有了。沒有理由前往任何地方，沒有動機達成什麼目標。一旦喪失憎恨自己的意識，我這個殘缺品真的什麼也沒有了——」

用自我憎恨填滿心靈來持續逃避的空虛，在這一刻再度出現於少女面前——她從未被任何人愛過。就連將自己當成邪惡來憎恨的感情，都只是她為了掩飾沒得到愛的空虛所做的欺瞞。不過——一旦領悟到這一點，她到底該何去何從？甚至無法以自毀為目標的人，該依靠什麼才好？

兩隻手臂溫柔地緊抱住不知所措少女的背部。青年得知——她有過一段比起強烈憎恨自己的時期更為痛苦的空虛時代。甚至連她對自己發出的憎恨，在那時候都是種救贖。

「……那不是真的，夏米優。」

在理解那一切的前提上，伊庫塔說出那句話。夏米優空虛的眼眸緩緩地投向青年。

「……索羅克……？」

「妳不是說過，妳喜歡人嗎？喜歡由人與人的關係交織而成的生活。什麼也沒有的人不會說那種話。妳擁有的。真正的妳內在洋溢著許多令人眼花撩亂的希望。」

「──────」

「妳也這麼說過──妳想引導懶惰的村民們往能得到幸福的方向前進。想讓自己透過與他們的關係也得到滿足。

我不認識其他懷抱這種美麗願望的人。大多數人更加利己，一心追求自己的好處，連想都沒想過他人的利益與自身的利益在深處是相連的。不過──妳的心從很久以前就知道這件事了。讓別人得到幸福，將輾轉為自己帶來幸福，妳單純的肯定這種幸福的循環──妳可明白這是多麼了不起的事？我明白。妳生來就有一顆十分美麗的心，夏米優。」

青年這麼告訴少女，擁抱她的手臂加重力道。他十分確信，比任何珠寶都更加寶貴的事物就在他懷中。

「還記得嗎？在瓦琪耶剛來皇宮時，那傢伙問過妳一個問題──妳想拯救民眾？還是懲罰他們？妳毫不猶豫地回答想拯救他們。我在那一瞬間窺見了妳本質的美。因為──我很難這麼想。不管再怎麼勉強，我絕不可能有那麼純潔的願望。」

伊庫塔這麼說出口，依偎著對方的身體退開，同時他下定決心──現在應該揭露的絕非只有眼前少女的心靈而已。

「我還沒向妳表明呢。其實──現在待在這裡，一方面也是我本身的願望。跟妳以為帝國的滅亡是妳本身的期望相反……直到最近，我才終於接受了我的願望在於此。」

「……你的願望？」

話題轉向出意料的方向，夏米優杏眼圓睜。在她目光所及之處，伊庫塔的臉上浮現乾涸的自嘲。

「沒錯。我自己也很傷腦筋——現在的我，打從心底期望帝國崩潰。」

青年在啞口無言的少女面前，揭曉在他心中同樣存在的負面情緒。

「我生性不太會去憎恨什麼。對人是如此，更何況是對國家。憎恨那種東西也無可奈何。不挑規模過於龐大的事物當作憎恨對象，是正常人的處世之道。

不過——我忍不住會想。正是由於這種不可避免的趨勢，我至今失去了許多重要的人。帝國這個國家蘊含的負面因果，奪走我太多東西了。父親、母親、雅特麗……對我而言重要的存在，總是被帝國逼死。甚至連那個托里斯奈．伊桑馬，都只是從那片土壤中長出的一朵謊花。愈切實感受到這件事，我愈恨這個國家。就任元帥職位也強化了這一點。因為獲得俯瞰國家整體，偶爾可以強行干涉的權力，讓我的憎恨不再是無力之物。」

青年面帶苦澀地訴說著，感慨地心想——掌握莫大權力的立場，本身也是培育恨意的搖籃。不處於元帥地位就得不到的龐大組織力量，導致個人有可能對帝國這個太過龐大的存在復仇。只要動手去做就辦得到的情況，對人類的感情帶來更敏感的作用。連伊庫塔．索羅克也不例外。

「妳喜歡還是討厭人類？——剛才我這樣問過妳吧。妳毫不猶豫地回答喜歡。可是，我對絕對無法立刻回答這個問題。

聽到人類一詞，我會反射性的想到帝國民眾。想到居住在同一個國家，卻不知其名字與相貌的許多人。不過——妳敢相信嗎？我現在恨著他們。覺得政治與軍事都事不關己，過著任性的生活，每當碰到什麼困擾便恬不知恥的依賴軍人——他們的生活方式令我感到煩躁不堪。我忍不住夢想，如果他們更認真地扮演國民，我重要的人或許誰也不會喪命。」

「……………那、那是……」

「軍事政變幾乎掃蕩了所有腐敗貴族。那麼一看——是『國民』啊。現在的我憎恨的帝國既非軍方也非貴族，是『除此之外的所有國民』——除了對自己的生活之外，幾乎對所有事都漠不關心的那些人。妳懷抱關愛之情注視的那些人，在我眼中日漸變得越發醜陋。」

「————！」

「在面對日漸增強的那股衝動的過程中，我發現了——我總有一天會報復這個國家。當我無法壓抑胸中的憎惡之情時，一定會化為面目全非的殘酷存在。我一直切實感受到，心中發芽的瘋狂在不斷成長。」

伊庫塔抓住肩頭的手顫抖著。如今最恐懼自己的他向眼前的少女露出生硬的微笑。

「所以我交換了妳和我的角色——抱歉，夏米優。想讓妳活下去是一半的理由，另外一半則是這個。我無論如何都希望背叛國民的人是我。我想讓他們通通愕然吃驚，在國民審判上展現最精彩的諷刺，藉此讓他們體認到自己的過錯。什麼也不做、什麼也不思考——我想告訴不知情的人，僅僅如此便是最嚴重的罪行。」

「……！……」

「死刑判決在某種意義上來說是正確的。因為我遲早會成為這個國家的敵人。再加上——拜那次背叛所賜，我現在覺得痛快多了。我現在的心境處於完成了報復，覺得可以到此結束的狀態。所以……我絕對無意把那個角色讓給妳。」

說出基於種種理由下定的決心後，青年忽然卸下肩頭的力道。根據到此為止所說的一切，他的工作已經接近尾聲。

「『帝國』即將滅亡。對吧，夏米優……擺脫依賴軍方的體質，帝政這個政體本身也將在把權力逐步委讓給國民的過程中成為過去。藉由我的背叛，製造了邁向那個變化的決定性趨勢——這是我的報復。我自認為是個不錯的妥協點。」

「……索羅克……」

「妳要承擔的是未來。妳將作為前任政體最後的統治者，關注並引導漸漸不再是『帝國』的這個國家，以及逐漸成為新任當權者的民眾。他們還是走路搖搖晃晃的小嬰兒，沒有妳輔助的話，只靠自己實在無法前行。妳將在一旁支持他們——直到他們自立，不再需要妳的幫助為止。

這應該是妳在真正的意義上想扮演的角色。並非像過往一樣，被他人灌輸的罪惡感驅使，走向毀滅……在重生後的國家，在開始邁向新形式的國家，與生活在那裡的人們一起度日。透過與他們的關係得到滿足並生活下去——這正是妳真正想要的生活方式吧。」

伊庫塔篤定地微笑。此時——看著他的言行舉止，夏米優心中湧現一個預感。

「——你要死嗎？」

少女聲音發乾地悄然開口，宛如照本宣科地唸著劇本。她的手探入鐵柵欄內，以掌心撫摸青年臉龐的輪廓。

「這雙眼睛、這個臉頰、這張嘴——在三天過後都將不再存在嗎？」

她為了尋求真實感說出口——她以為消失的人將是自己。她曾相信不管途中有什麼經過，事情都會以自己死去、他活下來的結果告終。為了達成這一點，她自認在各方面都不遺餘力。只要能讓他活著，只要能讓自己死去，夏米優有所覺悟為此用上所有管用的手段。

「就是這麼回事。雖然我看不到我消失以後的世界。」

青年接受少女的指尖撫觸同時說道。一聽到那句話——夏米優的腳邊竄起一陣寒意。

她想像沒有他的世界。在心中描繪自那之後繼續生活的自己。她腦海中浮現自己獨自待在沒有室友的寬敞臥房內，神情空虛地呆立不動的模樣。那一幕比起她至今曾目睹的任何地獄都更加淒涼。

「——不要。」

「……夏米優？」

「不要——我不要。我不要你消失。絕對不要！」

從零一瞬間猛衝到一百的情緒在夏米優心中爆發。她伸進鐵欄桿內的雙手用盡全力抓住青年的肩膀。注視著少女害怕失去他的容顏，伊庫塔以完全相反的沉穩口氣發問：

「……可以告訴我，妳為什麼不要我消失嗎？」

少女聞言不禁顫抖了一下。她張嘴動口，尋找將他留在這世上的理由。

「我——我會失去談話對象。沒有人與我住同個房間，在我深夜醒來時聽我說話了。」

「原來如此，這是個嚴重的問題——不過，我想瓦琪耶會很樂意陪妳。那傢伙熱愛肢體接觸，所以也很喜歡對方採取主動。寂寞的時候儘管找她到房間去。」

「那、那傢伙不行。那個——她互相接觸起來不夠溫柔。每次回過神時，我們總是變成扭打在一起。」

「不然找哈洛吧。只要讓她摸摸頭，就可以消除大部分的壞心情喔。多找她撒嬌就行了，她也很喜歡看到妳依靠她。」

「哈、哈洛——對了，哈洛將棋不強！在我想較量智謀的時候，她略嫌不足！」

「那就找托爾威或馬修吧。我不久前剛和馬修下過一盤棋，他實力也變得非常強囉。照那個水準，連妳也不能疏忽大意。下次試試看如何？」

「不是這樣！不是這麼回事……！」

未能傳達真正的意思，令著急的夏米優越發焦慮——該怎麼說他才會明白？該怎麼表達他才會認識到嚴重程度並打消主意？她不斷地思考，思考到底——在不久後擠出一句話：

「溫——溫暖會消失。」

「……唔？」

「最、最近我發現了。和你相處時，這裡——胸口這一帶總是像點亮蠟燭般溫暖。互相依偎時像沐浴陽光般舒適。如……如果互相碰觸得太過激烈，心情就會亢奮得不明所以……在你身旁，總是很溫暖。雖然托爾威、馬修和哈洛也很溫暖，在你身旁是最溫暖的……」

少女手貼在胸口中央說道……待在青年身邊時，他的存在是哪裡帶給她最大的救贖呢？思考到最後，她選擇以「不接觸也會傳遞過來的不可思議溫暖」作為回答。於是——一聽到那番話，伊庫塔露出十分溫和的微笑。

「吶，夏米優。妳記得——自己剛才說過的話嗎？關於不管在妳出生的皇宮，還是被送往的齊歐卡，都沒有得到的事物。」

他如此說道，以跟夏米優一模一樣的動作將手貼在胸口——彷彿在表明自己心中也有與她此刻感受到的溫暖相同的事物。

「這便是那個事物。妳已經知道了——知道它的觸感、溫度與姿態。」

「——」

「我總是認為插嘴干涉很不識趣。唯獨這個，不直接傳達就沒有意義。在對方心中產生真實感時，那個事物可以說才首度『存在』。

不過——在關鍵時刻，將想法化為言語也很重要……這麼做一定也是一種證明。為了在之後確認那個事物確實存在過。」

伊庫塔說出神祕的話語，屈膝靠近鐵欄杆。少女全身都映在那雙黑眸中。

「第一次見面時，妳明明還是個小不點……妳真的長大了，夏米優。我可以更靠近地看著妳嗎？」

「唔、唔……」

夏米優不可能有理由拒絕，她接受青年的接近。他將臉湊到鐵柵欄邊緣，從那裡進一步提出要求。

「妳可以再走上前一點嗎？盡可能貼近鐵柵欄。」

「咦？唔，我、我知道了。這、這樣可以──嗯？」

在她依言靠近的瞬間，嘴唇被堵住了。

陌生的感覺充斥少女全身──至今她也被親吻過其他部位。無論親吻臉頰或額頭時，她都抱著心彷彿融化的感覺反覆品嘗從那裡蔓延開來的甜美麻痺感。

這一次，甚至是那些感受無法比較的。兩個人的唇瓣相貼，僅僅是這樣的行為，為何如此超乎想像？雖然腦海中浮現這樣的疑問，但連分析問題的理智都立刻一掃而空。

「──、──」

她只是下定決心，要一直這樣下去。沒有任何理由不這麼做──因為青年靠得如此近。她並未期盼時間停止，因為她覺得時間早已靜止了。她在溫暖中漂浮融化，靜靜地被填滿。

「──啊──」

然而，那段時間──結束了。並非永恆之身的交際總是伴隨離別。那份無常讓她無聲地流淚。

伊庫塔愛憐地近距離注視著她搖曳的眼眸──然後悄然開口：

「這是成人的吻……抱歉，刺激有點強烈。不過包含這個在內，都是最後的禮物。」

「——」

幾乎失神的少女接受了那句話。接著，伊庫塔的雙臂再度緊抱住夏米優的身體。這次不是接吻，而是將她的頭放在肩膀上——將身軀更用力地摟過來。

「……我只說一次。不會重複第二次，所以千萬別聽漏了。」

他催促她作好心理準備，在少女耳畔說出那句話：

「夏米優，我愛妳。」

——喀擦！夏米優覺得，彷彿有那樣的聲音響起。

某種肉眼看不見的事物。一直束縛著少女心靈的事物，在那一瞬間——鬆開崩解了。

擁抱持續了很久。他們彼此都明白，當擁抱結束時正是這段時間完結的時候。夏米優的雙臂使出最大的力量緊抱住伊庫塔不肯鬆手。

可是，結束的時刻來臨。伊庫塔特別用力地緊抱了夏米優僵硬的身軀一下，宛如要連留戀一併扯下般鬆開她的手臂，離開少女身旁。

「就此別過……直到最後為止，我不會再和你們見面了。

露康緹上尉，後面的事拜託妳了。和瓦琪耶與約爾加一起陪在夏米優身邊。還有……別再讓她到這裡來。」

「……是。謹承此任。」

在一段距離外待命的女騎士接受這個委託，俐落地敬禮，然後恭敬地抱起少女的身軀。她的動作一點也不粗魯，卻帶著不容任何反抗的鋼鐵意志。

「啊——等、等等，露康緹。等一下，索羅克。我——我還沒……！」

被帶往走廊的夏米優呼喊，她竭力想掙脫女騎士的臂彎，但不管使出多大的力氣都無法如願。青年在鐵欄桿另一頭的身影漸漸被牆壁遮蔽。最後瞥見的側臉上，同時出現柔和的笑容與淚光。

「——索羅克——！」

她呼喚青年名字的聲音在監獄內迴響良久。直到她被帶走，回音從建築物內完全消失後——那個聲音仍然縈繞在伊庫塔耳中不肯散去。

「…………好了。」

結束與夏米優共度的時光，接下來沉默的度過大約半天後，他從床鋪上起身走向放在牢房角落的桌椅。他苦惱了一會，輕輕坐在放著優質紙筆的筆記台前。

「……不過……要寫些什麼呢？」

「你沒有什麼想寫的嗎？伊庫塔。」

庫斯踏著小碎步走到待在白紙前不知如何動筆的伊庫塔腳邊。青年抱起他放在桌上，沉吟一聲。

「很難決定呢……愛的告白在剛剛結束了。」

他再度煩惱起來。充分考慮大約十分鐘之後，他開始寫起什麼——但也在大概一小時後將紙張揉成一團扔掉。

「放棄了，放棄了。我不是那塊料。要做的事做完了，接下來便盡情偷懶度過吧。」

伊庫塔說完後離開桌子，與庫斯一起走向床舖。他仰臥在床上，將庫斯放在胸口。

「來聊天吧，庫斯。我很高興你回來了。最後幾天有沒有談話對象，那可是大不相同。」

「可以與你相處，我也很開心……還有，我很傷心。與你共度的時光要結束了。」

庫斯的小臉浮現悲傷之色。伊庫塔向他微笑。

「等我不在之後，你又得找另一個搭檔了。你有什麼希望嗎？我會盡可能詳細地寫下來。」

「謝謝你伊庫塔。不過——這次我也想順勢而為。就如同跟你相遇那時一樣，我們不會『挑選』主人。」

聽到庫斯這樣說，伊庫塔回想起在那座地下設施看過的立花博士與沙普娜的半輩子。要不是過去倒在街頭時庫斯發現了他，他一定無法進孤兒院保住性命。這麼一想——自己也是在相隔數千年後，被她們的溫柔拯救的人之一。

「嗯，我知道了。無論如何，你還有兩天多是我的搭檔。所以，對了……我們來玩接龍吧，好久沒玩了。」

庫斯點點頭欣然答應。那是從伊庫塔還小時一直玩到現在，他和庫斯消磨時間的固定活動。

「牢房。換你了，庫斯。」

「防心。換你了，伊庫塔。」

「星海。換你了，庫斯。」

「海鷗。換你了，伊庫塔。」

言語的應答節奏輕快地持續著。他們的接龍遊戲就這樣一直玩到深夜也沒有中斷。

那一天的陽光，感覺遠比平常柔和得多。

與庫斯告別走出監獄後，他順利的轉移到「神殿」。行刑人們帶著青年走過帝都，路邊果然擠滿了看熱鬧的群眾。不過，沒有人投擲石塊和雞蛋。四處都有軍人在路上監視，似乎防止了暴徒鬧事。因為不喜歡連最後一天都被人丟東西，青年坦率地感謝這個安排。

他在登上斷頭台前先到「神殿」一趟。按照禮儀，即將被處決的人會在這裡向主神祈求憐憫。

然而——伊庫塔當然沒有向主神祈禱。他取而代之的對立花博士與沙普娜獻上謝意……幸虧認識了她們兩人，他在這種場面也不至於無事可做。在事先指定的位置碰觸「神殿」的牆壁，他再三表達感謝。

在最後一次繞路的十分鐘後——他終於來到人生的終點。

以木材組成踏板，放置在略微高起處的斷頭台。斬首用的巨大刀片的位置與形狀，一眼即可看出獨特之處。一般斷頭台的結構應該是從上方滑落方形刀片——此處的斷頭台卻在受刑者躺臥處的側面仰向擺著半圓形的刀片。

其結構是事先以把手為裝在刀片底部的彈簧蓄力，拉扯當作啟動裝置的繩索釋放力量——讓彈起的刀片一口氣斬下台上的頭顱。與一般斷頭台的簡單結構相比，在運用上當然很費工夫。不過——對於設計這種斷頭台的青年來說，它另有足以彌補繁瑣步驟的優點。

「——啊，天氣真好。不這樣怎麼行？」

伊庫塔躺在台子上小聲地說。流動著一抹雲彩的藍天填滿整個視野，中間沒有任何東西遮擋。透過將刀片改成彈起式並設置在旁邊，斷頭台上空完全清空了。青年尋求的就是這一點。

他仰臥躺在斷頭台上的樣子，令正在準備的行刑人們不禁愣住，但伊庫塔閉起一隻眼睛向他們示意「這樣就好」。難得頭頂有天空，趴著沒有意義可言。他之所以刻意將斷頭台設計成雙腿能伸直的尺寸，也是為了在這片藍天之下無拘無束地入睡。

「……呼～」

他以躺著的姿勢放鬆力道，只要頭往旁邊轉一點，應該也看得見屏息以待的看熱鬧群眾，但他沒有這麼做。如果不小心看見知己的臉龐，會干擾睡眠的。這是他人生最後的大規模舞台裝置，不過青年總之是來這裡「睡午覺」的。

等待一會之後，行刑人們通知他準備完成了。彈簧的把手已經捲好，只需要拉下繩子，一切將如字面含意般全部結束。行刑時間預先已規定好，柱子上的時鐘掛在受刑者看得見的位置，忠實地傳達距離那一瞬間還有多久。當伊庫塔時而打哈欠時而伸懶腰，剩下的時間不到一分鐘了。

「…………」

他無意在臨死前急著思考。睡前想太多是失眠的根源。伊庫塔什麼也沒想，一直茫然地眺望著天空。雲朵慢慢地改變形狀飄過，又有飛鳥掠過前方。青年露出微笑。是一如往常的天空。距離行刑不到十秒。他不再看時鐘，只是緩緩地閉上眼睛。舒適的睡意輕柔地湧現。他露出微笑。這是睡一場好覺的徵兆。

——喀噠聲響起，風搖曳著。緊接著，他感受到強勁的衝擊力與漂浮感。後腦杓彷彿也撞上什麼堅硬的東西。不過，沒什麼大不了的。在睡意之前那都是小事。

於是——他朝有炎髮少女等候的夢境後續一逕奔去。

EPILOGUE

Alderamin on the Sky

尾聲

關於帝國與齊歐卡的勝敗，兩國花了很長的時間才發表官方看法。

之所以如此——是因為兩國從那個階段起，眾人對於要主張「戰勝」還是「戰敗」在意見上發生了分歧。是未能攻下帝都而撤退的一方輸了，還是在那之後立刻發出戰敗宣言的一方輸了？事實與面子與外交勢力關係交織在一塊，形成非常複雜的問題。雖然比較雙方軍隊的耗損率，這種情況正是由於雙方受創無法再戰造成的「平局」。

只是，帝國基於這些情況，早一步採取了具體行動。得到國民議會支持的女皇夏米優・奇朵拉・卡托沃瑪尼尼克提議展開和平談判，以實現兩國之間的永久和平。一方面因為厭戰熱潮高漲，不僅在帝國內部，齊歐卡方面的有識之士也對此發出了讚賞。

恢復外交活動後不久，女皇推動帝國民主化一事傳遍了帝國與齊歐卡。在引進共和制方面，我們想仰賴作為前輩的貴國的經驗——女皇親口說出的那句話，使得兩國外交官全都大吃一驚。不過，日後的歷史證明她是認真的。短短兩年後，女皇宣布廢止卡托瓦納皇室。再經過五年之後，她也主動退位。

*

在吹著宜人清風的某一天下午兩點。一名男性肩頭背著長方形的行李，站立於一戶蓋在寬敞建地內的大房子玄關門口。

「呃……是這裡嗎？」

男子喃喃說道，從口袋裡掏出便條紙。比較上面寫的地址與眼前的房子。他確認自己似乎沒有弄錯，正想鼓起勇氣敲門──

「歡迎光臨～！」

大門早一步打開，一名年約五歲的孩子出現在門後。雖然對突然的情況感到吃驚，男子迅速蹲下來對上孩子的目光。

「啊──午安。那個，我名叫托爾威‧雷米翁。你爸爸或媽媽在家嗎？」

「托爾艾──啊！我知道，你是爸爸的朋友！進來吧！」

「可以嗎？那、那我就打擾了。」

儘管有些困惑，今年滿三十二歲的托爾威‧雷米翁踏入屋內。鞋子擺放得整整齊齊的玄關映入眼簾。雖然有幾雙看來屬於這家人的鞋子，訪客沾著泥濘的鞋還只有他這一雙而已。

「這邊！這邊！跟我來！」

孩子活潑的帶路，他跟在後頭在走廊上前進。這是一棟相當大的宅邸，不過對於生在雷米翁家的他來說，還不至於對為此感到困惑。他們不到一分鐘就抵達看似起居室的房間門口，孩子在托爾威的關注下大大地打開那扇門。

「爸爸～有客人！」

「喔，歡迎。第一位是梅爾凱去迎接的嗎？」

坐在窗邊藤椅上的微胖男子——今年滿三十二歲的馬修．泰德基利奇望向房間門口。在目光交會的兩人交談前，先跑進房間的孩子大聲地說：

「爸爸～這個人是托爾艾吧！你的朋友托爾艾！」

「是托爾威。你喜歡擅自把詞彙改成好唸讀音的毛病又犯了。不過，你有好好地迎接客人很了不起。乖乖～」

「嘿嘿嘿～！」

馬修用屬於父親的手撫摸孩子的頭，完成鼓勵迎接訪客任務的孩子。托爾威對那一幕露出微笑，走向老戰友身旁。

「午安，小馬。你兒子長得很好呢，長得像波爾蜜小姐嗎？」

「嗯～姑且不論長相，性格很難講。我小時候似乎也像那個樣子。」

「喔，這樣嗎——啊，還有兩個孩子也在吧。在那裡和那裡。」

托爾威這麼說著瞥了頭頂一眼。一樓的起居室設計成兩層樓高的開放式天花板空間，從二樓走廊可以眺望起居室全景。那邊有兩個孩子躲在傢俱後面。在托爾威看來，他們比迎接他的孩子大兩、三歲。

「他、他發現了，隊長～！」「撤退！撤退～！」

孩子們慌張地嚷嚷著溜走。現役狙擊兵看著他們的模樣，他身旁的馬修露出苦笑。

「愛麗滋和鮑夏總是那樣。看到他們我就想起你們兄弟……雖然我家的是姊弟。」

「啊哈哈……孩子玩扮軍人遊戲是必經之路，我以前也常常玩。」

他們彼此想起童年，感到很懷念。這時──另一個人走過走廊的腳步聲傳來。兩人同時望了過去，只見房門再度大幅敞開，一名給予人溫和印象的高個子女性跟在梅爾凱後面走了進來。

「爸爸！這次是哈洛來了！哈洛！」

「呃，打擾了……啊！馬修先生、托爾威先生！好久不見！」

「嗯，妳看起來精神也很好──」

馬修正要和同伴打招呼，說到此處卻突然閉上嘴巴。他突然面露疑惑之色，托著下巴直盯著新來的訪客。女性困惑的歪歪頭。

「那──那個，怎麼了？」

「…………我可不會因為很久沒見面就上當。妳不是哈洛，是派特倫希娜對吧。」

馬修犀利地指出這一點。一聽到那番話，至今裝出溫和印象的女子──派特倫希娜一下子露出彷彿注視著深淵底部的表情。

「……不會吧，居然被胖子看穿了……我再也當不了間諜了……」

「少瞧不起人！不是妳退步了，是我很努力！別看我這樣，最近也培養了看人的眼光！」

「嗯，我知道。畢竟小馬你可是十年後的元帥頭號候選人。」

托爾威笑咪咪地讚美朋友的活躍表現。此時，派特倫希娜沮喪的表情轉變成笑容。她用截然不同的口氣說道：

「呃，驚動大家了。抱歉，派特倫希娜說她無論如何都想試試能不能騙過你們。」

「啊，這次確實是哈洛了。好久不見，妳過得好嗎？」

「是的！雖然待在軍中同樣的單位，因為現在就任研究職位，我缺乏運動有點變胖了。」

「哈洛小姐不久前發表的戰場醫療論文，在軍方也深受好評。我也仔細閱讀過，關於截肢手術後恢復率的統計數據特別令我驚訝。沒想到死亡率居然那麼高……」

「哇，真開心，你看過了呀！我也努力的收集了數據，但願能夠成為今後改善方案的基礎……」

三人立刻互相報告近況。由於許久未見，可以聊的話題要多少有多少，但這麼一來卻會錯失告一段落的時機。在那種情況發生之前，馬修率先從椅子上站起來。

「……別一直站著說話，坐下泡個茶吧。」

「贊成！待會殿下也會過來對嗎？」

「雖然計畫是如此，畢竟她很忙碌，也可能很晚才到——來，我們去那邊的房間。」

屋主帶頭在房間內邁步，三人直接走到接待室。

「……不過，從那以後都過了十年嗎？無論帝國和齊歐卡都發生了許多變化啊。」

馬修將三人份的茶水注入每個人的茶碗中同時說道。由於過去大都是由哈洛泡茶，在自己家中接待朋友的馬修有種新鮮的心情。雖然他為了稍微彌補他與哈洛的泡茶技術差距，試著用了最昂貴的茶葉，但多半是杯水車薪。在茶碗分給每個人之後，托爾威開口：

「是啊，雖然總會照習慣說出來，國家畢竟已經不是帝國，而是卡托瓦納共和國了。先前部下告訴我，最近的孩子好像都說國名是卡托瓦納。」

「因為光說共和國分不出是哪一邊……不過，真沒想到帝政會像這樣在轉眼間結束。雖然從成立國民議會起就有這種趨勢，我還以為會花費五十年慢慢地改變。」

「因為殿下以驚人之勢加速推進啊。剛成立時遭到嘲笑的國民議會，如今已是優秀的國家領導機構。殿下本人現在也在議會中十分活躍就是了。」

馬修這麼說著，喝了一口自己泡的茶。味道雖然不差，但還是有些生澀。他給自己打了六十分，放下茶碗。

「與那方面相比，軍方的變化還算平穩嗎？——然而，還是與十年前截然不同。特別突出的是與學術領域的合作吧。雖然因為近期避免了戰爭，整體而言有裁撤部隊的傾向，在軍事領域的研究反倒給我十分興盛的印象，聽說這一點在齊歐卡也一樣。」

「氣球與膛線風槍與爆砲——因為直到十年前為止，在短時間內接連發生了技術革新。應該是兩邊都切實感受到發展技術研究的重要性了吧？」

「雖然雙方明明不再是敵國，對下一場戰爭的準備沒有結束的時候，令我感到心情很複雜……

往後不管完成怎樣的新兵器，老實說我都不想再跟齊歐卡交戰了。」

「海軍那邊情況如何？聽說波爾蜜小姐晉升為海校了。」

「和陸軍同樣有裁減部隊的傾向，但尤爾古斯上將依然很努力。前陣子總算把第一艦隊所有船艦換成爆砲艦了。只是那個人本身討厭爆砲，還抱怨過下次的戰爭看來會沒有樂趣。」

「之前你們還曾有要由誰入籍誰家的問題吧。關於這方面，現在與過去相比看來沒有太大的改變……」

「與其說看起來，實際上是沒有改變。由於在海戰的那場聯合作戰分毫不差地決定了勝負，我和波爾蜜在維持陸海合作的意義上都越發難以移籍到其中一邊。所以我們一家人的房子也蓋在這種不靠內陸也不靠海的微妙地點，雖然我很中意這個悠閒的地方。」

「孩子出生的步調也很快呢。在波爾蜜小姐肚子裡已經有第四個了？」

「那孩子上個月出生了，波爾蜜正在催我快點生第五胎。那傢伙很喜歡小孩啊。我也不討厭，不過實在覺得生到四個左右可以停了……」

馬修臉上明顯露出煩惱的表情，抱起雙臂。發現兩人以欣慰的眼神注視著他，馬修慌忙擺回原本的姿勢。

「喂，別總是只叫我講，那你呢？托爾威。我們彼此年紀不小了，你差不多也該有一、兩個桃色傳聞了吧。」

「嗯、嗯~桃色傳聞……這個嘛，我在父親推薦下相親過幾次……」

「你當然是人人爭搶的對象了。那結果呢？」

「不管哪一位，感覺好像都不怎麼合得來……啊哈哈哈，果然沒嫁給阿伊或雅特麗小姐是個失敗嗎～」

「雖然口氣像在開玩笑，你幾乎是認真的吧。哎呀～事到如今我不感到驚訝……不過如果要找像他們兩個人的對象，你大概花費一輩子也是單身喔。」

馬修殷切的考慮朋友的未來說道。托爾威聽到之後思索一會，改變話題：

「……雖然不是我，哥哥們那邊好像有點苗頭……嗎？」

「薩利哈史拉格上校和斯修拉中校？喂喂，對象是誰啊？」

「嗯——斯修拉哥向米特卡利夫少校求婚了。但目前她好像並未接受……」

馬修將茶送到嘴邊的手頓住，渾身僵硬。反應雖然沒有那麼誇張，坐在對面的哈洛也一臉驚訝。

「…………真的嗎？向那個『魔鬼』米特卡利夫少校求婚？你、你哥還真厲害……」

「蘇雅小姐沒有那麼可怕。雖然在伊庫塔先生剛去世後她有一段沉鬱時期……她在本質上是纖細懂得體諒的人。若是明白這一點向她求婚，那麼希望斯修拉夫中校務必要努力。」

「他發展到求婚前的過程有一點問題……斯修拉哥一開始好像是推薦薩利哈大哥當米特卡利夫少校的結婚對象。他們兩人編組在同一個部隊總是吵得很凶，卻以奇蹟般的平衡帶來好的結果……斯修拉哥對這一點評價很高，因此向她推薦了大哥。」

「……我害怕聽到結果。然後來怎麼樣了？」

「……結果米特卡利夫少校拒絕了，她說與其跟那種人結婚，她寧願從部下裡抽籤挑出一個人選……」

馬修想像著那句辛辣的台詞，很想抱住腦袋。不過，托爾威又往下說：

「問題是從這裡開始的。明白她不太可能與薩利哈大哥結婚後，聽說斯修拉哥思考半晌，向她提議——那與我結婚如何？」

第二度的沉默籠罩在三人之間。哈咯戰戰兢兢地開口：

「那、那個……難道說，求婚就是指這個……？」

「沒錯……該說遭到拒絕也是理所當然嗎？甚至連我都想去找米特卡利夫少校道歉……」

「……照你這種說法，事情還有後續？」

「……嗯。因為斯修拉哥非常有耐性。在米特卡利夫少校拒絕後，他好像點點頭說了『我等兩年後再問妳』。」

「兩、兩年後……嗎？」

「嗯。斯修拉哥是這麼說了以後，兩年後真的會問的人。我想他現在一定在做各種準備，好讓下次挑戰求婚時有勝算。不過……事情發展成這樣，老實說我也無法預料之後的情況……」

托爾威的語氣帶著八成的不安與兩成的期待。馬修在腦海中想了想這件事，放棄地聳聳肩。

「……嗯，唉，對於雙方都只能說你們加油吧。不過，斯修拉夫中校雖然是個木頭人，相處起來就會發現他是好人，更重要的是，有人向米特卡利夫少校求婚倒讓我有點安心。一直背負著伊庫塔的陰影太可憐了。」

馬修語帶嘆息地說。托爾威愣愣地看著他的臉龐。

「咦……？抱歉，小馬。你剛才所說的是什麼意思？」

「啊？……咦，等一下，難道你沒發現嗎？雖然部隊不同，你們有不少機會交談吧？」

馬修驚訝地說，在他察覺的範圍內說明了當時兩人的關係。托爾威就像面對數學難題般抱起手臂。

「……我一點也沒發現。因為她總抱怨阿伊，我以為他們感情不太好。」

「你瞎了嗎！世上的人表達愛意的方式並非都像你那麼坦率！」

連馬修也忍不住吐槽。對於年過三十社交意識還像十幾歲時一樣的朋友，他感到傻眼又感動，同時朝另外一個朋友拋出話頭。

「……那哈洛怎麼樣？妳那邊的環境與人見面的機會很多吧？」

「嗯～這個嘛……的確有人向我表達過好感。可是……我也和托爾威先生一樣，是沒成功嫁給伊庫塔先生國的國民……」

「我明白，哈洛小姐。我非常明白。」

「不要心有靈犀！別建立奇怪的國家！那個國家的居民還有幾個人啊！」

馬修在互相頷首的兩人面前大喊。哈洛就像忽然想起來似的開口：

「我頂多是在邊緣炒熱氣氛的小人物……不過像娜娜克小姐，可是住在那個國家中央的人。她現在在做什麼呢？」

「喔，那傢伙現在也活力充沛地在猶納庫拉州擔任席納克族的領導者。阿爾德拉神聖軍從大阿拉法特拉山脈撤走後，據說零星有她的同胞重返山上。只是——已經在平地生活紮根的傢伙好像不少，娜娜克本人今後好像也會把經營重點放在平地上。」

說完他所知範圍內的近況後，馬修一度閉上嘴巴，又忽然想起般補充一件事：

「雖然不知道她有沒有桃色傳聞……我曾被捲入那傢伙和米特卡利夫少校面對面喝酒的場面。那可是一整晚被迫聽她們咒罵、抱怨與依戀伊庫塔的地獄之宴。唉，雖然她們兩個隔天早上都變得神采奕奕是好事……」

「娜娜克小姐在伊庫塔先生接受國民審判時忙著照顧席納克族的同胞，自己無法參與這邊的狀況……與直接跟他本人見面交談過的蘇雅小姐相比，那是另一種痛苦……下次見面的話，我想和她們兩個好好聊聊。」

關心兩位女子心情的哈洛說道。馬修與托爾威抱著懷念的心情，看著她展現與從前絲毫不變的溫柔。

*

對於昔日奉為老師的女子，男子有一段難以理解的記憶。

領悟到其人格的墮落已不可逆轉時，男子決心親手讓她失勢。他希望自己更早發覺——不過，他對於下手本身並不遲疑。縱使被人責怪忘恩負義、被人詆毀為背叛者，他無法放著面目全非的老師不管。

只是——當最後一天來臨時。當他這個人出現在她眼前，要葬送作為政治家的她之際。

老師面帶微笑地看著他。

男子不明白。她為何對背叛自己的男子投以那樣溫暖的笑容？直到今天為止，他都未能掌握那個笑容底下的真實想法。

而此刻，男子奇異地置身於與當時的老師完全相同的狀況中。

「——請你讓出那張椅子的時候到了，卡克雷閣下。」

聳立於齊歐卡共和國首都諾蘭多特中央的議事堂，執政官辦公室內。一名男子參加每次的選舉並成功地一再當選捍衛到底的根據地，在此刻首度響起奪走其寶座者的聲音。

「……這是遲來的反抗期——不，單純是到了羨慕父親所有物的年紀嗎？可是就我而言——比起這個，我更想送齊歐卡軍最高司令官的椅子給你。」

悠然的坐在房間深處的椅子上，身穿深藍色西裝外套與長褲的壯年男子——齊歐卡共和國前任執政官阿力歐·卡克雷如此說道。並排站在他眼前的人，全都是十分熟悉的面孔。約翰·亞爾奇涅庫斯、米雅拉·銀、塔茲尼亞特·哈朗、艾露露法伊·泰涅齊謝拉、葛雷奇·亞琉薩德利。於十年前大不相同的是，他們所有人都穿著正式服裝而非軍服。

「很遺憾，他說他不會接受那份禮物。因為每個人喜歡的座椅觸感各有不同，勉強別人坐在不適合的椅子上可不好，阿力歐。」

「白翼太母」用諷刺的語氣說道。那個別名，如今已成為她廣為民眾所知的暱稱。整合齊歐卡國內所有少數民族，得到他們莫大支持的前海軍少將——在戰場上曾是約翰．亞爾奇涅庫斯盟友的她，如今在政治領域與他並肩奮戰。

「沒想到相當於我義子與義女的兩個人，居然會同時反叛……我看起來或許不怎麼沮喪，但也受到很大的打擊。我可以要求說明嗎？為什麼你們選擇了這條路？為什麼在我的政權下當軍人做事不行呢？」

「你、你，究竟用哪張嘴說這種——！」

對方的問題令米雅拉十分驚訝地開口。不過，一旁的約翰伸手制止她。

「由我來說，米雅拉……他是我的養父。」

約翰的臉上同時帶著複雜的感慨與覺悟。米雅拉體察他的心情，退後一步。

「…………」

於是，青年與養父面對面。這不可能是場單純的親子對談。他正是七年前宛如彗星般降臨政界，在短時間內贏得巨大支持，在之前的選舉中終於擊敗阿力歐．卡克雷的青年才俊。前齊歐卡共和國陸軍少將——現任齊歐卡共和國執政官約翰．亞爾奇涅庫斯。

「我很尊敬你，卡克雷閣下。多虧有你發覺我的存在，在你的支援下磨練我的才能，我才得以成為能深入參與國家前途的人物。在當軍人時，我一直滿心想回應你的期待。」

「…………」

「但隨著時間流逝，我發現了。你期望我成為英雄，但並不期望我得到幸福。因為認為兩者在根本上無法兼顧是你的哲學。知道這一點之後，我苦惱不已……很快地想到一件事。讓擁有這種思想的人擔任這個國家的代表很危險。

齊歐卡在我的犧牲之上繁榮——事情如果只是這樣，我或許能夠接受。因為我的存在只是作為權宜之計的特例，不會再有人像我一樣被獻祭。可是，你希望這種機制永久化。你的目標是成立一個不斷供應英雄當成國家運作燃料的社會。我無論如何都無法接受這一點。」

約翰一臉苦澀的告白。對於兒子的掙扎，阿力歐坦然地回應：

「無論任何社會，都會有一定數量的階層遭到剝削。是奴隸？勞工？還是底層民眾？——不管挑選誰、怎麼命名，最終的差異只在於從何處剝削而已。

然而……在這些人當中，只有英雄很美對吧？為了眾人而非自己奮不顧身的戰鬥，這樣的人類無庸置疑高潔吧？既然經營國家總是需要燃料——我想期待人類之中最美的存在。因為像這樣走下去的國家，正是全世界最美的國度。」

阿力歐以訴說理想的聲調說道。不過——現在的約翰對那種「美」的姿態斷然地提出異議：

「……在你要建立的國家中，英雄是唯一美麗的存在。對於其他數萬倍靠剝削他們維生的人，接受這種狀態運作的社會，我不忍卒睹。」

「如果你主張負擔應該平均分攤，乾脆嘗試共產主義吧。你將會發現，人類是多麼不適應整體均等作業的社會。我可以斷言——無論將我趕下台的你想像的是怎樣的社會，那裡無一例外的都有某種剝削的結構。當你不得不承認這件事時，一定會這樣盼望：『事情不該如此的，有沒有英雄能從某個地方過來幫助我——？』」

阿力歐談論對方應該最為厭惡的假設。不過，約翰並未退縮。從再度找回睡眠起直到現在積累的許多思考支持著他，讓他無所畏懼。

「我絕不會那樣期望。我設想的是由並非英雄的許多人來經營的國家。或許離完美很遙遠——即使如此，也不會放棄任何事物。就算剝削的結構不可避免，應該也能依時期與場合而定更換對象。有時候誰來付出，有時候誰來得利——等這種應對機制成為當然的狀態，成為付出與得利皆是理所當然的社會時，我認為那種型態將會有別於剝削。」

約翰目不轉睛地回望著養父說道。阿力歐感到很佩服——撼動對方的信念與價值觀是他的看家本領之一。更何況雖然是收養關係，眼前的青年也是他親手養大的兒子，他深知他的才智有什麼習慣與方向。阿力歐本來能夠自由自在地讓約翰陷入迷惘與迫使他聽信——然而，這一招對現在的約翰一點也不管用。

「——嗯？」

嘴角突然有種奇妙的異樣感，男子伸手一摸，指尖感覺到微微抽搐的嘴角肌肉——他正在笑。

不是平常像面具般的完美政治家笑容。不知不覺間，胸中懷抱的感情讓他笑了。

「……啊啊——」

他對自己的遲鈍湧上苦笑——試著當成自己的事來感受，因果實在太過明顯。答案近在眼前。這名年輕人，由他栽培，整個人生應該被他利用殆盡的兒子——現在發展出與他截然不同的思想，與志同道合的同伴們一起向他豎起叛旗。

「——原來是這種心情嗎？老師——」

阿力歐領悟，這沒什麼好奇怪的。他接受了在此刻浮現微笑的必然——沒錯，因為父母為孩子的自立感到欣喜是當然之事。

最後的反抗意識從阿力歐心中消失。他長長地吐出一口氣，從坐了許多年的椅子上站起身。

「抱歉，耽擱了時間，椅子讓給你——從今天起這裡就是你的房間，約翰。」

他這麼說著邁開步伐，在挺起胸膛佇立的兒子面前停下腳步。阿力歐伸出手，輕輕撫摸約翰的頭髮。就像從前約翰還小時曾做過的那樣。

「……也許是找回睡眠的影響，你的頭髮變成了灰色。雖然之前的白髮非常潔白美麗——」

「…………」

「——不過，現在的灰色的確也不差。這是知曉許多事的顏色。保持灰色接納並不黑白分明的世界向前邁進……灰色正是為了政治家存在的顏色。」

男子說完後收回手，與約翰擦身而過。離開辦公室時，他沒有回頭望著兒子直接說道：

「雖然方向與戰場不同，這裡也是嚴酷的世界——加油，我的兒子。只是，如果你不希望我回到那張椅子上，就千萬別露出破綻。」

最後留下這句話，他離開了房間。約翰轉身注視他的背影——一語不發地深深鞠躬。

阿力歐沐浴在議員們各式各樣的目光中走出議事堂，外面天色微陰，滴滴答答地下著小雨。不過——出乎意料的是，一名年紀與他相仿的女性持傘佇立在那裡。

「辛苦了，老公。」

「——莎拉姆？」

阿力歐意外地瞪大眼睛注視妻子。莎拉姆走了過來，將丈夫納入傘下。

「妳會過來議事堂真少見。怎麼突然來了？」

「因為很可能看到你落敗的場面，我來看熱鬧。」

一臉認真的莎拉姆若無其事地回答。阿力歐忽然笑了。

「的確正是如此。我被兒子他們狠狠的擊敗，趕下我很中意的那張執政官椅子。」

「太好了。」

「太——太好了？」

那句話就連阿力歐聽到也不禁雙眼圓睜。無視於丈夫的驚愕，莎拉姆從懷中掏出一張紙遞給他。

那看來是張新聞剪報，上面記載著前馬姆蘭觀光地區的宣傳文案。

「我一直想去這裡看看。因為單程旅途就超過一週，之前很難開口約你。不過，既然你不再是政治家，應該很有空吧。要不要一起去？」

「……不，我並非不再是政治家……」

阿力歐困惑地說到一半，話尾在妻子直盯著自己的雙眸前消失了。男子忽然一笑雙手扠腰。

「……唉，這樣也好。我至今當政治家當到膩了，接下來試著認真當妳的丈夫一陣子也不壞。」

「真體貼。可是老公，你知道丈夫是怎樣的工作嗎？」

她拋出非常辛辣的問題。阿力歐托著下巴思索。

「政治家是致力於提升民眾生活水準的工作。那麼，總之丈夫是……討好妳讓妳露出笑容的工作嗎？」

他略帶諷刺的這麼回答。莎拉姆輕輕搖頭。

「那是二流的丈夫。一流的丈夫——是和妻子一起得到幸福。」

她如此告訴他，同時輕輕一推丈夫的背，並肩邁開步伐。在下著小雨的黃昏前，兩人就這樣自議事堂門口離去。

三人中間穿插用餐一直聊到天亮，各自在房間睡了一覺後於上午醒來。他們整理好儀容，再度聚集在起居室內。

「聊天聊了一整夜呢。殿下好慢啊。」

「是啊。雖然她沒有聯絡，也許這次沒辦法過來。可能有什麼急事——」

馬修一手端著冒熱氣的茶，撫摸站在桌上的搭檔圖開口。不過——遠處開始傳來類似猛烈風聲的聲響，傳入度過早晨時光的他們耳中。

「——？這是什麼聲音？從未聽過……」

「……去外面看看！」

即使搜尋記憶也找不出真面目的謎樣聲音激起了馬修的戒心，他交代孩子們留在家中並奔向玄關。托爾威與哈洛也跟隨在後，三人衝出門外，四處張望尋找聲音的來源。

「——馬修先生，在那邊！」

首先發現的人是哈洛。她發現的物體不在其他兩人注視的地面，而是在接近正午的太陽正閃閃發光的空中。

「那——那是什麼？」

馬修目瞪口呆地呢喃。在渾身僵住的三人注視下，遠遠望去看來像一隻大鳥的剪影漸漸變大，最後以接近一棟房子的大小在他們附近下降——用大車輪著陸，利用宅邸門口的道路減速並停在三人眼前。旋轉的螺旋槳停止轉動，咆哮般的驅動聲也戛然而止。

「——好久不見，托爾威、哈洛、馬修！你們三個到都到齊了嗎！」

位於上方的窗口緊接著打開，一名女子從裡面現身。三人大吃一驚地注視那張臉龐，至於她本人則跳下神祕的交通工具，在他們眼前著地。

「抱歉，我來晚了！適應這玩意的操作比預期中來得棘手！我學會之後就飛了過來——哎呀，真是可靠的交通工具！我馬上載你們搭乘看看！」

活潑的聲音傳入三人耳中，被那股氣勢壓倒的他們看著對方全身上下——及腰的美麗金髮、洋溢活力與好奇心的眼眸、顯示她每天四處活動的輕裝、插在腰際左右兩側的軍刀與短劍。

今年滿二十七歲的夏米優．奇朵拉．卡托沃瑪尼尼克就在那裡。在如今帝政已經結束的卡托瓦納，她的存在感與人稱「破壞的女皇」那時相比以不同的形式沒有上限地增長著。托爾威難掩驚訝地朝她踏出一步。

「妳——妳變了好多，殿下。雖然先前也是如此，妳在一陣子不見的期間更加……」

「沒什麼，我只是盡情地多吃飯多睡覺多玩耍，還有隨心所欲地四處跑而已。拜此所賜，也培養了一些體力。」

夏米優從鼻子裡哼了一聲挺起胸膛。她正要繼續與三人交談，肩膀忽然顫動。

「——在那裡，可疑人物！」

她大喊一聲同時轉身拔出腰際的軍刀，在空中彈開飛向自己的小石子。她凌厲的目光投向灌木叢，小小的氣息在那裡沙沙移動。

「呀～又被發現了！」「本來以為這次行得通的～！」

昨天偷看時也被托爾威看穿的馬修的兒女——愛麗滋和鮑夏慌忙衝出灌木叢。預測到兩人試圖逃回家中的行動，夏米優叉開雙腿攔住他們的去路。

「敢躲藏起來狙擊我，膽子真大——馬修，是你的孩子嗎？」

「是、是的，是我的長女愛麗滋和長子鮑夏。很抱歉，他們喜歡惡作劇——你們倆還不向殿下道歉！」

「嗚哇～！對不起！」「對不起～！」

無路可逃的孩子們哭著道歉。夏米優不解的歪歪頭。

「喂，你們哭什麼。遊戲才剛開始吧，我可不和愛哭鬼玩喔。」

「……咦？」「妳要陪我們玩？」

「什麼陪你們玩，不是你們先開始的嗎？因為一次襲擊失敗就放棄那怎麼行，試著列出應反省之處改善行動方案，下一次漂亮地射穿我的眉心吧！」

別說斥責，她反倒像在煽動般地說道。她露出大膽的笑容向驚訝的孩子們補充：

「不過，玩遊戲前先告訴對方是禮貌。單方面的射擊一無所知之人這種戰鬥方式無異於卑鄙小人。在真正的戰場上還情有可原，但這裡是和平的地方。如果再次做出同樣的事情，你們不僅是卑鄙小人，還會淪為危害和平的惡徒喔？」

「我、我才不卑鄙。」「我不要當惡徒～！」

「那就好。我也可以省下懲罰你們的力氣。好了——繼續開始吧。看你們腰際插著木棍，再來是想打白刃戰嗎？」

夏米優這麼說道，同時解開別著雙刀的腰帶交給托爾威保管。她兩手握住從宅邸建地內隨意找來的兩根樹枝當作代替品。左短右長的形狀，類似於她隨身攜帶的武器。

「好了，放馬過來。我陪你們訓練！」

「哇、哇～！」「喝啊～！」

孩子們開心地撲向從天而降的遊戲夥伴。馬修瞪大眼睛凝視著夏米優擋下那記斬擊的動作。

「喂、喂……你們看看那個……」

不斷連續移動也不失去重心。輕鬆讓順勢劈來的攻擊落空的雙刀技巧。雖然是陪小孩子玩，她的動作背後明顯有高水準的「武藝」。就算現在襲擊她的不是小孩而是兩個匪徒，在他們眼前發生的事也不會有所差異。

「……我看得出來，馬修。簡直像看到雅特麗小姐一樣——」

托爾威以感動得發顫的語氣說道。這時候——觀戰也即將落幕。連一下也沒打到對方，被耍得團團轉的兩個孩子達到體力極限，趴倒在地上。連一口大氣也沒喘的夏米優與他們形成對比，從鼻子裡哼了一聲。

「你們缺乏訓練！從跑步開始從頭做起！」

「嗚嗚～」「輸、輸了～」

夏米優笑著低頭看向疲憊不堪的孩子們，拋開樹枝走回三人身邊。托爾威歸還保管的雙刀同時開口：

「妳的動作非常出色，殿下。妳正式學習了劍術嗎？」

「唔，向伊格塞姆榮譽元帥學了一點。好歹身佩雙刀，不懂一點心得怎麼像話。」

「咻～！夏米優好帥～！」

稱讚她的另外一個聲音傳入三人耳中。他們驚訝地看過去，發現夏米優搭乘的交通工具中垂下梯子，同樣很熟悉的兩個白衣身影正爬下來。腳步搖搖晃晃帶著單邊眼鏡的男子跟在黑髮女子背後降落地面，在險些倒下時被女子一把扶起。馬修驚訝的向直接攙扶著他走過來的人開口：

「……原來是瓦琪耶和約爾加嗎！你們也和殿下同行？……話說，怎麼有一個倒了？」

「他暈機了。不知道是因為機體是頭野馬，還是操縱太狂野，這玩意搖晃得很厲害。」

回答問題的並非瓦琪耶，而是從他們走下來的交通工具內探出頭的第四個人物。男子咧嘴一笑舉起手。看到即將年滿四十歲的暹帕・薩扎路夫，馬修、托爾威、哈洛臉上同時迸出光彩。

「——薩扎路夫中將！你也在嗎！」

「喔，剛才本來想下來，但我也覺得頭暈。現在總算好了一點——嘿咻！」

薩扎路夫沒用梯子直接跳到地面上。當他走過來七個人聚在一塊，馬修問起一直好奇的事情。

「我完全忘了問……這台交通工具是什麼？好像是從空中飛來的，不過說是氣球也沒看到氣囊……」

「呵呵呵，想知道嗎？」

夏米優偷笑著說出引人著急的台詞。沒有等人回答，她就向充滿興趣的三人展開說明：

「這種交通工具叫飛機。是精靈們創造的太古技術，在阿納萊博士所說的超古代文明中日常使用的機器。透過與氣球不同的機制，可以在空中自由地飛翔。」

「自由地……具體來說呢？」

「說是在空中飛行的馬車，這樣比喻太慢了嗎？雖然想不到可以比較的東西，總之這玩意速度很快！」

夏米優以有力的語氣保證。從她的口吻與眼前機體的大小想像其性能，托爾威一臉認真地開口：

「這會引起軍事革命……不，豈止如此，是流通革命啊。進入量產了嗎？」

「在現階段不可能。這台飛機是由發掘自遺跡的零件按照精靈們的建議組裝而成。雖然勉強能製造燃料，內部結構卻有太多現在不可能重現的部分。不過在『神殿』可以維修就是了。」

「你、你們搭乘那種東西嗎？發生意外之類的危險怎麼辦？」

「所以我說我練習過了吧。放心，緊急迫降是我的拿手好戲！」

夏米優光明正大地這麼回答，快活的笑了。托爾威感動地佇立在被那股氣勢壓倒的馬修和哈洛身旁。

「……原來殿下是那麼活力四射的人啊……」

「咿嘻嘻～就是說吧？很了不起吧？很帥氣吧？」

瓦琪耶看穿他的感慨來到他身旁。她注視著話題中的當事人，語速不減地說道：

「我看中的超級美少女，如今經過一再成長變身成驚人的超級美女囉！老實說，我沒想到她會改變那麼多，我也忍不住很興奮！」

她像連珠砲似的讚美好友。不過——聲音突然變小。

「正因為如此，我想讓伊庫塔哥看看——她這個模樣啊。」

瓦琪耶這麼說出口，心中想著記憶依然鮮明的憑弔師兄的那一天。

「……夏米優妳真幸福。」

白衣少女悄然低語。在她眼前，夏米優保持依偎著青年棺木的姿勢——足足有半天連一動也不動地沉默不語。

「為妳而活，為妳而死——能夠讓伊庫塔哥做到這種地步的人，除了我聽說的雅特麗小姐之外就只有妳吧。被一個人深愛到這種程度，有多麼難能可貴……不，妳不可能不懂吧。」

她沒有回應，但瓦琪耶知道她聽見了。瓦琪耶明白伊庫塔．索羅克，她的師兄——在做到這個地步之將後面的事托付給他們。所以……

「我們全都是伊庫塔哥留給妳的東西。是從今以後將與妳一起生活，支持妳的人。不管再怎麼掙扎，妳都無法再變得孤獨了。」

身為以後將一直陪伴在她身旁的好友，瓦琪耶明確地告訴她那份幸福。告訴眼前的少女她收到的餽贈何等莫大無窮。

「……如果這樣妳還說出討厭自己這種話，到時候我會給妳一巴掌！」

瓦琪耶在說出口的同時立誓，以後不管發生任何事都不放棄——自己一定要看到這孩子真正的笑容。

「——」

依偎著棺木的少女肩膀顫抖。她的手、手臂、膝蓋——逐一恢復力氣。

「——妳放心，瓦琪耶。我不會再說了。」

她這麼發誓並站起身——她再也沒有無法站起來的理由。

「——嗯。真的……想讓他看看。」

托爾威也在瓦琪耶身旁靜靜地頷首……當時還沒有任何人想像得到，那名深信自己的血統腐敗，意圖連國家一起葬送自己的少女——會得到許多經驗、結交許多朋友，如此神采奕奕的露出笑容。

共和制度下的卡托瓦納居民，經常稱呼現在的她是「最後的皇女」。當然——在帝政本身廢止的現在，她的公開地位不再是皇族。既然主動決定將主權讓渡給民眾，她本身也不希望再被當成皇族對待。

不過，與齊歐卡建立和平外交，領導國民議會達到目前的完成度，改善了無數其他社會制度的年輕政治家——在抱著敬意稱呼她時，他們自然而然的稱她為「皇女殿下」。她也不再拒絕其中包含的尊敬與敬愛。

「——啊，順便一提，我也長高了一點。具體數字是約二．二公分左右……咦？什麼，你看不出來？果然連你也這樣嗎，可惡～！」

白衣文官一改變話題就突然發怒。夏米優看到之後，快步走了過來。

「別遷怒我的騎士，瓦琪耶。雖然我明白近幾年來妳在各方面被我超過太多很不甘心，當然也理解妳覺得我實在太帥，不敢直視的心情。」

「你聽見了嗎，伊庫塔哥！那個薄命美少女！居然才過十年說話就這麼厚臉皮了！連我都覺得作為監護人有責任了！啊啊——可是好帥！可惡，好喜歡！小夏米優我超喜歡妳！」

瓦琪耶嚷嚷著緊抱好友。夏米優抓住她的額頭把人推開，重新望向「騎士團」的三人。

「好了——那麼，我載你們三個來趟空中之旅吧。準備好了嗎？」

「……咦？妳說要載我們，那個——用這玩意？」

「這裡沒有其他交通工具。放心，只要由我來駕駛就不會有危險。好～快上去！」

不給他們時間遲疑，夏米優將三個人推向飛機，同時補充說明：

「忘了告訴你們，我搭乘這種東西當然是有理由的。你們記得在『神的試煉』時抵達的拉．賽亞．阿爾德拉民地下設施中，精靈告訴我們的內容嗎？」

「雖然我們沒有直接聽到……我記得是揭露古代文明的科學技術吧。雖然前提是帝國與齊歐卡解除戰爭狀態才會實現。」

「正是如此，不過，在不知何時會開戰的情況下，精靈們也不會同意，在兩國政治體制不穩定的這十年間什麼也沒發生。然而——你們認為我能夠建造這台機器，代表什麼意思？」

夏米優指出重大的前兆。三人聽到之後，臉上掠過一陣緊張。

「——正式的技術揭露開始了。足以一口氣改變世界樣貌的知識大量釋出……」

「就是這麼回事。接下來又要忙碌起來了！」

在夏米優這麼預告時，他們正好抵達飛機底下。三人按照她的指示爬上梯子，陸續進入機內。

「哇～真有趣。裡面空間挺小的。」「呃，要綁上這個皮帶嗎……？」

「拜託妳安全駕駛！我真的不想摔下去！」

「放心，碰到任何苦難都只有迎面跨越一途。無論發生任何事都不需要擔心——因為他們兩個人深愛著我。」

夏米優將手放在胸口，說出紮根在她心中的一切的基礎。啊啊……面對她的模樣，馬修確信——已經沒問題了。你拯救了這孩子啊，伊庫塔。

「……如果那傢伙在的話，不會吐槽這種用法不科學嗎？」

為了隱藏從胸中深處湧上的感情，馬修故意說起惹人厭的話。夏米優聽到之後笑著反擊：

「那我會反駁他。愛的確無法驅散暴風雨，在落雷時也無法保護這台機體。不過——愛給予我不屈服於那一切的力量。儘管我還不知道愛的化學公式的寫法。」

她邊說邊緩緩地握住操縱桿。她不再畏懼活著，也不害怕得到幸福。舒適的緊張感充斥全身，夏米優向同機的騎士們宣言：

「好，要起飛了——你們三個抓緊！」

她的右手拉下操縱桿，車輪在大地上迴轉，搭載四人的飛機速度愈來愈快。夏米優斜眼看了一下因為劇烈震動而渾身僵住的三人，同時毫不猶豫地操作操縱桿——於是，四人啟程飛向遙遠的廣闊天空。

他們的旅程繼續著。他們相信，這段旅程將會通往那兩個人早一步前往的遙遠未來——

*　　　　*　　　　*　　　　*

*　　*　　*　　*

一開始一切都模模糊糊，什麼都不明所以。

只是——在微微睜開眼睛後，漸漸變得清晰了一點。

看得見很多東西，其中有些還在移動。那些東西大多數都很放鬆，但也有不知為何非常吵鬧的。總覺得在『開始看見時』也是這樣。在淡紅色搖曳的水波另一頭，有許多眼睛注視著這裡。

沒錯，注視著這裡。注視著這裡，代表這裡有什麼東西。從這個想法花費很多時間後，我得出那東西大概是我的答案。他們注視著在這裡的我。他們——沒錯，他們。大概是並非是我的一群人。我漸漸明白了。這裡有一個我，有許多並非我的人。

看得到的範圍很少，讓我感到不滿。一開始無法改變看的範圍，但漸漸變得能夠移動了，卻又很快無法再擴展。不只看的範圍，明明應該也能移動更多範圍，這邊卻無論如何也沒有動。是我搞錯了嗎？

在我著急的時候，他們大概也看著我著急的樣子。比起平常更多的他們聚在一起發出各種聲音。有一點吵，但很有趣。沒錯。我想聽到各種聲音，想看見各種顏色。

我等待著有沒有變化出現，突然感到很睏。雖然還不想睡，卻很難忍耐睡意。看得見的東西漸漸不見了，感覺漸漸消失——周遭的一切變得模糊轉暗。

在清醒的那一瞬間——他首先一下子切實地意識到自己身體的所有輪廓。

太過強烈的刺激令四肢彈起。長時間漂蕩在模糊的世界中，那種感覺對他而言極度鮮明到產生疼痛。我被剝下全身皮膚拋在戶外承受風吹雨打，他的自覺這麼判斷自己的現況。

「————？」

有人趕來的氣息傳來。那個人握住他的手，叫他冷靜下來。他忍耐了一會之後，疼痛的確漸漸平息。各種感覺雖然還過度強烈，至少全身的皮膚沒被剝掉這一點讓他鬆了口氣。

「———奇、怪？」

於是，他意識到。意識到自己能夠思考。總覺得很久沒找回能夠思考事物的腦袋了，不過很久是什麼意思，他不太清楚。

人們聚集過來問他各種問題。感覺怎麼樣？有哪裡會痛嗎？身體狀況呢？想睡嗎？你會唸這個字嗎？等等。他大致都回答得出來，但也會碰到無法回答的問題。

——你知道自己是誰嗎？

那個問題他特別無從回答。人群中有一個人拿著鏡子跑過來。於是他首度看見了自己。黑髮黑眼，給人某種裝傻印象的臉孔。年紀——大約十五、六歲。

在那之後，他有一陣子過著接受各種測驗的生活。他們叫他運動或作簡單的計算等等，雖然幾乎沒有令他感到疼痛或痛苦的內容，他不知道這種生活會聯繫到什麼東西。自己是誰？出於什麼理由待在這裡？周遭的人總是徹底地將問題搪塞過去。

——試著讓他們見面吧。

有一天，人群中的一個人提議。雖然也有人反對，在花費數天討論後，這個提議付諸實行。他們並未告知他本人將會發生什麼事，所以他抱著模糊的期待不安。

於是，那一刻到來。

他被帶出平常生活的房間，前往其他地點。那是一個在透明天花板另一頭可以望見星空的大廳。觀葉植物旁並排擺放了幾張大椅子，這裡多半是供多人使用的空間，卻顯得寂靜無聲。

指示他直接往裡面走之後，帶他來前來的人們留下他離開了。由於他們也沒告訴他這麼做的目的或任何訊息，他不解地往前走。因為很久沒在寬敞的地方走動，他心情很好。他用手指戳戳植物的葉片，朝裡面走去。

「——————」

來到大廳中央，他的時間停止了。

有人站在那裡。和他一樣穿著樸素的白色衣服，年紀與他相仿的少女。她垂落在背後的頭髮，赤紅得宛如熊熊燃燒的火焰。

少女轉頭望向動彈不得的他。她鮮紅的雙眸色澤，比起炎色的髮絲更深更濃。他也同樣目光筆直地回望她的眼眸。對於這麼做沒有抗拒感。

「你是伊庫塔吧。」

少女在四目交會中呼喚。感覺到那個名字沁透自己體內——

「妳是雅特麗。」

他直接說出腦海中浮現的名字。不可思議的是，他不覺得互相告訴對方連自己也不知道的名字有任何不對勁之處。

他低頭望著放在兩人之間的椅子。少女一度轉過身，然後少年在椅子上坐了下來。少女看到後也毫不猶豫地做出相同舉動。少年與少女背對背坐在同一張椅子上，感受彼此的體溫。

「……你了解一點發生了什麼事嗎？」

「……很遺憾，我連妳和我是誰都不知道。」

雖然這麼說，男孩並未特別感到不安。他十分心滿意足，覺得缺少的另一半被填滿了。他不認為除此之外還需要什麼。所以……

「不過——那些事現在先不提了。我們就這樣看一會星星吧，雅特麗。」

他一派理所當然地向少女提議。背後的她突然微笑。

「是呀。既然你這麼說，那我也放輕鬆吧。」

少女這麼回答，同樣仰望夜空。背上彼此依偎的重量感覺很舒服。

屬於兩人的時刻流逝——在天花板彼端展開的星空，美麗得令人忘了時間。

在時過境遷的北極星下，現在他們的夢也還在繼續。

〈完〉

後記

——啊啊，寫完了。

辛苦大家看完本作。《發條精靈戰記　天鏡的極北之星》到此全系列完結。

首先，我要慰勞與感謝一直跟隨本作來到這裡的所有人。辛苦大家了。還有，謝謝你們陪伴這個故事走到最後。

從寫作第一集時開始，我便明白這會是個很長的故事。不僅如此，誰也不知道是否所有內容都能作為書籍問世。讓一個系列持續長達十四本需要許多的助力，若少了各位「想把這個故事看到最後」的支持，我絕對走不到這一步。唯獨此刻，請容我自滿地覺得我的筆力值得這一切。

回過神一看，七年過去了。我透過系列，與伊庫塔等人共度了這麼長的歲月。假設我活到八十歲，那麼一生就有將近十分之一的時間在寫作《極北之星》中度過。如今我可以毫不遲疑地斷言，這部作品是我人生重要的一部分，也是成果。

應該寫的所有內容已在本篇全部寫完，在這裡不多加談論。現在，我僅僅盼望大家能夠覺得「看過這個系列真好」。

……然後，在充分品嘗過餘韻之後，請翻到下一頁。

從這裡開始的，是截然不同的故事。由花費七年寫完《極北之星》的宇野朴人，秉持七年來累積的自信開始執筆的新故事。

我十分確信，閱讀到此處的各位不可能不受觸動。

故事的情調與過往稍微變化，從戰火延燒的精靈與科學的世界，前往超自然與神祕肆虐的劍與魔法的世界……不過，既然是我寫的故事，本質與至今以來都是一樣的。

來——讓我們開始人類的故事。

（註：日文版在書後有附上作者新作《七魔劍支配天下1》的第一章試閱，而中文版《七魔劍支配天下1》已出版，歡迎讀者到台灣角川官網試閱。）

86—不存在的戰區— 1~6 待續

Kadokawa Fantastic Novels

作者：安里アサト　插畫：しらび

不戰鬥，便無法生存下去。
但是戰鬥與生存，並非同義。

高傲不屈地戰鬥然後死去……他們原本以為如此，相信如此。化作枯骨的「西琳」們的身影，蔑視他們「八六」發誓貫徹的生存方式，認為那不過是一種癲狂——在這當中，賭上聯合王國命運的「龍牙大山攻略戰」無情地揭開序幕……！

各 **NT$220~260/HK$68~87**

國家圖書館出版品預行編目資料

發條精靈戰記 ： 天鏡的極北之星 / 宇野朴人作 ；
K.K.譯. -- 初版. -- 臺北市 : 臺灣角川, 2020.04
冊 ; 公分. -- (Kadokawa fantastic novels)
譯自 : ねじ巻き精霊戦記 天鏡のアルデラミン
ISBN 978-957-743-682-5(第14冊 : 平裝)

861.57 109001877

Kadokawa
Fantastic
Novels

發條精靈戰記
天鏡的極北之星 14（完）
（原著名：ねじ巻き精霊戦記 天鏡のアルデラミンXIV）

2020年4月8日　初版第1刷發行

作　　者：宇野朴人
插　　畫：竜徹
角色原案：さんば挿
日版設計：AFTERGLOW
譯　　者：K.K.

發 行 人：岩崎剛人
總 經 理：楊淑媄
資深總監：許嘉鴻
總 編 輯：蔡佩芬
編　　輯：黎夢萍
美術設計：胡芳銘
印　　務：李明修（主任）、張加恩（主任）、張凱棋

發 行 所：台灣角川股份有限公司
地　　址：105台北市光復北路11巷44號5樓
電　　話：（02）2747-2433
傳　　真：（02）2747-2558
網　　址：http://www.kadokawa.com.tw
劃撥帳戶：台灣角川股份有限公司
劃撥帳號：19487412
法律顧問：有澤法律事務所
製　　版：巨茂科技印刷有限公司
ISBN：978-957-743-682-5
